后现代的花枝

曾剑 著

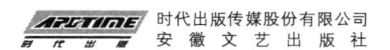

时代出版传媒股份有限公司
安徽文艺出版社

图书在版编目（CIP）数据

后现代的花枝/曾剑著.--合肥：安徽文艺出版社，2023.2
（鲸群书系）
ISBN 978-7-5396-7547-3

Ⅰ.①后… Ⅱ.①曾… Ⅲ.①中篇小说—小说集—中国—当代②短篇小说—小说集—中国—当代 Ⅳ.①I247.7

中国版本图书馆 CIP 数据核字 (2022) 第 173512 号

出 版 人：姚　巍　　　　　　策　　划：李昌鹏
责任编辑：胡　莉　宋潇婧　　特约编辑：罗路晗
封面设计：鸿儒文轩·末末美书

出版发行：安徽文艺出版社　　　www.awpub.com
地　　址：合肥市翡翠路 1118 号　邮政编码：230071
营 销 部：（0551）63533889
印　　制：阳谷毕升印务有限公司　（0635）6173567

开本：880×1230　1/32　印张：8.375　字数：188 千字
版次：2023 年 2 月第 1 版
印次：2023 年 2 月第 1 次印刷
定价：48.00 元

（如发现印装质量问题，影响阅读，请与出版社联系调换）
版权所有，侵权必究

总　序

　　我将中国当代文坛创作体量巨大、深具创作动能的作家群体命名为"鲸群"。入选这套"鲸群书系"的作家在2021年度中短篇小说的发表量皆有15万字以上，入选小说皆为2021年发表的作品。

　　"鲸群书系"以最快的速度集结丰富多元的创作成果，以年度发表体量为标准来甄别中短篇小说创作的"鲸群"，展示作家创作生涯中的高光年份——当一个作家抵达极佳的状态才能进入"鲸群"。如果我们喜欢一位作家，一定会着迷于他高光年代的作品。

　　我想，"鲸群书系"问世后，一定会有更多的人关注被我称为"鲸群"的作家群体，因为这个群体标示了中国当代小说创作的年度峰值——它带着一种令人心醉的澎湃活力。

　　如果"鲸群书系"在2022年后不再启动，多年后它可能会成为中国当代小说研究者珍视的一套典藏；如果"鲸群书系"此后每年出版一套，它或许会为中短篇小说集的出版带来新格局。

  这套书的作者中或许有一部分是读者尚不熟悉的小说家，我诚恳地告诉您，他就是您忽视了的一头巨鲸。正因为如此，"鲸群书系"的问世，显得别具价值。

李昌鹏
2022 年 10 月 30 日

目录

后现代的花枝 　　　　001

三哥的紫竹林 　　　　029

白鸽飞越神农架 　　　073

慈悲引 　　　　　　　115

康定情歌 　　　　　　167

太平桥 　　　　　　　215

后现代的花枝

秋天来了。石桥河水如练。南山林坡,金灿灿铺满落叶;北山洼地稍带迟意,树上还挂着片片金黄。相比花红柳绿的春天,竹林湾的秋天更美。她成熟,生活在她腹地的人,这时节,没有饥饿。

然而,天到底凉了,父亲的老寒腿又开始折腾他。我想把父亲接到省城,这是我第二次来接父亲进城。第一次,我没能接走他。这次,我把女儿佳音带来了。佳音同爷爷亲,我想,她能完成这个任务。

不去!父亲语气坚决。

我母亲走的那年,父亲五十三岁。整二十年过去,父亲先是跟着我,我进省城后,他跟着大弟春喜。后来春喜在县城买房,他不习惯城里生活,就一个人留在竹林湾。小弟三儿在西半球,他指望不上。

那年母亲走后不久,我们撮合父亲找女人,这样,我们就少了牵挂。他不找,他说他心里装着我母亲,装不下别人。我母亲活着的时候,他们总吵架。我母亲病了,父亲像换了一个人,鞍前马后,照顾得仔细。母亲离开后,他对我们说,你妈是个好人,世界上最好的人。

我们后来没再提给他找女人的事。

既然他不想找女人,现在年龄大了,我该把他接到城里。父亲铁青着脸,说不去。他说,我没资格享你的福。我说,爸,我是你儿子。我是长子。我给你养老,天经地义。

父亲沉默下来。他点燃一支烟。等烟熄灭,他对女儿说,佳音,你到院子里走走,我有事跟你爸说。佳音往外走。她带着哭腔,说,爷爷,你跟我们一起走吧!父亲朝她挥挥手。佳音走出屋门,踏进院子里。院子里空荡荡的。父亲在幽深的巷道里进进出出。

你走吧，父亲说，你带佳音回，我没有资格去享福，我不是个好父亲。我断送了你的幸福。我说，爸，你这话从何说起？我现在不是挺好的吗？父亲说，好个啥？孤孤单单一个人。

我感到心被针扎了一下。我离了婚，两年了，一直瞒着父亲，我没想到，纸到底没包住火。我岔开话题。我说，怎么是一个人？有佳音呢。父亲说，你还是找个女人吧。我说，你这么多年，不也是一个人过吗？父亲说，你跟我不一样，你妈是得了病，走了。刘金娣，一个大活人，你不要人家。我说，不说这个。

刘金娣是我的女人，准确地说，是前妻。两年前，她离开了我。我并没打算同她离婚，或者说，我一直有这个想法，但是我不说，我不愿留下抛弃发妻的声名，尤其我在画界有了一定名气之后。我害怕人设崩塌，招来非议。我对我那个叫刘金娣的女人，的确没有感情，虽然我们有了女儿，但随后很多年，婚姻名存实亡。维系这个家庭的，是佳音。我们都怕伤害她。我以为，这种戏剧生活其实很好假装，只要我不提出离婚，刘金娣断然是不会提出的。我怎么也想不到，她离我而去。

你想好了？那天，我们正襟危坐。我问她，是惯用的居高临下的语气。

是的。她说，语调还是那么低三下四，但较往昔，分明有了力度。

她离婚的想法正遂我愿，我却没有喜悦。我成了惊弓之鸟，乱了方寸，不知怎么回答她。我说，不离。我心里想，要离，也得我提出来。我是画界有名的画家。她没有工作，在一家饭店当洗碗工。我提出离婚，顺理成章，很多画界朋友都这么预测，他们觉得刘金娣配不上我，他们无数次敲边鼓，我装迷糊。

你有什么资格提出离婚？我压低声音问，但这语气，分明已是吵架。

我有爱。她说。她的话，再度让我惊诧。这个农村跟过来的女人，居然敢说"爱"。她说，你从来没有爱过我。我说，这样的夫妻很多，这不是离婚的理由。她说，我在这个家，就是一个保姆。我说，那是你自己这么认为。她说，我爱王大哥，他也爱我，我要自己的生活。我只觉晴空响起霹雳。她所言的那个王大哥，我听她说过，却从没把他放在眼里。他们同在"圣水湖畔"鱼锅店里打工，她的那个王大哥，也是洗碗的，连个厨师都不是。那个男人都快六十了。

我说，我不同意，至少得佳音上了大学再谈这事。刘金娣说，佳音同意了，我跟她谈过。

原来她们商量好了。

那天晚上，佳音放学回来，直奔我房间。她劝我，爸，你放手吧。你从未爱过妈妈，你们这种婚姻，是不道德的。我问，你怎么这么跟爸爸说话？我问，没了妈妈，你不难过？佳音说，怎么没有妈妈？妈妈还是我的妈妈呀。妈妈说，你们离婚后，她要同她的王大哥到乡下去，那时候，可以跟妈妈到乡下去看山看水看夕阳。

你真是这么想的？我问。

当然。女儿说，要是我，早离了。爸，自己不喜欢，还攥在手里，那是不道德的。

十六岁的佳音，那语气，那神态，让我担忧。我说，离婚不是儿戏。佳音说，可婚姻也不是演戏。你不爱妈妈，却装成贤良丈夫，你不累啊！我说，原来你同妈妈早就商量好了。佳音说，不是商量，是我给妈妈拿的主意。她爱王大伯，王大伯爱她。她跟你在一起压抑，跟王大伯在一起，她幸福。

我哑口无言。我沉默之时，佳音说，爸，我妈跟她那个王大哥已经在一起了。

我觉得有一颗炸弹在我心里炸开。我极力控制自己的情绪。我是一个善于控制自己情绪的人。我有很多次机会出轨，但我拯救了我自己。我万万没想到，这个刘金娣，这个没有工作、没有颜值、甚至连气质都没有的女人，竟然先我而出婚外情。我说，好吧，既然这样，我答应她。我说，我三处房产，任妈妈选。

就在这时，刘金娣推门而入。她说，我不要房子，只要你同意离婚就行。我要去乡下。我从来就没喜欢过城里，就像你从来没喜欢过我一样。

我说，能不能不用这种语气说话？她说，本来就是这么回事。

原来离婚是如此丢人的一件事，尤其被这样一个女人抛弃。我说，离婚可以，我要见见你那个王大哥。我得看看他能否让人放心。事实上，我更多的是好奇。我不知道怎样一个男人这么吸引她。在我们这个家里，她过的可是不愁吃穿的生活。至于当洗碗工，完全是闲的。她说，再在家待下去，她会疯。

老王的爱人三年前死了，胃癌。

我见到了老王。他面相显老，皮肤略黑，高鼻梁，五官周正，看上去特别憨厚。这种男人，给女人的感觉是踏实。刘金娣在他身边忙活。她脸上的幸福，是与我在一起时从未有过的。

他们感染了我。我祝他们幸福。

父亲进里屋,我跟进去。他拿起一把钥匙,开他那只红漆木箱。他把那些衣服一件件拿出来,搁在床上。我以为他要给我什么宝贝,箱子空了,只剩下一张垫箱底的报纸。我莫名地望着空荡荡的箱子,感到眼前一片虚无。失望之时,我看见父亲一层层揭开报纸,从报纸下抓起两封信。你自己看吧。父亲说。他布满青筋的手颤抖着,信像羽翅在空中扇动。

我接过信。信在我手中,像烧红的铁片灼烫着我,我几乎没有勇气将它打开。我有一种预感,它一定记录着一个很大的秘密。我是一个敏感的人。我害怕它惊扰我现在的生活,不想去揭开它、触碰它。我凝望着父亲。我注视着他的眼睛。我说,我还是不看吧,一切都已过去。父亲的眼神有着乞求的成分,映照着他内心的焦虑和不安,甚至是苦痛。父亲的那种眼神,总会让我屈服。

我抽出第一封信。信纸发黄,但字清晰可认。"柳红梅"三个字,像三枚暗针蛰伏在我的身体内,觊觎着,只等这天,它们凸现出来,刺痛我。

二十年的痛。二十年来,我努力忘记她。我以为我忘记了她。我内心汹涌的情感和抵达眼眶的眼泪告诉我,没有,她一直就在,从未离开。

我不愿面对,把信纸叠起来。

父亲凝望着我,眼神近乎哀求。父亲从来就是这样,用他的柔软打败我们,让我们屈服。我抻开信。父亲走出房间,我听见他说,我去和平家了,你歇一会儿,就带佳音回武汉吧,我打牌去了。我还能走能动，就先不跟你们去了。

和平是一个四十六岁的老光棍儿。父亲没事，就同这些老光棍儿打牌。他几乎每晚都要同他们喝酒。

父亲的脚步声远去，声音自远而近地传来：不行去找找她……

我打开信。我看到了下面的文字：

杨春野：

你好！来信收到。你让我与家人去你家见面的事，我同我妈说了。她说，女孩子家，嫁那么远，她不放心。我妈是最后一批知青，她心高气傲，却被生活所迫，嫁给我爸，留在农村。她一直盼着回城，盼了一辈子。她从未适应乡村生活。她不愿我走她的老路，不愿我嫁到乡村，但是，我执意要嫁你，她松了口。她要你和你爸到我家来，双方大人见个面，如没意见，我就跟你到那边过日子。如果你们不来，我不会冒昧地去你那边，毕竟我是个女孩。

具体的事，见面再说。我家住址，河北馆陶县××乡××村。

柳红梅

2000 年 × 月 × 日

她来过信，被父亲藏起来了。我抽出另一封，也是挂号，内容一模一样，只是时间上迟了三天，估计她是怕信邮丢，特地挂号，同样的内容写了两封，做了双保险。

两封信都拆开了。这是我第一次与它们谋面。我的目光从信纸移开，眼前出现父亲那张苍老的脸和他躲闪的目光。难怪这么多年，他在我面前总是轻声细语，我以为他故意示弱，原来他心中有愧。他是真的胆怯。

我哭了，哭得很伤心，没有号啕大哭，只是泪流不止。或许我的哭喊会让村子里的人觉得，我是这个村里最大的孝子。因为父亲不随我去省城，我哭了。他们认为我可怜父亲，舍不得父亲。他们当然不知道，我哭的不仅仅是父亲，更多的是我逝去的岁月。如果不是眼前这个老人，我应该是另一种人生，至少是另一种婚姻。我恨他，但我恨不起来。我无法恨自己的父亲，一个生我养我的人。我知道，父亲这么做，一定有他的道理，至少有他的苦衷。

"柳红梅"三个字，像一把开刃的刀，闪着寒光，拨开云雾，让我看到了往昔。

2000年，众人翘首盼来的千禧年，我却没有欢喜，只有悲伤。这年初春，多病的母亲离世，父亲精神状态不佳，身体似乎也垮了。我师专毕业，在乡下当老师。大弟春喜失学在家，小弟三儿十二岁。

熬至秋天，一个同学动员我去南方，他说乡村教师工资低，去南方当厨师或理发师赚得多。我不想走太远，毕竟小弟还小，又没个娘。我就想去省城。我在报纸上看到一则消息，省城有某个宾馆招聘厨师，学费六百元，三个月学成，包分配。他们标榜就业后的工资，是我这个乡村教师的三倍。我动心了。我把我的想法告诉父亲，父亲犹豫着，他希望我当一个老师，这样听起来要体面些。可是，为给母亲治病，家里留下个大窟窿。我们这样一个家庭，急需钱来填充。

沉默少语的父亲说，你自己定吧。

父亲把他借来的六百块钱递给我，说，只借到这么多，路费你自己想办法。

在通往省城的火车上，乘客留下的一张报纸改变了我的行程。那张报纸静静地躺在我座位前的桌子上，京城艺园面授的招生广告吸引了我。面授时间半个月，教授绘画技艺。

我听说过艺园，听起来像园艺师培训机构，其实是一所艺术院校，那里培养出很多画家，是绘画爱好者的殿堂。此刻，艺园像远处的一座灯塔，点亮了我内心深处关于艺术的那点微光，唤起我中学时代的记忆。从小学到大学，我一直喜欢画画。我打开车窗，仰望星空，黎明的天空蓝幽幽地静，星星不紧不慢地散发着光亮。昔我往矣。在校报，在文学社，我那些依附在别人文字旁边散发着油墨香味的插图此刻被唤醒，被点亮，它们像无数颗星星，从遥远的往昔飞来，飞越我头顶，飞上天宇，成为我的另一个星空。

我改变行程。

艺园并不大，北面一幢六层楼房，是宿舍楼，也教学，顶层是一个大教室。南面的三层小楼，是饭堂和教师办公区。两楼之间，相隔十来步。相比这两幢建筑，艺园的小花园于幽静恬淡中散发着浓烈的文艺气息。

印象最深的是两棵银杏树。一棵略高略粗，一棵略矮略瘦，像一对情侣，不远不近地相随。它们在秋日微凉的风中，那么坚定地指向湛蓝的天空。

这是我第一次进京城。艺园虽小，我却像刘姥姥进了大观园，感到一切都新鲜。还没来得及体味，新一轮的兴奋就袭来——我见到了最喜欢的绘画大师扶风。我们来自全国各地的四十多个学员,朝着扶风蜂拥而去。扶风给我们讲绘画课。我简直被震撼了,原来画画可以这么随意而为,却又如此刺激人的视角,直抵人心。

那天上完课,老人走到我跟前,问我,你就是杨春野?我说是。他说,我是你们老师,也是你们的班主任。他转过脸去,对另一个女孩说,你是柳红梅?你俩跟我来一下。

我们跟着他走到南楼。扶风坐在办公桌前的木椅上,我俩站在他面前,不知他找我俩干什么,都不敢正眼看他。他开口说话,你们的画作我看了,很不错。

我长吐一口气。柳红梅脸上的表情也松弛了。

老师拿出我的画作,那是我们报到那天上交的作业,是我以前的写生。我不知道那是何种流派,那是一片开着白花的芦苇,那其实就是我内心的一段独白、苦闷、彷徨、苍白、根基浅、随风飘荡。扶风老师说我的画作内容很空,太夸张,无病呻吟,缺少朴实的东西,但他肯定了我的绘画基础。他说单从绘画线条讲,它简洁、干净、流畅。他让我改个主题,提炼一下思想,加些内容。要虚构,他说,大胆合理地虚构。写生不是写实,他说。

我那部画作叫《思想的芦苇》。

扶风老师接着说柳红梅的作品。她画工笔画。一朵寒梅,在冰雪里独自盛开。画作名《梅》。

扶风老师说,柳红梅的画作虽然简单,却是一幅很完整的作品。她画的虽然是工笔画,但很抽象。他要求柳红梅改油画,把抽象派创作作为她今后的创作方向。

他说,好好画吧,这个短期面授班里,你俩年轻,基础好,观念也新,好好学习,你俩能画出来。

那次交谈，算是扶风老师给我们"开小灶"。那次之后，我就记住了柳红梅，她也记住了我：杨春野。这两个俗气的人名，一听，就是来自遥远的乡村。

艺园有个画刊，我和柳红梅修改后的画作，很快刊发在上面。那次来自全国各地面授的学员有四十二人，只有我和柳红梅的画作被这个画刊刊登。

那天黄昏，柳红梅敲响了我宿舍的门，对我说，咱们到院子里走走吧。

因为男女有别，她不进我房间，我也不好进她的屋。我就跟在她后面，走到院子里。她走到那株略矮一些的银杏树下，不再往前走。她倚着树干，我不知所措。面对女孩，我总是很局促。我不知道应该与她保持多远的距离。我就倚着另一株树，那株象征男人的银杏树。

那天的她，美丽而文静。她踩着金色的银杏叶片，倚着笔直的树干，白净的脸微微低着，齐耳短发，穿着朴素，像一位浑身散发着艺术气息的五四青年。

她手里拿着两本画刊，那刊登着我们作品的画刊。她递给我一本。无数个脑袋从窗户里探出来。就像一千个读者眼里有一千个哈姆雷特一样，同一个画面，在他们眼里，肯定有不同的含义，我不去揣摩。时隔多年，我仍记得当时的感受，我渴望那个黄昏，记忆永远定格在那里。

半个月的面授时间转瞬即逝，我们回家。时间短，又忙着作画，不少同学彼此还不太熟悉，离别的场面并不喧闹，各自悄然离去，天各一方，估计这辈子很难再见。

别的同学，见与不见，我并不在乎，唯独柳红梅，她已走进我心里，怕是再也忘不掉了。

晚上结业会餐，每人可喝一瓶啤酒。有女生不喝，我们男生就帮着喝了。我与柳红梅是一个组的，在一个饭桌。那天，我一气喝了四瓶啤酒，那是我最大的酒量。之后是一场告别晚会。晚会简单，唱歌跳舞。我没有文艺细胞，只有当观众的份儿。柳红梅换了一身长裙，略施粉黛，拿一把纸扇，跳了一曲《春江花月夜》，"寂寞嫦娥舒广袖"的那种。那一夜，毋庸置疑，我恋爱了。如果说前几天，我对她有好感，那么，从那一刻起，我爱上了她。

酒壮英雄胆，晚会结束，我敲响柳红梅的房间的门。她问，谁？我说，是我。她听出了我的声音。

我搂着她，亲吻她。那是我第一次接触一个女人的身体。当我的动作变得狂野时，她推开我。她说，好热呀。然后，她快步走到房门前，打开房门。外面的灯光透进来，门像一只巨大的眼睛盯着我，唤醒了我的醉意。我走出她的房间。而房间里，她的气息，她的味道，她胸酥软的感觉，她嘴唇的炙热，深入我的骨髓，我再也没有忘记过她——柳红梅。

面授回到家，从天堂回到人间。父亲问我，厨师学得咋样？怎么提前回来了？我说，我想家，待两天就回去。父亲脸上有了疑惑，言语间已夹杂着火药味。那时天已转暗。父亲说，该做饭了，三儿马上放学。你炒两个菜我们尝尝。

我很少做饭。以前都是母亲做，母亲走后，出现在厨房里的是父亲。父亲偶尔身体不适，我也会做，但仅限于做熟，能吃，淡然无味。我把锅烧热，炸油，把洗净切好的菜放进去，小炒一会儿，放盐，滋水，小炖。

我一边炒菜，一边寻思怎么把这顿饭应付过去，父亲发现我没去学厨师，会怎样气恼。我几次想告诉他事情真相，但我知道这样的后果不堪设想。画画，在父亲这个老农的眼里，恐怕不如一张油饼现实。他知道我拿这钱去"打了水漂"，会拿锄头夯我的背。

屋子里，空气紧张。

父亲晚饭前是要喝酒的。我给他斟一杯酒，就坐在他身边，小心地看着他。父亲举起酒杯，夹了一筷子菜送进嘴里。他一边咀嚼着，一边将酒杯往嘴跟前送，但那酒杯最终改变行程，被父亲扔在地上。杯碎了，酒溅了一地。父亲骂我，在哪里学的厨师？手艺学到哪里去了？放这么多盐？盐不要钱是不？

我拿起筷子尝了一口，的确咸，像咸菜。我心里虚，走了神，盐放多了。

小弟三儿弯腰去捡地上的玻璃碎片。他直起腰来时，泪已挂在脸上。我抓住三儿的手，抚慰着他。我的眼泪落在三儿凌乱的头发上。

我说我不想学厨师，我说我还是想当老师，我明天就去找工作。三儿还小，我就在附近教书。父亲问，钱呢？学厨师的钱呢？父亲吼道，去找工作吧，明天就去，去当老师。找不到工作，就滚出这个家！

母亲重病后，父亲的脾气越来越差。母亲死了，他的脾气变得火爆。我觉得这个家需要一个女人。我把这个想法同父亲说了，我说，有合适的，你就找一个，我们不拦你，我们会像对待亲妈一样待她。父亲眉毛一横，朝我吼道，你瞎说个啥呢？你们别管我的事，你们先解决好自己的事。你赶紧找工作，娶个媳妇进来，莫耽误了春喜。

我才知道，我误解了父亲。这个家需要女人，但他希望娶女人进来的人是我，不是他。

春喜是纯粹的农民。在乡民眼里，他的年龄不小了，该成家了。但我们那儿有一个风俗，都是大的先成家。若小的先成家，对于排行大的，就是个压力，大的就很容易被列入光棍儿系列。父亲其实是为我着想。

春喜经人介绍，与三里外溪水村一个姑娘定了亲，年底就想把亲事办了，我挡在他前面，有些尴尬。

那时候，乡村学校扩大大学生教师比例，我很快进到另一个山村小学，这是我无奈的选择。工作突然忙起来。大弟在镇上打工，早出晚归，父亲忙乎地里的活。最苦的是三儿，饥一顿饱一顿。

那段时间，我几乎没有勇气走进那个只有男人的家。我想逃避，但我不能，我惦念三儿。我每天回去看他，想把他转到我那个学校，终因太远，怕他更遭罪而放弃。

在我人生最难熬时，我突然接到柳红梅的信。那封信里，她问我过得怎样，最近画画没有。我才知道，在繁复庸常中，我已忘却了我的初心，我什么也没画。她谈她的画作，谈到她的哥哥们对她的疼爱，谈她自小没有父亲的苦痛。

我突然对她充满同情，也可怜我自己，可怜我的两个弟弟，同病相怜。我给她回信。她的信越来越密集，有时一天就能接到一封。我们不谈爱情，但我已从她那些文字的气息里感知到她对我的好感。

我那天同时接到了扶风的来信，他的信像一束秋日阳光照在我身上，让我突然对未来怀了美好的向往。扶风老师说，我画我母亲坟地的那篇画作，经他推荐，在一家省级画刊上发表了。

这两封信，把我内心的希望填得满满的。我读完这两封信后，跑到母亲坟头痛哭一场。但我很快从理想回到现实。我回到屋里，看见父亲坐在那儿喝闷酒。桌上只有几根咸萝卜条，一个快掏空了的咸鸭蛋。三儿手里捧着一碗白米饭，上面横着的，也是咸萝卜条，三五根。三儿还小，正是长身体的时候。

我往厨房进，打算给三儿炒个热乎菜。父亲说，你坐下。我就在父亲身边的椅子上坐下。父亲说，春喜的媒人来过了，说春喜年底要不结婚，那边就要退婚。女孩大了，家里不想留。她那边的弟弟也等着成家。

父亲说，你赶紧成个家吧，不要挡了春喜的道。

父亲的话，像一枚隐形钢针，刺痛了我。我不想成家。我一贫如洗，怎么成家？对象还不知身在何处，找谁成家？我不回应父亲。我的沉默引起他的不满，他再次朝我吼叫：出去！那个"滚"字，被他努力地咽了回去，但它早晚会蹦出来。

这样下去，家要毁了，三儿也会废掉。

我熬了一个白天。

黑夜来临。我似乎需要借助黑夜的掩饰，才有勇气给柳红梅写信。我的信很简单。我说，我要成家。我需要一个女人。我家需要一个女人。你如果同意嫁给我，就同你家里人过来一趟，我们把事定下来。如果不同意，你就不要再给我写信了。

我不去柳红梅家，而是让她过来。按我们鄂东山里的风俗，都是女方到男方看家，男方的家，是女孩子下一步要生活的地方，家里人好不好，条件怎样，决定着她未来是否幸福。而男方，似乎不是特别在意女方的家庭，她早晚是要嫁过来的。那个家，对男方来说，并不特别重要，他看中的是人。

写完那封信，我走出房间，走到屋外，站在门前那片空地上，仰望星空，热泪双涌。

我邮的是挂号信。我给自己定的等待时间是一个月。她远在河北，我在鄂东，信在途中要走一个星期，加上她的准备，还有行程，其实半个月时间就够。

乡村教师工资低，家徒四壁，这让我感到这些年的努力像是在原地转磨，挫败感和前途的暗淡侵扰着我，她和她的家人突然出现，是我眼前每天无数次闪现的幻影，是我内心全部的希望。

她却一直没有出现，甚至连信也没来一封。

父亲有一个老友，就在邻村，姓刘。她有一个女儿，叫刘金娣，与我一般大小。父亲就与他的老友商量，把他的女儿嫁给我。父亲征求我的意见，我不同意。刘金娣我见过，个子不高，长得也不漂亮。人倒是勤快，懂礼节。入过高中门槛。父亲说，刘金娣那孩子好，我每次到她家，她端茶倒水，叔长叔短。我不吱声。父亲说，咋啦？你嫌人家个头矮？我不应。父亲说，你嫌人家不好看？我还是不吱声。我拿起提包往外走。父亲说，我明白了，你是嫌人家不好看。可我们这样一个家庭，人家不嫌咱们，咱们家就烧高香了。你刚参加工作，工资低，比种田强不到哪儿去，三儿还在读书，你大弟马上要用钱，家里没钱给你用。

父亲双手抱着头，好像得了头痛病。他说，是的，人家个头不高，长得也不漂亮，可那是实实在在过日子的人。人家还不要彩礼！

不要彩礼！父亲终于说出来了，这或许才是他最相中刘金娣的地方。

我走出家门。我不敢转身回望。三个男人，一个男孩，简直不像个家。如果不是三儿，我早离家出走。两颗泪在我面颊上轻轻滑过，像指尖那么轻，像冰粒那么凉。但我依然怀了希望，等待柳红梅，人不来，她至少会来一封信吧。

一个月时间，那么漫长，却也短暂，似乎是眨眼间来到。那天我特别焦虑，无心留在学校备课，早早回到家。父亲正在做饭。我看见他坐在炉火前发呆，忘记往灶膛添柴火，饭半天都不熟。后来他又使劲往灶膛里塞柴火，把饭烧煳了，他竟然没有觉察到。他独自在灶膛前落泪。

他还动手打了三儿。那是我记忆中，他第一次对小弟动手，而且是毫无缘由的。三儿跑出家门，我与二弟到处找三儿时，父亲却在酒精麻醉下呼呼大睡。当晚我们没有找到三儿。他在村头的苦荞秸秆里睡了一夜。第二天清晨，三儿回来，父亲酒醒。他抱着三儿号啕大哭。

三儿自此不爱说话，一个活泼可爱的少年变得沉默少语。

我来到后山坡，蹲在母亲坟头号啕大哭。哭过之后，我在溪沟边洗了脸，径直去了山那边的邻村。那里是刘金娣的家。我家需要一个女人。我需要一个女人，而不是爱。我努力地劝说自己。回想柳红梅，原来她那些夸赞我的话，并非传达爱的信息，而仅仅是对我画作的喜欢。原来她只是想我当她的一个画友，一旦涉及爱、婚姻，她就退却了。她不来，人不来，信也不来，怨我自作多情。

人，跌到深渊的时候，没的选择。我进到刘金娣家。

刘金娣见我进屋，躲进自己的闺房。她在我眼前一闪而过的身影，留给我的，只有缺憾。她的确不是我想要的那种姑娘。在那一刻，我突然很生气，是他们多事，屡屡在父亲面前献殷勤。我与刘金娣的父亲对坐。我把我在信里对柳红梅说的话，又对刘金娣的父亲说了一遍。我说，我家就这么个情况，您老要是没意见，就让她跟我过。您要是不愿意，就当我没说，你们也不用再与我家来往。

"我家可是什么也没有。"见刘金娣的父亲和颜悦色，好像挺愿意，我故意赌气似的说。

我其实害怕他答应。他们不答应，我同父亲就有话说：不是我不同意，是人家不肯。

我等着刘金娣父亲回话时，刘金娣掀起帘子，探出头来。她说，我不稀罕什么彩礼！

我说，我那个家急需要一个人烧火做饭。

我知道我说得很难听，"一个烧火做饭的"，好像不是娶老婆，是找保姆。可是我没办法，我控制不了自己的情绪。我补充说，我家穷成那样，不能给你彩礼，也不能给你买电视、洗衣机、手表。我什么也给不了你。我说这话时，想到母亲，还有她的那场病。她的病把整个家都掏空了。我家因此而穷，我因而要娶这样一个没有感情基础的女孩为妻，我很是觉得委屈。我可怜自己，鼻子酸酸的差点落了泪。

刘金娣说，我不要彩礼，我只要一身衣服。然后，我就什么也不要。她说，你就给我买身衣服吧，红色的，图个喜庆。

她这么爽快，让我惊讶。我还没来得及回复，她说，我有钱，我用我自己的钱，你给我买就行。

她说得那么诚恳。我突然有些感动，眼泪差点出来了。那段时间，我动不动就想落泪，我可怜自己。我说，明天吧，明天我带你去。我给你买，我有钱。她说，你的钱给三儿买衣服，我用我自己的钱买。

难得她惦记三儿，我挂在眼角的泪到底滚了出来。我不敢久坐，抽身而去。

第二天，我们一起去了县城。刘金娣先给我父亲和三儿各选了一身衣服，接着给自己买了一身内衣、一身外套，都是红色的。她说，结婚，要红，要喜庆。

母亲没满周年，我往后推，父亲说，不讲那些，你妈早过"百日"了，过了"百日"就行。

县城离得远，回到家里，天快黑了。那晚，刘金娣就住在我家。一直同我睡的三儿，懂事地去了父亲的那张床。那个夜晚，我们成为夫妻。但与爱无关，与希望无关，与欲念似乎也无关，我只是在履行一个丈夫的职责。我得给她一个名分。我闭了眼，其实，灭了灯的夜一片漆黑，但我还是闭了眼。我把她想象成柳红梅。

黎明来临时，阳光刺眼，我醒来。刘金娣早已穿好衣服，站在我床前。的确，她个子不高，也不漂亮。但是，她站在这个屋里，这个屋里就有了光亮，有了生气。是的，这个家需要一个女人。一个家怎能没有女人呢？

刘金娣进到我家后，三儿的话多起来。他脸上有了久违的笑，他无拘无束地跟在刘金娣身后，纯真快乐。我脑海里闪现一个词：嫂娘，心里顿时一热。

父亲喝酒，刘金娣会上前给他温酒，只一杯，多了，刘金娣就不让他喝，父亲也听她的话。她更像是父亲的女儿。

这年底，大弟如愿结了婚。

我偶尔还会想起柳红梅，但我不再盼她的信，我害怕它惊扰我们平静的生活。我心里清楚，我们的生活，罩着一层极薄极脆的壳，稍一碰触，就可能破碎，稀里哗啦，散落一地。

家到底还是散了，两年前，刘金娣跟着她的那个王大哥走了。而我，对另娶一个女人，似乎并无热心。我不知道原因出在哪里。现在，面对手中这两封信，我似乎明白了。原来柳红梅一直在我心中。难怪刘金娣同我提出离婚时说，你心中装着一个女人，你装不下我。

我和佳音去和平家找父亲。和平家的房子，多少年来没有翻新，漆黑、幽暗，破败的气息充斥着每个角落。我一直担心，一阵风，或一场雨，房屋就会倒塌，可每次回家，和平家的屋依然挺立，而且永远是竹林湾最热闹的场所，争吵喧嚣，烟雾缭绕，就是没个女人沏茶，到底少了人间烟火。

我把父亲叫出来。我说，爸，跟我们去武汉吧。父亲说，我不去。我声音高起来。我说，你不去，好像我虐待你似的。你不去，我怎么开着宝马，在湾子里来来回回？湾子里的人，会戳我脊梁骨。

父亲听我声音高了，说，你到底还是生气了！你到底还是怨我！我说，没有。我说，爸，你没有错。

可你到底还是把她甩了！

"甩了"？我想对父亲说，是她"甩了"我，父亲不会信，再说，结局是一样的。

佳音远远地站着，她不参与我们的对话。我看着她孤独的身影，我可怜她，一个没妈的孩子。我其实更可怜自己。我看似成功，人生其实一败涂地。

父亲回到他的牌桌，我们到底没能接来父亲。

一路前行。一个疑问在我脑子里久久不散：二十年前，父亲为何要瞒下柳红梅那两封信，是嫌她家太遥远？还是没钱带我去见她的家人？还是仅仅相中了不要彩礼的刘金娣？这个问题，父亲不说，我永远不会知道答案。我了解父亲，这个答案，他会一直带进坟墓。

那年我与刘金娣结婚后,我给自己取了个笔名,叫春野,去掉那个"杨"字。我从内心,要与自己的过去决裂,而过去的根,在我看来,就是那个姓,它系着祖先,系着贫穷与痛苦。

"春野"两个字开始在各种画刊上出现。我发表的画作多起来,其间还获过几次大奖。我的工作因此有了变化,从乡村小学到县文化馆,再到省城文化部门。我画油画。今年秋天,画界举办全国性画展,展览地点在艺园。画展原计划在春天举行,因为疫情,推至深秋。展览汇集全国画界名流,将评出金奖一名,银、铜奖若干。

我上交的作品为《两棵银杏树》。多年前,两棵银杏树静静地立在艺园,它们在我脑子里挥之不去。除了那两棵银杏树,我想不起我该画什么。

正式展出那天,我进到展厅,一幅油画吸引了我。画上是两棵银杏树,以金黄为主色调,有着俄罗斯油画的画风,现代派。那幅画与我的画相似,显然,那不是我的画。它出自另一个叫柳岚的画家之手。画作题为《后现代的花枝》。这个柳岚,显然没有临摹我,我也没有抄袭她。画这幅画,我没有告诉任何人,也没有看过别人的任何一幅类似画作。它存在于我的脑海,它是我内心情感的喷涌。

那位柳岚,是如何想到画两棵银杏树的?真有这样的巧合?莫非她就是柳红梅?只有我和她对这两棵银杏树这么刻骨铭心。

我疑惑之时,展厅内一阵骚动,我回头,果然看见了柳红梅,她走向《后现代的花枝》。她穿着高跟鞋,气质高雅。那一刻，我陡然进入忘我状态。我忘记了所有人。多年的思念积攒成情感的河流，恣意奔涌。我张开双臂，去拥抱她。她微笑着，一闪身，躲开了我的拥抱。但她给足了我面子。她伸出手来，同我握手。

那只手那么温柔，与刘金娣粗糙的手有着完全不一样的感觉。

柳红梅！我喊了一句。这时候，她身边一个助理模样的帅小伙纠正我：她是柳岚，柳岚老师。

我窘迫地站在那里。

她从我身旁款款而过，身后飘散着茉莉花香。较之往昔，她更高挑，更美，简直是迷人。她像一位明星。地上没有红毯，但她所到之处，足下生辉。她是那么光彩照人。

人流在偌大的展厅里涌动，与其说众人是随着评委的节奏看画，不如说是随着柳红梅的身影忽走忽停。

那天，她是胜者；那天，她是王。

然后，尴尬的事情出现了。评委们走到画展出口，看到了我的画。我的画，像一件赝品摆在那里。我脸如火灼。

有人开始置疑。他们小声嘀咕，认为春野抄袭了柳岚。

不！人群中，有人响亮地道一声。我朝他看去，竟然是扶风。他已经很老了，满头白发，以至于我一眼没能认出他来。德高望重的扶风大声辩解：这都是他们自己的作品。这两幅画，都来自他们各自的内心，谁也没有临摹谁，谁也没有抄袭谁。他们画的，就是咱艺园的两棵银杏树，你们没看出来吧？那两棵银杏树，就在窗下的小花园里长着呢！

多年前那次培训后，我没怎么跟扶风联系。他早已不再画画，转向画评。他是画界著名的评论家，是这次评委会主任。

他的名声好，威望高，敢说真话。

杨春野！扶风喊我，我向他挤过去。这么多年，他还记得我。我眼睛一热。扶风说，你别哭啊，这不，事情搞清楚了嘛，你们都画了咱们艺园的两棵银杏树，这是巧合。

他朝柳岚挥手。

二十年了，柳红梅像一张曝光的底片，样子在我记忆里是模糊的，"柳红梅"，扶风喊出的这三个字，像三滴显影液，将她过去的样子显现出来。现在，随着她的出现，昔日的她清晰了。她的模样有了改变，不只是时光的痕迹，还有她的打扮、衣着、发型。她穿着套裙、高跟皮鞋，身材略显修长，气质高雅。我揣摩她现在的日子，应该过得不错。

评选结果，柳岚获得特等奖，我获铜奖。我没有失落。我铆足了劲，奔特等奖来的，但与《后现代的花枝》比，我真的觉得自己平庸。

黄昏来临，这是艺园的黄昏。

我站在两棵银杏树下。脚下是金黄的落叶，树上遍布金黄。这两株树，是艺园最美的风景，是艺园的魂。银杏树长得慢，这么多年过去，两棵银杏树并不比我记忆中的高大。我倚着那株略粗一些的银杏树，凝视着另一棵，树干孤傲地向上空伸展。我盯着树干，柳红梅倚着树干，恬静地朝着我微笑。她梳着齐耳短发，穿着朴素，像一位五四时期的知识分子。这当然是我的幻觉。当这种幻觉消逝时，我才发觉，柳红梅不知何时，已那么真切地出现在我面前。她倚着银杏树干。我重新审视她，她穿着套裙，戴着藏青色无檐帽，比多年以前更洋气。二十年过去，眼角那一道若有若无的皱纹，还是在她脸上留下了岁月的印迹，但这丝毫没有影响她的气质，她的美。

恭喜你！我说。

那年你为什么不去我家？她问。

她的问话已带着情绪，似乎眼里还含着泪。她的直问，像一把闪着寒光的剑，向着我的胸膛刺过来。

我不知该如何解释，是说我确实没有收到信，它被我父亲藏起来了，把责任全推给一个老人吗？我的眼睛模糊了。

我岔开话题。我问她，你成家了吧？你家先生是干什么的？他还好吧？

她点了一支烟，很细长的那种烟。她嗫着嘴唇，吸了一口。她吐了一口淡青的烟，说，不嫁了，嫁给了画布。画布像宫殿，什么都有。两颗泪挂在她眼角，她一甩头，它们就像两颗珍珠一样飞逝。

看到我这个样子，你是不是特别庆幸没有嫁我？我问。

只怕你庆幸没有娶一个抽烟的女人。她说。

我说，没有，我不在意女人抽烟。

她长叹一口气。我感到一股挟裹着寒冷的力量。她高昂起头颅，气质都在那细而直的脖子上。我心像被什么东西堵住了。

那年我等你来，你没来。我就想去你家，我妈不让我去，但我说服了她。我去了，发现你有了女人。我看见了她。我还同她说了话。她问我是谁，我说，我谁也不是，我只是一个陌生人。

她吸了一口烟，问我，她没告诉你吗？她没说有一个陌生女人到过你家门前，还在你家门前的花坛里采了一朵红月季？我与她说了一会儿话。一个陌生女人，单单跑到你家门口，她没感觉？她没告诉你？

我没吱声。刘金娣的确没告诉我曾有一个女人去过我家。

我没想到你那么快就有了女人。她的声音像冰河下流淌的水，低沉，冰冷，没有情感。我的心在胸膛里猛烈地跳动。我的胸膛也变成了厚厚的冰层，血液在里面撞击着它，却无法将它融化。只等春天！只等春天，如果有春天的话。脚旁是她的皮包，香奈儿。那么名贵的包，她竟然将它搁在地上。她弯下身去，拉开拉链，从包里抽出一封信。她说，你写给我的最后一封信，我一直带着它。现在，我把它还给你，留下已没什么意义了。

我给你写的那些信呢？最后那两封，它们还在吗？她问。

我点头。

你果然收到了。是挂号，两封，我觉得丢不了的，但我还是那么渴望它是寄丢了。特别是这几年，我越来越希望那两封信是寄丢了。

对不起，我说。我还是没做任何解释。应声而来的刺痛，使我欲哭无泪。而她，眼里已蓄满了泪水。她擦拭了一下面颊，不是用手，而是用一根手指，很轻地，小心翼翼。她同我一样，害怕触碰到往昔。

我接过她递过来的信。她说，我该走了。我说，你不在这里住？她说，不了，我常住石家庄，还有一趟高铁。她看我一眼，满眼失落，还有失望，似乎还有对我的鄙夷。

这么说，她要提前走，不等晚宴，也不等明天上午的领奖。

我觉得委屈、懊悔、自责……排山倒海般的情绪交织在一起，越来越重地堵在胸口，让我喘不过气，发不出声。当年，没接到她的信，我那么轻易就放弃了对她的信任，我应该看看她的，就像她来看我一样，但我没有。我那么容易就妥协了，娶了别的女人，维持着没有感情的婚姻……我该怎样解释呢？

父亲隐瞒了信没错，但我若能多一点信任、多一点坚持和勇敢，结局会不会就完全不同呢？对不起，这三个字在我的喉咙里哽了很长时间，终于冲出喉管，喷吐而出。同时，我的胸腔像被炸开，一条情感之河奔涌而出。我泅湿着眼，望着对面的人，颤抖着手，却连伸向她的勇气都没有。

她仰望天空，理了一下头发，说，春野，我想在这树下独自待一会儿，你走吧。

她没叫我杨春野。她叫我春野，好有讽刺意味。她说话的时候，眼睛并不看我，眼眸迷茫地凝视着远方。

我回到我的宿舍。我悄悄打开窗，两株银杏树，离窗户不过两三丈远。这是艺园最美的风景，它们像一对情侣。我仔细看着这两棵银杏树，树干笔直，朝向碧蓝的天空。一株高大伟岸，一株略小一些。此刻，它们有着同样的金黄。我可以清晰地看到地上的落叶，也是金黄一片。我看见柳红梅离开那株小一些的银杏树，几步跨到那株略大的银杏树旁。她抱住它，然后，转身倚着它，慢慢地，后背顺着它滑下去。她蹲在地上。她的脸埋在双手之间，浑身颤抖着，手臂也在哆嗦。她整个身体像是在电流中。她的一条腿跪在金黄的落叶上，支撑着另一条弯曲的腿。

我回转身，拉上厚厚的窗帘，没有开灯，不大的房间，像一张网，撒向我。那张网大得无边无际，将我隐在这片黑暗里。我抽泣着，控制不了自己，顺着窗前的墙壁蹲下来，就像她顺着那棵银杏树一样。我一只膝盖跪在地上。

不知过了多长时间，我的眼泪流干了，情绪释放了，我似乎不再那么痛苦。力气回到我身上，我支撑着，让自己站起来。我拉开窗帘。天微暗，两棵银杏树依然挺立，像一对情侣等待着黑夜来临。黑夜并没来临，我能看见树下空荡荡的，除了满地黄地毯一样的叶片。柳红梅不知什么时候已经离去。我看向两株银杏树的树梢，只剩下光秃秃的枝丫，刀枪剑戟一般，戳向苍茫的高空。那遒劲的姿态预示着，树还在倔强地生长，春天来临，它们还会重新变得枝繁叶茂。我低下头，在包里翻找起来。

三哥的紫竹林

1

三哥小名三星,手艺人,篾匠。三哥初中二年级那年,嫌路远,嫌学费贵,中断学业,在家游荡,父亲就让他去学手艺,好歹将来能说上媳妇。

父亲问三哥,你愿意学什么手艺?

三哥没有回答,他茫然地望着门前的石拱桥,望着缓缓流动的河水,说,学裁缝。父亲说,裁缝遍地都是,在乡村,是个女孩都学缝纫。父亲的目光,朝向远处的竹林。翠绿的竹叶一团团簇拥着,像一朵朵绿色的云。父亲说,学篾匠。三哥说,篾匠活少。父亲说,泥瓦匠太累,窑匠太脏,博士(木匠)吧,你看你身板,也拿不动斧头,还是学篾匠吧。篾匠活少一点,但总归是有活做。看我们竹林湾,这么大一片竹林,养一个篾匠还是养得起的。三哥说,行,听你的,你给我找师父吧。

这年三哥十四岁。三哥身体瘦削,面相俊秀,虽离开了学校,但仍像一白面书生。父亲就去给三哥寻师父。石桥河一带,除了竹林湾,别处竹子少,篾匠是个冷门,师父自然难寻。父亲寻了三天,最后去了三十里外的河口镇。河口镇上有一条河,河两岸长满桂(翠)竹和水竹。离水近的是水竹。水竹长得小而有韧性。离水远,靠山坡处的,是翠竹。翠竹长得壮硕。河口镇上篾匠多。河口镇是大悟、黄陂、红安三县交界处,集市繁华。父亲找到一个篾匠师父。那人五十多岁。他抬身时父亲看清了那张慈祥的脸,那张脸让父亲觉得,把三哥送到他这儿,三哥不会受罪。父亲问那个师父有无学徒。师父说,八年了,没收徒弟。父亲问为么事?师父说,篾匠靠什么营生?不就是竹子吗？咱这河口镇四周的竹子越来越少。父亲说，竹子少了，这手艺不能失传。老人说，可没人愿意学。父亲说，传给我儿子吧？那人说，行，让他来吧。父亲满心欢喜，这事办起来，比他想象的要简单得多。拜师父要准备四盒礼品，要烟酒，要把师父接来吃饭。按那师父意思，这些都省了。第二天，三哥就背起铺盖，像上住读学校似的，去了河口镇。

三哥在师父家勤快，清晨起床，把师父家水缸挑满，之后打扫堂屋，做早饭。师父和儿子分开过。他还有一个小女儿，不上学了，闲在家，没许亲，成天跟同学在一起，不怎么着家。每天，师父师娘睡到太阳照屁股才起来洗手、洗脸、吃早饭。饭后三哥洗过碗筷，下地干活。这样一天下来，三哥根本摸不着篾刀，也碰不着竹子。一个月后，三哥跑回来了。三哥说，这哪里是学手艺？简直就是给师父家当长工。

三哥跑到灶屋，将一大盘子剩饭炒了，逃犯似的几口就吞咽下肚。母亲说，你这模样搞得像从饿牢里出来的一样。给他家当牛做马，连个嘴巴都糊不上，看把我儿苦的。父亲竖起右手的三个指头，在空中一挥，说，徒弟徒弟，三年受罪，他的师父，当年不也是这么过来的。

母亲就对三哥说，去吧，你不去，弟兄这么多，没个手艺，你就等着当寡汉条子。父亲说，去吧，吃得苦中苦，方为人上人。熬出来了，出师了，你也带个徒弟，不就可以过你师父现在过的日子？去吧，你不去能咋办？你真的打算像麻球那样当寡汉条子？

第二天，三哥回师父那里去了。也不知他是怕当寡汉条子，还是希望将来过他师父那样有人伺候的日子。

这次，三哥待了三个月。他似乎习惯了那里的生活。他开始跟着师父做篾器活。三哥干得咋样，不用问三哥，看父亲的脸色就知晓。父亲到河口镇上看过三哥，那天黄昏回到竹林湾，父亲脸上皱纹堆起，成一朵黝黑的菊花。

三哥回来后，长白了。湾子里的女人逗他，说他搞得像个吃外饭的人。但他一连待了数日，没有回去的意思。麻球问他，咋个不回？三哥不悦，红着脸走开。几天后，父亲跟三哥生气，拿锹要刹他的腿，他这才说他不去的原因：他师娘的眼神不好，总是把虫子与青菜一起炒，三哥发现几次，想自己炒菜，师父不让，怕耽误他学手艺。三哥便在早上多吃些。他起得早，早饭还是他做。中午和晚上，三哥只吃干饭，不咽菜。干饭也不好吃，师娘做的大米饭，像冷粥坨子，三哥到底扛不住，就回来了。

父亲吼叫着。父亲的吼叫，惊起竹林一片鸟鸣。鸟的声音在空中传得很远。父亲的吼声如狮，像要吃人。母亲开始哭泣，母亲一遇到难题就哭泣。母亲一把眼泪，一句诉说。母亲说，把你们养这么大容易吗？一个个这么不听话。母亲说话向来如此，兄弟中有一个惹了他，她就把我们弟兄们都数落一顿。母亲说，你不去学手艺，莫不是要像麻球一样，将来当寡汉条子？

麻球的脸，像拔了鸡毛的鸡皮，他没娶到女人，一个人与日月相伴。

三哥回到师父家。也不知他是怕父亲真的拿锹刹他的腿，还是怕像麻球一样，将来当寡汉条子，终老孤苦一生。

三哥聪明，一般徒弟要三年才出师，三哥两年就能独立做活。为了不落下忘师卖道、欺师灭祖的罪名，开始独立做活的三哥，隔三岔五会拎两盒糕点，到师父家去看看。大年初一，三哥给师父拎四盒礼，拜年、磕头作揖，依然不吃师父家的饭。师娘那就着肉虫的炒菜和冷粥坨子样的米饭，一直在三哥心里堵着，以至于他独自做活时，不轻易吃人家的饭。近了，回家吃；远了，就让人家把竹子送来，做了篾器，再给人送去。工钱与到人家做活是一样的。母亲说，你这做的个么手艺人？手艺人，最起码得把自己的一张嘴带出去，你可好，给人家做活，还自带口粮。

在竹林湾人的眼里，手艺人游街串巷，靠手艺吃饭。三郎越来越不像个手艺人，倒像个商人。他舍不得砍竹林湾的竹子，雇拖拉机从外地把竹子买回来，做成篾器，周围乡民有要篾器的，上家里来买。

当然，饭菜干净、条件好的人家，三哥也会登门做活。

2

我家弟兄多，负担重，父亲怕我们将来打光棍儿，早早地把哥哥们的未来安排好了。大哥是窑匠，学的是烧砖做瓦。那年年底，他去了部队。我二哥学木匠，我们那里叫"博士"。现在，三哥是篾匠。父亲安排好三个哥哥的未来之后，对我说，你要能读进书，就读下去，读不进去，将来去学油漆匠。我说，我要读书。父亲说，好，就先读着吧。

塆，指山沟里的小块平地，多用于地名。我们红安县，位于鄂东北大别山南麓的丘陵地区，这里的村庄一般都建在山间的平地上，我们那里的人就把村子叫作"塆"，赵家塆、钱家塆、孙家塆、李家塆。三哥"单飞"的这年春末初秋，做手艺做到颜家塆。那是一户富裕人家，户主叫颜正卿，他家有五间砖瓦房，连院子都是红砖砌成的。那天，颜正卿来请他。他面相和善，骑着永久牌自行车，穿戴干净。三哥就去了。三哥不但在他家吃，还在他家住。附近几家请三哥没请动的，就有意见，说三哥是"看菩萨添颜料"，瞧不起人。三哥暗笑他们愚，不吃你们的饭，工钱一点不多要，你们还有意见。父亲说三哥不懂人情世故，在乡邻的眼里，有时候，面子比钱重要。

三哥不管这些，依然"看菩萨添颜料"。他在颜正卿家住着不想走。颜家四周的风景，不比我们竹林湾差。颜家屋后是山，山上林木茂密；门前是一条溪沟，溪沟那边，是水稻田。那时候，油菜花黄灿灿地开着，香味飘进院子。溪水叮咚响，三哥在院里一棵石榴树下做手艺，很是惬意。

三哥沉浸在自己的劳动中。他按工序，劈开竹子，剖成他要的粗细。他开始编制竹筐。三哥做活细，他迷恋这种编制，把竹筐竹篓编得像花篮，很是漂亮。

颜家在乡村是让人羡慕的。他们是典型的"半边户"，颜正卿是矿工，在外面搞钱，女人在家种几亩旱田。家里每月有工资进账，果菜粮油自产。矿工今年四十岁出头，有一儿一女。女儿十六岁，与三哥年龄相仿。

颜正卿一身中山装，乡镇干部模样。他始终是和善地笑。那是一个很讲排场的男人，有一种亲和力。他家的女主人与乡村别的女人，比如我们的母亲，是不一样的。她说话慢声细语，似乎总要先思考一番。

三哥喜欢这家人。他家不像我家人多，喧闹。三哥喜欢静。

这家的饭菜干净，色香味俱全。三哥在这家做手艺，很开心。他一直在他家做了八天。颜家那个女孩叫颜如意。男孩十二岁，叫颜超群。

颜家的活干完了，颜家对面的人家也来请三哥。三哥犯难，说要回家做，做完送过来。颜正卿说，在他们家做活，回我家吃我家住。颜家房屋宽敞，五间大瓦房，除了堂屋，其他的都隔成半间，再来几个客人，也住得下。

那是个阳光灿烂的上午，刘喜枝来到我家。刘喜枝是我们竹林湾的姑娘，嫁到颜家塆。她是从不到我家的，那天，她的出现，让我们一家人感到惊讶。母亲直念叨"稀客、稀客"。刘喜枝是来做媒的。她说，我们颜家塆颜正卿，让我向你家捎信，让你家到他家提亲。他有个女儿，他看上了你家三星。

母亲说，有这样的好事？我家三星不在家哩。刘喜枝说，三星就住在他家。母亲说，那他们直接跟他说嘛。刘喜枝说，我的个婶咧，人不得要个面子吗？有人提亲，他才光彩。再说，有些事不得通过媒人的嘴？母亲说，那你就是媒人了。刘喜枝说，婶要是看得上，就把我这个媒人安上，我也不会说媒，但话我还是会传的。父亲说，三星还小，先不提亲事。父亲心里怎么想的，我们都知道。这说亲的年龄，要适宜。说晚了，容易哐当，错过了。太早了也不行，费钱，一时结不了婚，过年过节的，得把女方接过来，每次来，要请陪客，再给女方买礼物，这还不包括"会面"和"看家"。

刘喜枝说，你可别说早。能看上你家三星，是你们的运气，是你们修来的福分。

刘喜枝就给我的父亲母亲讲颜家的好，说，好的人家，有机会就先占着，要不，让别人抢去了。

父亲看母亲，母亲看父亲，都有些犹豫。母亲说，这么说来，是个大便宜。我们这样的穷人家，有便宜占，那可真是好呢。

刘喜枝说，婶子啊，你这话可不中听，这是结亲，怎么能说是占便宜？人家颜正卿说了，就看中三星这个人，不用太花钱。

父亲就拎着两斤猪肉、两盒糕点去提亲。父亲在颜正卿家吃的午饭。回来后，父亲满脸堆笑，在家坐不住，一家家串门，几天时间，把竹林湾各家都走了一遍。父亲接着把目标指向田间地头，发现有人干活，他便走过去，蹲在那人不远处，没话找话，目的就是把我三哥说了门好亲事传播出去。

是人家看上我家三星哩！父亲说。

接下来准备"看家"。所谓"看家"，就是提亲后，女方选个良辰吉日，女孩由媒人领着，女孩的姑或姨陪伴，组团来到男方家，看看这一家人怎么样，经济状态如何，现实与媒婆所言是否一致。颜如意来"看家"的前一天，三哥推回了一辆女式轻便自行车，车筐里有一把全自动伞。自行车和伞是给颜如意的礼物。我后来一直觉得，三哥不该给颜如意买伞，伞，谐音"散"。三哥说，如果我这么想，什么都不能买，买自行车，她或许还会挨摔呢。伞有什么不好？为她遮风挡雨。

颜如意，那个差点成为我三嫂的人，留给我们一家人的印象太好了。她性格开朗。她到我家，没有把自己当客人，好像她已经是我的三嫂。她给客人端茶倒水。母亲抢过来，说，你是客，怎么要你沏茶？家里来的都是女客，七大姑八大姨的。那天正好是星期天，我在家。我置身于一群妇人之间，很不自在。我问母亲，怎么没看到颜如意的父母？母亲说，女伢的大人不来，这是风俗。

吃饭时，我没上桌，我只偶尔瞟一眼颜如意，她端庄、大气。吃饭是很讲究的事。先上两个菜，大家你一筷子，我一筷子，把那个菜吃得差不多，再撤下去，上新菜。都是女客，三哥都不上桌。她们一边吃着，一边说着话，很慢地吃着。她们有的是时间，时间被她们那么慢慢地消磨。

颜如意是主角，却只能坐着二号席位，一号席位是媒人刘喜枝，媒人劳苦功高。如果这门亲成了，但凡来客总有她，她将在很长一段时间内占据着我家饭桌的一号席位。

那天的颜如意，在饭桌上的表现过于大方。她是主角，别人都是陪客，她不等那些姨和姑吃完，自己先放下筷子，让三哥带她到河边看风景。那时天过正午，满世界的阳光白得耀眼。三哥和颜如意站在石拱桥上看风景，三哥撑伞，颜如意倚着三哥的肩。他们让我想起《白蛇传》里的白娘子和许仙，我好生羡慕。

三哥和颜如意在桥上伫立片刻，走下桥来。他们坐在河边坡地的草坪上，像是坐在地毯上。他们像一对城里人在谈情说爱。三哥还摘了一朵太阳花戴在颜如意的头上，那是一幅美得令人心痛的图画。

他们在河边坐了一会儿，便去了竹林。竹林湾的竹林，是竹林湾的另一个标志，它与高高的石拱桥构成竹林湾的两大美景，来竹林湾的人，都到桥上站立一会儿，再到竹林旁走走。

竹林就在河畔。有一条土路，伸向竹园深处。

三哥领着颜如意进了竹林。他们的身影在竹林里消失的那一刻，我感觉竹林有种梦幻般的美，三哥是那么幸福，这时，有一丝惆怅爬上我的心头。

3

我后来每次读到林徽因的《你是人间四月天》，就会想起三哥和颜如意打着伞漫步于河边的情景。我觉得颜如意就是三哥的"四月天"。

那天黄昏，颜如玉就走了，三哥送她。三哥骑着那辆崭新的凤凰牌女式自行车，颜如意坐在车后座上。那辆自行车，说是三哥给颜如意买的礼物，其实是颜如意的父亲颜正卿掏的钱，还不让三哥告诉颜如意。前几天，刘喜枝告诉父亲，给三哥和颜如意张罗"会面"和"看家"，父亲说，不用"会面"了吧，三星是住在他家呢，又不是没见过面，长得什么样子，双方都知道呢。"看家"也没有必要嘛，既然她家看中的是三星这个人。父亲其实是没钱。"会面"一般是由媒人领着，到县城逛街、吃饭、看电影、买礼物，少说也得花上千把块钱。刘喜枝回了话，几天后，她来告诉我的父亲母亲，颜家人开明，"会面"这道程序省了，"看家"的过程，是必须要走的。父亲说，没钱，秋上再说吧，秋上粮食出来了，卖些粮食就是钱。刘喜枝说，你们可不能犹豫，十里八乡，惦记她颜如意的人可不少，县城都有人来提亲，颜正卿独看上了你家三星。

她放低声音对我的父亲说，人家说了，你们家只要准备一桌酒席和一些礼物，颜如意只要一辆自行车，样式她都看好了。钱呢，颜正卿都准备了，这是五百块钱，我放你手中，你拿去给三星，让三星提前到县城把那辆自行车骑回来。

刘喜枝说这话时是瞒着母亲的，母亲的嘴不好，藏不住话。颜正卿要面子，不想让人知道这事。

这颜正卿做事，就是讲究。

那天，我看着三哥带走了颜如意，颜如意坐在车的后座上搂着三哥的腰。他们的背影消失后，我眼前一片空茫。我那时想，我要是三哥该多好啊。我以为自那天以后，颜如意的身影会时常出现在我们竹林湾，那会成为我经常看到的风景，然而，颜如意自此再没来我家，因为三哥退了亲。

那时候，三哥原本还在颜家塆做篾器活。他从颜家塆的东头一直做到塆子中央，这破了三哥的先例。以前，他在同一个塆子是干不了这么长时间的。他师娘将青菜与虫子一起炒，让他刻骨铭心，他不敢轻易吃人家的饭。三哥能在颜家塆做这么长时间，是因为颜正卿。整个颜家塆，颜正卿心里有底：哪些人家爱干净，哪些人家的饭菜吃得。遇到邋遢人家，他就找个借口，把三哥叫他家吃。至于住，三哥一直是住在他家的。

那是三哥人生最快乐的时光，颜正卿夫妻像慈祥的父亲母亲待他，而他热恋的颜如意，是那么让他称心如意。颜如意的小弟颜超群，对他也是亲热的，只要三哥不干活，他就身前身后地跟着。他暂时不能叫三哥姐夫，他叫他哥，他叫得甜。就是与他们家的那条大黄狗，三哥也结下了深厚的友谊。大黄狗吃饱了就往三哥身边凑，比对待它的主人还热情，引起颜超群的不满，说它"喜新厌旧"。

然而，三哥中止了他的美好幸福时光。那天清晨，三哥把他的自行车推到颜家院外，把颜超群找来。他塞给颜超群两百块钱，说，小弟，这个给你，你买学习用具。颜超群不要，三哥硬塞进他的口袋里，并用双手抓住颜超群的手，不让他把钱往外掏。三哥说，小弟，我以后可能不再来你家了。小超群问，为么事？你将来不是当我姐夫吗？三哥摇摇头。三哥说，我要离开，要到很远很远的地方去，你告诉你爸你姐一声。小超群明白了，问，哥，你不喜欢我姐吗？我姐配不上你吗？小超群竟然急哭了。三哥的眼睛湿润了。三哥说，小弟，保重。他骑着车，向着竹林湾的方向飞奔。颜如意家建在一片缓坡上，三哥的自行车顺坡而下，飞也似的，一会儿就没了踪影。

4

我今生忘不了那个血色黄昏。那天是星期天，我正在石拱桥上看风景，突然听见母亲的骂声，还有父亲的吼叫。我最怕这样的事，又不能逃避。我跑去。我以为是像以前一样，父亲与母亲吵了起来，不是的，是父亲朝着三哥吼叫：你有多大的本事，不可（同意）人家？人家看上你，是你八辈子修来的福分！母亲也在咒骂着三哥：你没看我们是啥人家，穷得裤子快没的穿；再看看人家，老子是国家工人，五间大瓦房，还有那么大个院子。人家是家庭条件不如你，还是姑娘长得不如你？

三哥高昂着头，沉默不语。长相俊美的三哥有着对世俗的偏见，也有着一个帅气男孩与生俱来的傲慢。

母亲问，为么事不可？

三哥说，颜正卿帮我抹汗。

所谓的抹汗，近似洗澡。我们那里乡村，塆子里没有澡堂，家里没有淋浴。冬天夜里，打一盆水到房间里，脱去衣裤，抹刷身子，小打小闹，是为"抹汗"。夏天就到水塘里，河湾里洗，也叫抹汗，抹冷水汗。祖辈都是这么过来的。

母亲说，你这么大个人，么样要让他抹汗？

三哥说，我手让篾刀划破了，沾不得水，他帮我抹。

这样个事啊，那多好呢，你这个没的用的亲老子都没帮你抹过汗。母亲指着父亲说。

我看见三哥几次张嘴，却没有声，像哑巴似的。他突然大声说，你们懂个么东西，不跟你们说！我的事，不用大人管！反正我不可这门亲！三哥连续几个感叹号，说话声一句比一句高。

这时候，我看见我那曾经的民办教师父亲，一向温文尔雅的父亲突然骂起来，老子打死你！父亲说着，抓起墙角处的一把锹，向着三哥奔过去。我大声喊，三哥，快跑！然而，三哥却像是失去意识一样，立在那里不动。那天我家太反常，以前父亲若想朝我们动手，母亲会冲我们喊，快跑呀，打死了呀。但这次，母亲没有，她甚至煽动父亲：打死他，打死他算了。这样，父亲的锹就奔向了三哥。万幸的是，落在三哥头上的，是锹把，父亲在将锹挥向三哥的那一刻，像孙悟空耍弄金箍棒似的，让锹在空中一个翻转，这使得我的三哥保住了一条命。即便这样，三哥的脑袋依然血流如注。血从他额头上往外涌。

那天的三哥，俨然钢铁战士，他就那么站着，不去抹脸上的血痕。早有人围观，其中就有刘喜枝，肯定是这个媒婆说了什么，才引起我家内斗。

我冲她喊：你走，莫在我家。母亲骂我：我撕烂你的嘴！

三哥的沉默表明他退颜家这门亲的决心。三哥脸上的血痕，并没使父亲的心软下来，他还在骂着三哥，不认这门亲，就滚出去，家里以后没钱给你娶媳妇。母亲说，这样好的一门亲，你不可，放着将来的好日子不过，你就去死吧，你死了算了，死了我们也省心。

我的父亲，一个曾经的乡村民办教师，在用锹把敲破三哥的脑袋，并让我三哥滚之后，扔了锹，蹲在地上。我看见父亲先是浑身肌肉抖动着，像得了伤寒。接着，他像一个小孩子一样，哇哇哭起来。那天，我们一家人在竹林湾丢尽了脸。

我想去把父亲拽起来，但我最终走向了我的三哥。我从没看见一个人流那么多的血。三哥本来就瘦，我吓坏了。我感觉他就要死去，但他并没有倒下，而是将腰挺得笔直。三哥向河边走，我怕他听母亲的话，真的去死，就跟过去。他一直走到河边，却并没踏进河水，而是沿着河岸，走向竹林。

我急忙跑回家，从母亲的抽屉里找出云南白药，那是大哥从部队给我们邮寄回来的。我追上三哥，让他停下来，我要给他上药，他不让，我就把那整袋云南白药撕开，强行敷在他的额头上，那血很快就止住了。

我们村叫竹林湾，河湾有一大片竹林。光棍儿麻球有一条腿不方便，村里照顾他，在竹林深处盖了间小屋，让麻球看竹林，先前给他工分，分田到户后给他工钱。三哥走进竹林小屋，对麻球说，麻球伯，你回你屋吧，我在这儿住。麻球看见三哥脸上带着血痕，没敢不可，问，晚上呢？三哥说，晚上我在这儿住。我帮你看竹子，看竹子的工钱还是你的，我就寻个方便。

麻球凝视着三哥身上的血，说，你好好的，莫瞎搞。他说的莫瞎搞，是怕三哥想不开。他跟我想到一块去了。我一直跟着三哥，就是怕他想不开。三哥对我说，你回去，把我的衣裳、鞋都拿过来。还有我的牙缸牙刷，我用的毛巾。对了，拿一个脸盆来。三哥这是要与我家决裂。我不想这样，但看他那么可怜，我决定回去拿。我说，三哥，你先把血擦一下。他没吱声，一屁股跌坐在麻球那潮乎乎脏兮兮的被子上。他失血过多，体力不支。

我把三哥的东西拿来。三哥经常在外，偶尔回家。我周末从学校回家，总是挤到三哥的床上，家里那时没那么多屋，也没那么多床。我拿来东西后不走，看着三哥，我怕他想不开。三哥说，你回去吧。这时候，他脸上的血已擦净了。晚饭时，母亲让我喊三哥回家吃饭，三哥不回。夜里，母亲说，你去跟你三哥睡，莫再出么事。这伢，能把人气死。自个儿这样的家庭，还挑肥拣瘦，是别人家，想攀都攀不上。我那时候已是一个初中二年级的学生，情窦初开，朦胧地知道什么叫爱情，知道爱应该是两相情愿。我说，人家家庭再好，人再好看，三哥不喜欢，你们就莫逼他。但我心里也嘀咕：且不说家庭条件，就颜如意这么好的女孩，三哥怎么就不同意？人家长得漂亮、洋气，名字也好听。

见三哥脸上的表情平静下来，我问三哥，这么好的一门亲，你么样不可？三哥说，颜正卿帮我抹汗。我说，那是他喜欢你，对你好。娘都说了，亲老子都没帮你抹汗。三哥说，你还小，你不懂。我说，我不小，我十三岁了。我是初中生，什么都懂。三哥望着我，似乎在判断该不该告诉我。他翻了一下眼皮，叹口气，像是下了很大的决心，说，算了，不跟你说，大人的事，你不要管，你好好读你的书。

三哥不回家住，母亲上楼，在楼上柜子里找出一套干净的被褥，让我送到竹林里。我打着手电，通向竹林小屋的路，黑幽幽的，我害怕踩到蛇，"竹叶青"，那可要人命。有几次，我踩着软绵绵潮湿的笋叶，我以为是踩着了它，双腿软了下来。

我喊道，三哥！三哥打开小屋的门，我进去。

我说，你回家住吧。这里有蛇，黑灯瞎火莫再晚上钻到你被子里去。

三哥抱着被子，把我送出竹林。他说，你若再来，就在竹林边喊我，我出来迎你。我不怕蛇，我是篾匠，有篾刀，蛇见着我就躲。

他转身回去。那时没有手机，我无法想象，三哥的夜晚，是多么寂寞。

三哥不回家吃饭，我叫他，他不回。我给他送去，他也不吃，让我拿回来。此前他做篾匠活，有点钱。他自己买饼干、方便面，可这终究不是个事，身体会垮掉。他就自己买来煤炉子、锅碗瓢盆，买米买面，自己过起日子。

5

三哥这是要与我们分家过。年纪轻轻，自立门户，这对我家的声誉是个大的损害，对我那还未处对象的大哥二哥极为不利，对我和弟弟们将来的发展也没有好处。父亲觉得老脸没处搁，与三哥的积怨越来越深。母亲到底是母亲，瞒着父亲，给三哥送鸡蛋、菜、油，三哥不要，说他做手艺，有钱，自己买。

竹林湾的村民组组长刘威武不想让三哥在竹林里待。他说，让一个篾匠看管竹园，如同让狼看管羊群。他让麻球撵三哥走，麻球拉不下脸，他亲自找三哥，不过是另一套说辞。他说，回家住吧，三星，年纪轻轻，还没娶媳妇，就与父母分家，让人耻笑，对自己的名声不好。

三哥不回，刘威武就经常到竹林转悠，说是怕三哥自己做饭，把竹林点着了，其实是检查竹子有没有新砍的痕迹。三哥说，你放心，一个篾匠，他是爱竹子的。三哥似乎已不再热衷于做篾器。事实上，他从未热衷过。

三哥离开颜家塆的前一天，还在给一户人家编箩筐，箩筐编得差不多，就剩下收口，他寻思着第二天给人家收。这天晚上发生"抹汗"事件，三哥第二天清晨离开颜家塆，自此没再回去。那家人来请，让三哥去给他家箩筐收口，说箩筐没编完，事做得有头无尾，于他家不吉利。三哥躲着不见，他不想去颜家塆。那家主人很生气，骂三哥，哪像个手艺人？将来要遭报应哩。

三哥退亲后，我的母亲成天在家唉声叹气。谁上我家来，她都要向别人说三哥的不是，说三哥脑子进了水，这么好的人家，竟然退亲。我三儿就是个睁眼瞎哩。二哥说，母亲，这么好的人家，三星不同意，自有他的道理，你当大人的，竟然骂起自己的儿。母亲说，我说得有错？

我特别理解父亲母亲。我们家弟兄多，穷，三哥与颜家联姻，他们就像抓住了一根救命稻草。凭我对父亲母亲的了解，他们不仅满足于三哥说了一门好亲，他们还把我和两个弟弟的未来寄托在颜家人身上。

母亲接受不了三哥退亲的现实，在一个天气晴朗的上午，谎称去我小姨家，却绕道去了颜家塆。她想去弄清我三哥退亲的原因，是不是三哥在颜如意家受了什么委屈。母亲还抱着幻想，希望能挽救这门亲事。母亲之所以亲自去，她已经开始怀疑媒人刘喜枝了。显然，她这种怀疑是没有道理的，媒人当然希望说媒成功。

在颜如意家，母亲做了一次"贱人"。

那天颜正卿不在家。颜如意在，她远远地看见母亲去了，进到邻居家不出来。一个被退亲的女孩，做出这样的事，是可以理解的。颜如意的妈冷着脸，不给母亲让座，就在院子里，与其说是迎接母亲，不如说是将母亲堵在门外。母亲问颜家婆：亲家母，我家三星为么事要退亲，你们说他什么了？颜如意的妈说，你叫我亲家母？你可别拿我开心，我可高攀不上。她阴沉着脸说，我们说过他什么？我们敢说他什么？我们什么也没说他还退亲呢。我们就是对他太好了，他才跷起了脚。算了，过去的事，我们不想提。既然你来了，那我就告诉你，其实我们家颜如意也没看上你家三星。只是我家人厚道，不想得罪人，不想落这名声，只等你家先退亲。

院子里还有颜家塆的几个妇人，颜如意的娘拉着个脸，母亲脸皮再厚，也是待不住的。母亲说，亲家母，我没来得及给你们买东西，这两百块钱，给亲家母买些糕点吧。

颜家婆不接，母亲走进她家堂屋，把钱放在八仙桌上。母亲转身就走，她刚走出颜家大门，颜家婆拿起桌上的钱甩了，还撇嘴说了句：我家缺你这个钱。我们拿你这钱算么回事？母亲正好回头，看见了她身后这令她倍感羞耻的一幕，也听见了颜家婆那刺耳的话，她的眼泪当场涌出，但她把这一切埋在心里，回家没有告诉我们任何人，也不说她去过颜如意家。还是后来刘喜枝回娘家，在我家地头碰见我的父亲，说了那么一嘴。刘喜枝说得轻描淡写，那图景却像一把刀刺中了我们老杨家每一个人。毕竟生我们养我们的伟大的母亲，在颜家做了一次"贱人"，受到羞辱。但我们都不想去复仇，毕竟是咱们先退人家的亲，伤了人家面子，如同拿刀在人家脸上划出了伤痕。

随后而至的一个周末，颜正卿来到我家。他说，他特地来见我三哥，亲事成不成，有些话得说清楚。

见颜正卿来了，母亲让我赶紧去找三哥。我在竹林小屋找到三哥，我说，你岳父来了。三哥锁上门，就走出竹林，往山上树林去。他不见。

那天的颜正卿，穿戴整齐，像一位乡镇干部。

他说话很慢，像唱歌一样拖长了声调，但你一点也不觉得他是在装腔作势，反而觉得那是城里人特有的风度，我一下子就喜欢上他。我当时想，他要是能成为我的岳父，该多好啊。然而，我这么渴望的事，三哥却放弃了。

颜正卿那天还带着他的儿子颜超群。我们不知道他为何带个孩子，也许是避免尴尬，也许是他不总在家，想与儿子多待一会儿。颜超群长得白白净净，头发略长，有些像女孩。这一家人，颜值都挺高的。颜超群第一次到我家，母亲给他一双亲手纳的布鞋，那布鞋有些大。颜超群穿着买的运动鞋。他往身后躲，说不要鞋，他不穿。母亲就用一块新手绢给他包了一百块钱。颜超群挺高兴地接了，说了声"谢谢大娘"，声音轻柔，好像很胆怯。

颜正卿对母亲说，你那天去，正好赶上我不在家。那语气，有替家人道歉的意思，但我们一家人还是听他话里有话，他还想挽救这门亲事，但三哥躲着不见，他就没有往深了说。

颜正卿走了。那天父亲没在家，母亲一直送他们到后山坡。母亲为我家失去这门好亲事而伤心，在颜正卿身后痛哭流涕，好像是她在与颜正卿生离死别。

那次颜正卿到我家，留给我的第一印象，不是他的穿戴，也不是他的脸，而是他脸上的笑容，那是一种善良、温和的笑容。那笑容富于感染力，以至于你不得不回报他温和的笑。颜如意那么漂亮，他们一家人都那么好，就是她的小弟，也是那么可爱。我们整个竹林湾，找不出那样的家庭，就是整个石桥河村，都难说有那样的人家。颜家人是没看上我，颜家人要是看上了我，我会乐得合不拢嘴。

我替三哥遗憾。

颜正卿走后第二天，他家的那只大黄狗居然来到了我们竹林湾。它径直去了竹林，在麻球的竹林小屋里堵着三哥。三哥走出竹林，它跟出来。它咬着三哥的裤腿，把三哥往颜家塆那个方向拽。他缠着三哥。它通人性，与三哥感情深。三哥在颜家被视为座上宾，它每天借光，有骨头啃。三哥让它走，它不走。三哥看见它眼角挂着泪，他的眼角也流了泪。三哥蹲下身来，伸出手，梳理它的毛发，跟它说着话。它伸出舌头，舔着三哥的脸。

三哥安慰了它半个小时，它才恋恋不舍地离去。麻球目睹了整个过程，麻球说，三星，这么好的人家，你要退亲，连狗都觉得你和那个颜如意是一对呢。你麻伯话在这儿放着，错过这个村，再没这个店哩，你想再找这样的人家，难。

三哥遭受父亲锹把敲打的第三天，我就回到了学校。家里那段时间发生的事，有些是我亲历，有些是后来听说的，传播者是麻球。他的舌头，比长舌妇的还长。

我再回家时，三哥已不在我们竹林湾，他的初中同学，在县啤酒厂帮他找了个工作。他那个同学的舅是啤酒厂的厂长。那个同学与三哥关系好，三哥那次坚决离开了学校后，他那同学伤心得哭了一场。他跑到我家找三哥，在我家住了一晚。他对三哥说，你不上学，我同谁玩耍呀。但他没能说服三哥重返校园。

三哥在啤酒厂当洗瓶工，洗瓶工大都是女性，男人只有那么三个，都是老男人，厂长的关系照顾他们。三哥年纪轻轻的当洗瓶工，没什么出息，但三哥干得很开心。他虽然是个手艺人，却并不喜欢做手艺，那是父亲给他选的手艺，不是他自己想学的。三哥去当洗瓶工，更多的是逃避，逃避我们那个家，逃避做手艺。他那次从颜家塆逃回家后，就再没有做过篾器活。

三哥洗瓶，乐此不疲。他与那几个老男人处得很好。他敬重他们。他年轻，替他们跑腿。三哥不抽烟，也会准备一包烟，发给他们抽，结果他们不抽，说三哥的烟霉了。不抽烟的人，一包烟要放好长时间。三哥就不再准备烟，而是偶尔买些水果或几块雪糕与那几个老男人分享。

三哥在啤酒厂上了两年班，挣的钱不多，但比种田好，每月领工资，还把身体蓄住了。我那时在城里读书，一个周末，我带着我的同学邓建铭去三哥的啤酒厂。那天，三哥打了三份饭菜，我们围坐在三哥那张旧的办公桌前吃饭。那天的菜是青椒炒肉，真香。我们离开三哥宿舍时，邓建铭说，你三哥好帅啊。我说是的，我们弟兄中，他最帅。我怎么也没想到，那么令我留恋的三哥宿舍，后来竟然成为一个女人生命的终点站。

三哥的穿戴越来越洋气，完全是个城里人。

三哥离开竹林湾后，麻球重回竹林小屋住，三哥回家，就没地方住。他用他的工资买了一辆自行车。他偶尔回家，有时吃一顿饭，有时不吃，坐一会儿，骑着车匆忙返回县城。

父亲到县城找过三哥，父亲希望他回归乡村，那么好的篾匠手艺不做，白瞎了。三哥不回，父亲以为是当年他那一锹把，三哥还在记仇。父亲想道歉，但他说不出口，哪有老子给儿道歉的？他只是给三哥带了他爱吃的糍粑。他说，听四喜说你有电炉子，可以自己开火，糍粑你可以煎着吃，也可以油炸之后蘸红糖吃。父亲的言和行，已表明了他的悔意。三哥说，我不回去。我在这儿干一段时间，会转为合同工的。三哥说，他已得到他们组长的赏识和暗示，可能被推荐去车间，变成合同工。

6

两年后，三哥分到了生产车间，成为一名合同工。三哥到生产车间后，还住原来的地方。生产车间那些宿舍，年轻人多，咋咋呼呼的，三哥喜欢安静。而洗瓶工的男人宿舍，就三个老男人，他们下班后喜欢凑到隔壁打牌、喝酒、闲扯淡。这样，三哥大部分时间等于是一个人拥有一间宿舍。三哥没事的时候，喜欢听音乐。自行车和录放机，是他出门必备的两件宝。

三哥转了合同工，父亲就不再说什么了，但敲在三哥头上的那一锹把，永远杵在他心里，成为他难以忘却的痛。每次三哥回家，很少上灶屋的父亲总是亲自烧火做饭，给三哥弄好吃的。三哥一点也不像我的三哥，倒像一个尊贵的客人，以至于我都有些嫉妒，盼着父亲也打我一顿，然后懊悔，然后像对三哥那样，小心翼翼地对我。然而，那次打了三哥后，父亲自此未对家人动过手，无论我们怎么气他。砸向三哥那一锹把，在他心里杵得太深。

三哥成为合同工后，工资涨了，他攒钱买了一台相机。他给人照相，并帮人洗出来，收点小费，这成为三哥的第二职业。周末放假时，他会骑着自行车、挎着照相机，回到我们竹林湾，以石拱桥和竹林为背景，给人照相。

颜家塆几乎是我们竹林湾到县城的必经之地，但三哥从不走颜家塆这条路，他宁愿绕道。颜如意家就在道边，他怕碰见她，难免尴尬。我在城关镇读书，每周都要从颜家右侧路过，她家气派的大瓦房，随着岁月流逝，慢慢地失去了它的气势，她家左侧那片坡地，拔地而起两层楼。仅两三年时间，颜如意家的大瓦房，倒显得寒碜了。但这寒碜，也反衬着她家的阔气——那两层楼也是她家的呢，是为她还没成人的弟弟准备的。

三哥恋爱了。

那天是星期天，三哥骑上车，到金沙河边照相，他拍风景照。那天他心情好，拍了很多。三哥准备离开时，三个女孩闯入了他的视野。她们嘻嘻哈哈的，很开心。其中有一个女孩，在另两个女孩中凸显得很是靓丽。水面有风吹过，吹着她的长发，那幅美丽的图景打动了我的三哥。三哥大胆地说想给她们照相，她们爽快地答应了。三哥给她们照了好几张。那个漂亮女孩说，她想来张单独的。三哥说，好哇，可是，我怎么给你呢？女孩说，我叫张美霞，在百货大楼上班。三哥说，好的，我抽空给你送去。

张美霞就这样走进三哥的心里，成为三哥心仪的女孩。

啤酒厂有个女的叫李腊梅，是三哥当洗瓶工时的同事。此人三十六七岁，离异，人高马大，长着一身横肉，却偏好做少女扭捏状。三哥不喜欢此人，此人却喜欢三哥，从三哥成为洗瓶工的第一天，她就对三哥关心有加，三哥视这种关心为一种压力，他尽量躲避着她。这种躲避不能太明显，不能让她觉得三哥烦她，至少在有人的场合得给足她面子。三哥不想得罪人，更不想伤害人。

李腊梅无数次夸三哥"长相漂亮"，语气中带着酸涩的味道。她目光如火，似乎要把我的三哥熔化。她每次夸赞，都让我三哥心生寒意，觉得危险逼近。三哥曾对一个老男人说，什么腊梅，就是一块隔年的腊肉。

三哥处对象后，李腊梅不但没离三哥远，反而更近。她喜欢说些风凉话，以讽刺三哥的那个女友。她说，张美霞为何总是梳着披肩发？她脸盘大，借头发遮挡着半边脸。三哥赔着笑脸。

三哥烦这个女人。有一次，她拿着一把刷子，拎一瓶装了半瓶水的啤酒瓶，走到三哥跟前，用那把小刷子在瓶子里一上一下捣鼓，对我三哥说，星，你看这是干啥呢？她说着，冲着三哥淫荡地笑。

三哥知道她这个动作暗示什么，他几乎崩溃，他没想到城里还有这么粗俗的女人，比乡村那些当众脱男人裤子的女人还粗俗下流。她叫三哥"星"，让三哥内心翻江倒海，差点没吐出来了。三哥借口上厕所，躲开了她。

但怎么躲得开？同在一个单位，总会有撞见的时候。那天五一放假，三哥没有回我们竹林湾，他打算带张美霞去天台山游玩。两人出发前，李腊梅出现了。李腊梅听说他们去旅游，也要跟着去，三哥烦得不行，又不愿得罪她，就说，那就一起去吧。

张美霞不喜欢李腊梅，见她就要窒息。她每次来见我的三哥，李腊梅总会过来冷嘲热讽，甚至对三哥做出亲昵的动作。张美霞烦透了她。她曾经怀疑三哥与张美霞不明不白，三哥说，你这么说，是对我的侮辱，我瞎了眼吗？

去天台山，见李腊梅要跟着，张美霞高涨的情绪骤然冷却，她不想让李腊梅去。她知道三哥不便说，就略施一计，说自己肚子不舒服，不去了，并向三哥眨眼，显然是暗示三哥，假装不去，然后偷偷地走。三哥还未来得及配合她，李腊梅的话砸过来：美霞肚子疼，莫不是有喜了？哎呀，恭喜！

张美霞是个大姑娘，谈恋爱没多长时间，她说出这样的话来，这不是骂人吗？张美霞抓起自己的包，哭着冲出三哥的宿舍。三哥只得去追。三哥花了很长的时间哄张美霞，耽误了去天台山旅游的车。那天，他们虽然一直在一起，心情却都很糟糕。

张美霞说三哥太老实，像李腊梅那样的女人，三哥就应该骂她。三哥说，她，一个离婚的女人，不能跟她计较。你骂她，她还不在厂子里跳起脚来骂你？你骂一句，她回一万句。厂里有一个看大门的老头，不知怎么得罪了她，她到处说人家骚扰她，弄得那个老头硬是没法在厂里待。

三哥与张美霞的恋爱还在进行着，张美霞自此很少到三哥的宿舍。她们宿舍，四五个女孩挤在一起，三哥不好意思进入。他们谈情说爱，更多的是在公园里，或在小河边，浪漫而辛苦。张美霞叮嘱三哥，离李腊梅远一些，离她近了，早晚会出事。张美霞说，我看着她就是个丧门星。三哥说，我一直躲着她呢，你放心吧，我与她不会有事的。我就是打一辈子光棍儿，也不会碰她。三哥和张美霞商量，他们再攒一些钱后，就在我们竹林湾盖楼，哪怕先起一层。然后，他们骑着自行车上班，早出晚归。

三哥在竹林湾盖楼的理想，一辈子都未能实现。正当三哥憧憬着美好未来时，他出事了，成为杀人犯，那个李腊梅，成为三哥的刀下鬼。他一直躲着李腊梅，终于没躲过。或者说，他彻底地躲开了她。

7

那个鲜血流淌的黄昏，永远刻在三哥的脑子里。在鲜血流淌之前，三哥的心情其实挺好。他买了个西瓜，浸泡在水桶里，准备等它凉下来，再将它切开，切成莲花状，送到隔壁去。这天都没有夜班，同宿舍的几个老男人在隔壁打牌。三哥是个懂得感恩的人，他们几个常凑到隔壁，给他足够的个人空间。他调到生产车间后，他们不但没赶他走，对他更客气，好像他是他们的客人。

三哥吃午饭的时候，跟那几位老男人说，张美霞晚饭后要过来坐一坐。老男人们是过来人，懂他，吃过晚饭就都到隔壁去了。一位伯伯走前还告诉他：你就让她在这儿待着吧，我们在那边，玩通宵都没的事。我们老了，觉少了，明天放假，不碍事的。

三哥在宿舍里等张美霞，送西瓜的事，他要与张美霞一起。然而，三哥等来的却是李腊梅。三哥感觉门外吹来凉爽的风，被一面巨大的墙挡住了，他内心的喜悦顿时烟消云散，憧憬着的今夜的美好，眼看要成泡影。三哥为了让李腊梅早点走，特地把水桶里的西瓜洗了，抱到那个旧的办公桌上，那上面有菜刀和菜板。这寒碜的摆设，是那个年代职工宿舍的必备。为了省点饭钱，他们常常自己炒菜。

三哥拿起刀，正要切西瓜，李腊梅在他身后说，星，穿得这么帅，是不是你那个张大脸要来呀？那天三哥穿着一件白色的T恤，干净。三哥不悦，躲着李腊梅。他躲开一步，李腊梅近他两步。李腊梅身上热烘烘的散着酸味的气息，扑向三哥。三哥后来说，李腊梅那样子，简直是要强暴他。三哥这句话，让我迷茫了好久，我想象不出，一个女人要强暴男人是一个什么样的情景。

三哥怕李腊梅纠缠不走，让即将到来的张美霞撞见。三哥说，不，张美霞今天不来。然后，他切西瓜，计划给李腊梅一块，然后把剩下的送到隔壁去，摆脱李腊梅。三哥这么想，一刀下去，西瓜一分为二。他将刀架在两瓣中的一瓣上，正要继续下刀，李腊梅从他身后搂住了他。三哥拧着肩膀，大声说，你松开！李腊梅就松开了他。

李腊梅松开他的同时，伸手摸了一下三哥的裆。李腊梅这个下流的动作，让她丢了性命。三哥本能地一转身。他转身的同时，那握着刀的手，惯性似的，就挥了出去，刀刃朝外。李腊梅往后一闪，三哥手中的刀，不偏不倚，就划到李腊梅的脖子上了。

如果三哥不挥出刀去，自然没有这流血事件。如果李腊梅不往后闪身，像刚才一样，身体还贴着三哥，三哥的刀也就伸得过长，只能砍到李腊梅脑壳后面的空气。

三哥彻底傻掉了。他僵立片刻，在最后一丝理智支撑下，扔下菜刀，脱下他那沾满血痕的白色T恤，换上黑衬衣，锁上门，骑上他的自行车，向竹林湾飞奔。

三哥这几年，逃避着我们的家，可一旦遇到事，他想到的第一个避难所，还是竹林湾。三哥并没有进我家的屋，他直奔竹林。麻球正在竹林小屋里睡觉，鼾声如雷。三哥推开门，不是门的动静惊醒了他，而是那道光线刺激了他的眼。夏日天长，三哥飞奔到家时，天还未黑。

麻球看见三哥脸煞白，目光惊恐，汗水直流。麻球问，三星，你怎么啦？三哥不吱声。麻球说，你么样搞得像个苕货？三哥还是不吱声。麻球就走出他的小屋，走出竹林，快步来到我家。那时候，母亲正在煮饭，父亲和二哥坐在堂屋里喝茶。麻球说，你们快到我的小屋去吧，去看看三星，他好像出了事，好像事还不小。

父亲和二哥跟着麻球走,母亲将正烧着的柴火往灶膛里边塞,跟出来,问,三星回来了?三星回来了,么样不到屋里来?

我们一家人挤到麻球的竹林小屋里。三哥望着我们,目光惊恐,神情慌乱、无助,好像在寻求救命稻草。父亲问,你怎么了?三哥不吱声。二哥说,你怎么了?你快说,我们一起想办法。

三哥说,我杀人了。

整个小屋突然静下来,我猜想,我们每一个人在看到三哥那种表情时,都猜想他会出这样那样的事,但就是不会想到他会杀人。文弱的三哥,性格温和的三哥,怎么会杀人?要说我脾气暴躁的二哥杀人,还有人信。小屋沉默瞬间后,母亲爆发出裂帛般的呼喊,你么样这么傻呀?么样杀人啦?杀人是要填命的咧……

麻球说,我的个嫂喂,你就莫喊咧,这是个光彩事?

母亲就变喊为哭。

三哥说,我没想杀她,她抱着我,我忘记了手中有刀,我只是转身,想用胳膊肘推开她。三哥没有眼泪,满脸苍白,像是一个丢了灵魂的人。他一连将这句话重复了三遍。

母亲一直哭。父亲朝她吼,哭个么事?哭能解决问题?母亲就说,我的儿啊,杀人填命,赶紧逃命吧,跑得越远越好。

8

父亲触电似的颤抖着。

关于三哥是逃还是自首,家人意见不一。母亲和二哥说逃。

二哥说，杀人是死罪，逃一天，活一天。父亲说，自首去，法网恢恢，逃不掉的。再说，还不知道三星为什么杀人，也许是被逼的。

二哥说，要自首，就趁早，别到时人没逃，被公安局的抓了，就不算自首。三哥一直没说话，他吓坏了。他脸上除了极度的恐惧，还有茫然，整个人好像魂不附体。在父亲多次催促下，他走出小屋，向竹林外走，走向通往县城的路。我听见竹枝上有猫头鹰的叫声，这让我心生一阵寒战。竹林里，从来只有翠鸟和麻雀叫。三哥可能也有一种不祥之兆，他停下脚，仰望竹林。他的这个动作像是永别。他浑身抖动，像是寒风里的一棵树。三哥那天的那个样子可怜极了。他的那个样子，让我日后许多年都不忍心向他说重话，语气重一点都不忍。他太弱小，太无助，太经不起伤害，我像呵护弟弟一样呵护着他，尽管他是我的哥哥。

母亲忍不住再次哭泣。三哥没有骑车，就那么不紧不慢地走。他神情漠然，双眼空洞无物。我们跟在他身后。母亲回屋去找他换洗的衣服，一件没有，那次被父亲一锹把打离家后，他的衣物也都与他一起离了家。

我们走到后山坡，隐若听见警笛声响。二哥说，怕是抓三星来了。我们细听，警笛声越来越响，响声越来越急促。很快，我们果然看见警车。三哥就这样被带走了。

三哥出事时，大哥在部队，怕影响他工作，就没给他打电报。这事瞒着大哥，还有另一个原因，怕影响他发展。大哥是当兵第四年，在部队干得好，正准备提干，如果知道家里出了杀人犯，部队还能给他提干吗？

三哥就这么稀里糊涂地成为一个杀人犯。

纸总是包不住火的，整个竹林湾知道三哥杀人了，整个石桥河村都知道。我西河湾的表哥凡，在县城上班，他都知道了。他赶到我家，说，三星杀人的事，上了报纸，还上了电视，整个县城传得沸沸扬扬。

表哥凡是我大姨的儿子，在县法院开车。当时，麻球说，你们可以去找你河西湾大表哥呀，我们都没有吱声。父亲是好面子的人，表哥凡混得好，这丢人的事，父亲怕他知道，怕遭他耻笑。二哥说，表哥凡太滑，信不过，不想找他。找他，还不如找一些三星不是故意杀人的证据。二哥让三哥一口咬定不是故意杀人。

现在，表哥凡不请自来。他说他能帮三哥，这让一家人充满希望，我们甚至为家里出事有意隐瞒他而自责。母亲当即杀鸡煎蛋，给他整饭吃。父亲还买了一瓶"黄鹤楼"酒，陪着他喝。我看着他们吃着喝着，哭了。我说，三哥要判死刑，你们喝得下吃得进？父亲说，你么样说话呢？你凡哥要帮你三哥减轻罪名，是救你三哥来了。

这期间，与三哥同宿舍的那三个老男人都联名上书，说是李腊梅缠着我三哥，让他受不了，他才杀的她。三星是个好伢。结果他们帮了倒忙——这么说，那杨三星不是故意杀人吗？那几个老男人便不敢再声援。

几天后，有消息传来，说三哥是过失杀人，判无期。

之后的日子，三哥成为我们老杨家每个人心中的痛，文弱的三哥，像一座大山，压在我们心上。

三哥被押到新洲的某个监狱，那里有个劳改农场，他们到那里种水稻，这可苦了三哥。三哥爱干净，最不喜欢下水田。作为一个农村孩子，他是那么怕蚂蟥。我十岁就开始下田插秧，三哥宁可在家烧开水,坚持不下田。这下可够三哥受了。

三哥被抓的第二年,大哥在部队提了干。他回家探亲,知道三哥的事,大哥想去监狱看三哥,一番折腾后,大哥终于见到了三哥。大哥说,三哥不是他想象中那么黑瘦黑瘦的,他并未上一线劳动,他协助做一些服务性工作,相当于犯人里的文书或通信员之类。我们不知道牢里还有这样的位置,这让我们一家人备感欣慰。

大哥给三哥钱,三哥不要,说他有钱没地方花。大哥回东北军营前,把钱留给父亲,让父亲每年至少去看三哥两次。

后来,父亲每次去看三哥,都要带着表哥凡。

他们去看三哥前,从我家出发,看完三哥,再回到我家,向我们讲述三哥在监狱里的情形。去前一餐饭,回来还管饭。一餐饭吃三四个钟头,母亲烦,却还要赔笑脸。

9

三哥坐牢后,张美霞到我家来过一次,她把三哥给她买的东西都送还给我家。母亲哭着问她,你不等他了?母亲这句话,显然多余,不需要回答。一个被判无期的人,她怎么可能等?张美霞是骑自行车来的,回去时,坚持步行。我们家到县城,十六里地。我们让她骑上车,她说,自行车是三星给我买的,我还给他。车我骑旧了,我要是给钱,你们又不要。这点东西,算是心意。她说着,从自行车筐里拎出一个塑料袋,里面有一绺肉、两盒点心。

张美霞走后,母亲抱着那个装着肉和点心的塑料袋,坐在门槛上哭了整整一下午。

自从三哥被抓，我许多年没再见过他。家里人去看他，总赶上我不在家。后来我当兵走了，一走多年。我对三哥的回忆是模糊的，除了他那双茫然的眼睛，我捕捉不到他面部轮廓。

我年近六旬的父亲，总对自己砸向三哥的那一锹把进行忏悔。他说，怨我，一锹把他打得不落屋，才跑到县城，遇到那个李腊梅，沦为杀人犯。唉，不说了，说这些还有个么用？

后来大哥、二哥结婚成家。大哥成家后，还瞒着大嫂，偷偷给家里寄钱。我军校毕业后，也开始攒钱，往家里邮寄。父亲让三哥在里面好好表现，他希望三哥被不断地减刑，每年都争取减刑。他希望三哥在三十六岁出来。父亲说，六六三十六，六六大顺，三星若能在三十六岁出来，还能结婚生子，留个后，活个全乎人。

家里就有了矛盾，大嫂、二嫂说父亲偏心，她们走进我们家，什么好东西都没见过，日子过得紧，老大老二就不是你的儿？父亲说，你们的心真狠，你们手头紧一点，不耽误过日子，三星在牢里，那不是过日子，那是当牛做马。

二嫂说，还不是他自找的？放着好好的姑娘不要，非要退亲，退出人命来。父亲说，还说那样的话，有么意思？

为了三哥，父亲不顾自己年事高，到石桥河里捕鱼。他捕鱼用两种网，一种是挂网，一种是"神仙网"。挂网就是把网下到水里，鱼会被缠住，被挂在网上。"神仙网"是在两根一丈多长的竹竿上，系上半月形的渔网。人站在岸边，借助竹竿的力量，把网撒在水里。网的下部有铅坠，下沉。网的上部有浮子，浮在水面。父亲撒下渔网后，让渔网在水里围成一个圆圈。父亲舞动竹竿，那圆圈缩小，呈包围之势，那鱼就被围在里面了。挂网捕的鱼，要大一些，有的两三斤重。"神仙网"网的都是一拃多长的小鱼，那鱼活蹦乱跳的。

"神仙网"捕鱼没什么危险，挂网有时会被挂在水里，父亲就得下水去取，有被淹的危险。那段时间，父亲做得有些过分，他白天撒"神仙网"捕鱼时，二嫂的两个孩子就在水边围着看，父亲硬是舍不得给他们拿些鱼，让他们的妈妈弄给他们吃。父亲把鱼都拿到镇上去卖，他一门心思就想把钱都花在三哥身上，让他早点出来。

三哥最终在牢里待了十八年。他出来时，年满三十八岁。他变得沉默，需要说话的时候，他也很少说话，只是朝人温和地一笑。

三哥回来时，我们一家去了好几台车接他，表哥凡也去了。到家时，已是晚上，家里备了好几桌酒席。母亲流泪，父亲朝她吼，哭个么东西。他自己却是老泪纵横。

父亲说，事情都过去了，过去的事不提，好好过你的下半辈子。

父亲不想三哥就此一生，父亲希望他成个家。可在县城没有房子，年轻小伙子都很难找媳妇，何况三十八岁的中年男人。那天晚上，父亲把我们弟兄召集在一起，让我们弟兄每人拿两万元，借也好，给也好，必须拿。他说，不拿，他就当着全湾人的面，给我们下跪。父亲这话激怒了嫂子们，她们说父亲自己犯下的错，一锹把将三星打跑了，然后成了杀人犯，现在让大伙给他买单。二嫂反对尤甚，她说，各家有各家的负担，孩子们都大了，哪一步都得花钱。他们不给，父亲就躺在床上绝食。

父亲说，我饿死了，让你们的孝顺美名扬天下。我们拗不过父亲，说弟兄每人拿两万元，不说借，也不说给，把钱拍在父亲床头柜上。二哥到底只拿了一万元,大哥拿三万元,算是把二哥这一万元填上了。

我们家每个人,都为三哥做出了贡献,或者说牺牲。三哥被抓那年,五弟六弟就不再上学,我们弟兄凑的钱,加上父亲这么多年烤烟叶、捕鱼卖的钱,父亲在红安城铜锣湾,给三哥买了房,两室一厅,七十二平方米。

那段时间我休假在家,听说张美霞离了婚,带着一个十岁的女儿。这似乎是天意,她好像一直在等我三哥呢。我联系到她。我说,我三哥出来了。你们有无可能再续前缘?她很惊喜,看来她心里一直有我三哥。她答应得很痛快,她说,看你三哥的意思吧,见过面再说。这么多年了,人都在变。我说,我三哥没有太多的变化,他不显老。他在牢里,并没受太多的罪。我说,我三哥在铜锣湾有新居,装修好的成品房。

他们到底还是有缘,几次见面后,就决定结婚。没办婚礼,也没宴请亲友,只是两方家人,在铜锣湾大酒店订了两个包间,算是个仪式。

然而,三哥只当了十八天的新郎官,他们很快离了婚。这个消息让我震惊,我特地去找到张美霞,我叫她姐,没叫她嫂,这样更亲切。我说,美霞姐,我三哥这一生,你也知道,他太苦了。但凡能过下去,你就跟他过吧,我们老杨家人对你感恩戴德。

张美霞说,我们实在不合适。我说,有什么不合适?他也就是误杀了人,他是无辜的,我三哥本质不坏,这些你都知道。张美霞冲我淡然一笑,说,我还年轻,我得有自己的生活。我说,我三哥也不老呀,你俩一样大,都不到四十岁。

张美霞长叹一口气,说,四喜,我就跟你实话实说吧,我本来不想说，也说不出口，可我要是不说，好像是我的不是，那我就说了吧，你三哥他有病。我问，什么病？她说，那方面的病。她说着，低着头，不看我，只顾抹泪。她说，四喜，我与你三哥也就这点缘分了。你三哥这辈子太苦了，你们兄弟好好待他吧。

她说着，头也不回地回到她的丽景街商场。她在那里有一个自己的店铺，卖女装。

张美霞的背影消失后，我伫立街头，半天不说话，像是被什么东西击中。我想象着三哥的病。

我能够想象，似乎又无法想象。

三哥与张美霞离婚后，三哥卖了他县城的房子，把欠兄弟们的钱都还了。他回到竹林湾。这时候，我二哥已是村支书。

10

这几年，我们竹林湾的竹子死的死、砍的砍，光了，竹林湾名不副实，昔日的竹林，成了一片荒地。竹林死了，离竹林近的水面，漂荡着枯枝败叶。洗菜的人，不再到竹林边的青石板上，而到河湾里。竹林湾的人这才知道，竹林对于竹林湾是多么重要，北风从北边吹来的落叶和干枯的稻草，被竹林阻拦，在竹子间腐烂成泥，肥了竹林；而离河湾近的水竹，那么长的根须，是长在浅水湾的泥沙下的，它们就是这片水域的肺。没了肺的清理，石桥河浅水湾就会一片浑浊。

麻球当年看竹子的小屋，独立在这片荒地上，像人表皮上的一个瘤子，谁看了都堵心。三哥偏相中了这间黄泥瓦屋，他要在那里盖新房。三哥向村支书二哥承诺，他不破坏环境，他要美化家园。麻球住过的那间黄泥小屋,很快批给三哥做宅基地。

三哥推倒了那间土坯小屋,准备在那里盖瓦房。三哥要盖屋,自然要砖瓦,这时候,年已七十岁的父亲,在窑场帮他拓生砖,做瓦坯。父亲这一举动,再次引起大嫂、二嫂的不满,她们说老头子一辈子为我三哥当牛做马,没帮老大、老二做一点事。

老了,让三星养老。她们说。

砖瓦准备齐全后,三哥找来泥瓦匠,用时半月,在原地基处起了三间青砖瓦屋。竹林湾的人都来帮忙。他们都同情三哥,好好的一个小伙子,就这么弄得坐了牢。何况那片地,竹子死后,都成荒地了。

初冬的时候,三哥和父亲一起,把原来竹林的土地翻了一遍,还撒了一些土粪。竹林湾的人,以为三哥是要种冬小麦。都说,这地是肥,可这位置不好,鸡呀猪呀,都来了。

三哥说,我要种竹子呢,我要恢复竹林湾的竹林。竹林湾没有竹林,名不副实。

听说是种竹子,大伙参与其中。他们帮三哥捣石头窝起石头。他们说,竹子之所以死了,是因为牲口祸害得厉害,加之竹子得了病。现在,三星既然要种竹子,竹林得围上。鸡是管不住的,它们能飞进来。鸡到竹林来,对竹林有好处,它们的爪子可以扒竹园的土,它们的嘴可以啄竹园里的虫子,但猪就不行了,猪会拱竹笋吃。

竹林的围墙不高,及成年男人的胯,正好能拦住四脚动物。竹林朝着村子的方向,留个垛口,装了木头门,门闩是活动的,谁都可以进出。通向三哥房屋的那条路,用石头铺就。可以想象,那竹子要是繁茂了,走在竹林间的石板路上,多有诗意。临水一面,有石头台阶,待水清澈了,三哥可以在台阶上洗衣、洗菜。

三哥到院墙塆去买竹种。院墙塆竹子多,长势也旺。那里的竹林,有很高很长的院墙,院墙塆因此得名。

三哥心急,他买竹种不要幼竹,要大棵的竹子。他买了十八棵,连同竹根,深深地挖起,用稻草绳将那竹根上的土固定,请来拖拉机,竹根上拖斗,竹梢上几层麻皮袋,就那么拖着。

十八根竹子,在三哥的房前屋后散开种了。竹子移栽后的第一个春天,竹林里就钻出很多竹笋。那些老竹子身上,竟然长满紫色的斑点,三哥说那是老年斑,它们老了。可是,待那些竹笋长成竹子,身上也有斑点。

明明是翠竹,一身绿呀,有人说竹子得了病,有人说是竹子换了地方,变异。"橘生淮南则为橘,生于淮北则为枳"。好在竹叶依然光滑娇嫩,翠色欲滴,毫无萎靡之状。

在我看来,那竹子映照着三哥的人生,伤痕累累,却依然挺立着。

三哥给他的竹林取名紫竹林。

仅三年时间,三哥的紫竹林就枝繁叶茂。三哥的三间瓦屋,掩映在竹叶与白云之中。

竹子长势旺,每年都要砍伐、梳理。那些细长的竹竿堆放在三哥房屋一侧,三哥觉得可惜,忍不住拿起久违的篾刀。他将竹子剖成竹条、竹片、竹丝,再从竹园捡来大的竹叶。三哥重拾手艺,编织斗笠。纯手工制作,慢工细活,一天的闲暇时间,也就编一只。有客人来访,若赶上下雨,三哥就送给他们一只斗笠,访客爱不释手,舍不得戴,竟脱了外衣,将其包裹,淋雨回家，把斗笠挂在墙上，当艺术品赏看。三哥编的斗笠，较常用的斗笠小一圈，精致、漂亮。

三哥多年未摸过的锈迹斑斑的篾刀，几天工夫，就寒光闪闪。

近年，红安县开发红色旅游，全国各地的党政机关人员、党校学员、武汉城的大学生，纷至沓来，瞻仰先烈。七里坪红四方面军军部纪念馆里，照片上，一个红军战士身背的斗笠，引起游客兴趣，他们都想得到一只这样的斗笠，当作旅游纪念品。

石拱桥也是红安红色旅游线上的一个景点，"黄麻起义"时，石桥河上发生过一场阻击战，石拱桥的石狮身上，还留有斑驳弹孔。

三哥听说那些到七里坪旅游的，都想买一只"红军斗笠"作纪念，三哥便在自家屋里开起一家商店，专卖"红军斗笠"。三哥做斗笠的竹片竹丝上，有着紫色的斑点，这使得他做的斗笠，即便是新的，也给人陈旧、古朴的感觉，似乎浸染着历史的沧桑。三哥的斗笠，越发地像"红军斗笠"。

有风的日子，竹林里一团团竹叶簇拥着，像一朵朵绿色的云，被风吹得倾斜着，贴近地面向北，又被竹子的躯干拽回来，再被风吹，就像云朵远去了，又飘来了云朵，绿色的云朵。

那天黄昏，我站在我家门前看三哥，三哥站在石拱桥上凝望河边的草地，他一定是在回想他遥远的初恋。

三哥除了编斗笠，还照相。他的生意不错，尽管他的收费并不高。

三哥离了婚，又没有孩子，但他没有像麻球他们那些老光棍儿一样，过上死气沉沉的日子，沉默少言的三哥，再次做出惊人之举。那天，他戴着斗笠，穿半长风衣，宽松长裤，白底黑布鞋，出现在石桥河面。他撑着自己做的竹筏，在浅水湾行走。他上衣那宽大的口袋里，有一个播放器，播放歌曲《万泉河水清又清》：

> 万泉河水清又清，
> 我编斗笠送红军。
> 军爱民来民拥军，
> 军民团结一家亲。
> ……

三哥偶尔伴着音乐，放声而歌。他将"万泉河"改为"石桥河"。三哥面如冠玉，长须美髯，像一个演员活在一个虚构的世界里。三哥每天如此，时间是午后或黄昏。

三哥的歌声，飘荡着伤感。

月光涌进竹林，三哥的房屋，夜色明亮，夜风清凉。石桥河寂静，能听见河边的蛙声，听见鱼在河水里嬉戏时浪的动静，以及竹林里鸟雀扑腾翅膀的声响。三哥经常在月夜里走出竹林，在月光下，把自己站成一道灰色的影子。

11

我年少俊秀的三哥，何以成为今天的他，这个问题困扰了我许多年。我觉得，从三哥向家人宣布退亲的那个黄昏开始，三哥的命运就开始转变，开始向着另一个方向滑行。倘若三哥不是执意退亲，而是同颜如意结婚、生子，他也许早已到了县城，过上了幸福的日子。我多次路过颜家塆，那两层的白色小楼，那镶嵌着大理石的院墙，彰显着这是一个富裕人家。据三哥曾经的媒人刘喜枝说，颜家还在红安将军城买了新楼。矿山宣布破产后，颜正卿下海经商，推销井下危情报警电话，走遍山西辽宁等各大煤矿，发了财。他儿子颜超群，考上了北京的大学，留在北京。颜正卿的女婿，由他亲定，现在也是老板。他女婿拥有的这一切，原本应该是三哥的呀。

我说，三哥，我问你个事。当年你要同意跟颜如意结婚，现在应该在县城日子过得好好的，就不会有后来这些事。那么好的人家，你为么事不同意？老父和老娘，一个打，一个骂，你就是不可那门亲，为的是么事？

三哥沉默了一下，说，颜正卿给我抹汗。我说，我知道，你说过，你手被篾刀划破了口子，抹不了汗，他帮你抹。三哥说，是的。他还给我搓背。我说，我知道，那不挺好吗？亲老子也不一定做得这么好。

三哥咬了一下嘴唇，若有所思。他似乎不想旧事重提，但他还是开口说了。他说，他给我抹汗时，用手摸我这儿。三哥说着，指了一下他的裆。我脸一热，我陷入沉默。根据三哥的描述，我眼前出现那个遥远的夜晚：夜色晴朗，月明如洗，在一个微暗的房间里，一个中年男人给一个少年男孩抹汗。中年男人的手，在少年赤裸的裆部走过，有意或无意。少年男孩满脸羞愧，内心恐惧。这幅想象中的图景，占据我脑海。我感到呼吸困难。我长叹一口气。我说，你觉得有这么严重吗？至于因此毁掉一门亲事？我说，他也许只是个玩笑，我小时候，麻球也这么摸我，他还脱我的裤子呢。三哥说，那是你，不是我。再说，我那时不是小孩了。

我为那个早已在我们心中远去的颜正卿辩护，我说，也许，他仅仅是替他女儿检查一下你作为一个男人是否健康。

我们那里所言的抹汗，就是一个人脱光，站在大木盆里，将毛巾润湿，毛巾在手上展开。毛巾在手的作用下，在人的皮肤上移动，包括前裆后臀，有些像我后来在澡堂里见过的搓澡。不同的是，我们乡村抹汗，是自己给自己抹，只有手脚不方便的人才让别人帮着。三哥那次因为手受了伤，颜正卿才帮他抹。那时农村条件差，没有淋浴。我想象着乡村抹汗的某些细节，我说，三哥，还有一种可能，也许仅仅是他在给你抹汗时，毛巾从他手上滑落，而不小心碰到了你。

三哥说，我不知道，反正我当时吓坏了。

我问，现在呢？经历过那里的生活后，即便当年颜正卿是有意的，你还觉得有那么可怕吗？我说"那里"，不说"牢"，也不说"监狱"。三哥说，现在想来，那其实没什么。

如果时光重现，你会因为这件事退掉这么美好的一门亲吗？

时光不会重现，三哥说。之后他低头，拿起篾刀，开始剖竹子，编斗笠。他依然沉默，像是沉醉在默默无语的大自然里，沉醉在不声不响编制斗笠的工作中，沉醉在日夜不断的流水声里。他偶尔抬头，忧郁的目光，游移不定。三哥沉默下来。一种人生挫败的情绪，像云雾一样笼罩着他的脸。

石桥河离红安城远，这个红色旅游景点并不热闹，但每到双休日，总有人来，六七个人的样子。

他们似乎就是为了来买三哥的斗笠。

三哥在外放歌时，父亲很少出屋。他自己做砖瓦，这是他人生中做的最后一批砖瓦。他在我家门前垒墙，给墙上砌防雨淋的瓦，院门呈拱形，像古代员外家的房屋。父亲把自己圈在屋里，心闷了，就到院子里坐，在桂花树荫下喝茶。

我懂父亲为何建围墙，他见不得三哥长发美髯，站在竹筏上的样子，那个样子，是他内心的痛。三哥似乎察觉不到父亲的痛，他自己也似乎没了疼痛，没了欢乐。出了监狱，他成为一个没有笑容的人，除非见了侄儿淘淘。淘淘是五弟的大儿子。三哥见到淘淘，脸上才会漾起微笑，那微笑里溢满疼爱。淘淘八岁，在县城读书。周末，五弟带他回竹林湾，一下车，他就往三哥的竹林跑。

三哥不划竹筏时，更多的时候，是在自家门前，凝望石拱桥，或看河水流逝。三哥竹林里的这片居所，是他的世外桃源。三哥那神情，是沉浸在无边的遐想里，更像是生活在梦里。三哥自己也说，许多年来，他感觉到自己一直生活在梦里。三哥说，就是在梦里，他也从不敢杀人。然而，他却实实在在地成了一个杀人犯。

时常是淘淘的一声"三伯"，把三哥从虚幻中拽到现实里。他给淘淘买衣服、牛奶和饼干。快开学了，他先给淘淘买一身衣服、一个新书包。

麻球蹒跚到竹林里。他头发花白蓬松，脸上的麻子因皱纹而更加密集。他太老了，老得像远古时代的人。这个一辈子没娶过女人的男人，声音越来越尖细。他说，三星，你那么疼你大侄儿，你五弟又有两个儿，他养起来吃力，你就把淘淘过继到你门下，当你的儿嘛，将来也有个人给你养老送终。三哥不点头，也不摇头，只是笑，依然给淘淘买牛奶、饼干、衣服。

三哥给淘淘编了一只小竹笼，抓两只蝈蝈装进去。鸟的鸣叫、淘淘的笑声，在三哥的瓦屋前飘荡，三哥的紫竹林倒也有些生活气息。三哥脸上笼罩的人生挫败的神情，像午后石桥河面的雾,明显淡了。

雨过天晴,黄昏像水洗过一样。落日余晖,散发着它最后的光和热,石桥河里,那些以游泳取代抹汗的男孩,裸露着身子,用一块毛巾,围了那未曾发育完全的裆,站在石拱桥面往下跳。许多年前的那群少年里有我,但没有我的三哥,他羞于玩这种赤裸的游戏。村子里那些老光棍儿,若试图像脱去我的裤子一样,脱去他的裤子,他会像杀猪般号叫,他们不得不停止那沾染着牛粪猪粪气味的手。我有时想,三哥成为今天的他,也许是偶然事件所致,也许是命中早已注定。

白鸽飞越神农架

一、烦恼紧跟喜悦而至

我要把鸽子洞炸了！赵黎明说。他站在鸽子洞口，戴着口罩，手握长把镰刀，像一位蒙面大侠。没人理会他手中那柄闪着寒光的镰刀，知道他没胆量砍向他们。他们只是香客，并非罪不可赦。他们不回应他的话。他的话还不如野马河吹来的风哩。野马河的风，能给他们透着热汗的脸带来凉爽，他的话啥用没有。他们不相信他这么一个文弱书生敢点燃炸药。他们不相信他有炸药。他从小就腼腆、内向。在石佛营人的记忆里，他连二踢响都不敢放。现在他大了，更不会去碰炸药，他的父亲当年就是死在这炸药上哩。这事且不提，单是从法的角度，他不会去制造爆炸事件。他是武汉某名校在校大学生，他应该懂法。炸鸽子洞，那只是他的一句气话。

走向鸽子洞的人，并不都是石佛营的人。他们无视他的存在，无视他手中那把长把镰刀。他们从他身边走过，来到洞门口。他们烧香、磕头、作揖。一根香被点燃，许多根香被点燃，缕缕青烟，升腾、扩散、弥漫。

洞里飞出一只鸽子来，又飞出来一只。这个洞很深，洞口两人高，像一扇圆形的门，到里面就宽阔了，有两层楼那么高，深不见底。大洞套小洞。小洞碗口粗细，像蜂巢，密密麻麻地排在洞壁上。最里面那个洞，水桶般粗，黑得无边无际，仿佛没有尽头。没人进去过。他们对黑洞的深处，怀着好奇，更有着恐惧。

每个小洞里，都有一两只鸽子飞进飞出。整个鸽子洞里的鸽子，不说过万，也有数千。它们吃饱喝足后，就栖息在洞里。

一炷一炷的香迅速燃起，更多的鸽子飞出来。烧香拜"鸽神"的人，继续拥来。鸽子怕烟，怕香味。都是白色的鸽子。它们有时一起出来，在蓝天下飞舞，像一团团游走的云，很是震撼。可现在，不是它们自愿飞出，它们没有队形，阵势凌乱，仓皇而逃。逃命中的万物，都狼狈。待烟散尽，它们再进到洞里。近几日，烧香的频率高，四周的人，不远十几里，甚至几十里，都来了。他们不再囿于初一和十五，几乎每天都有人来，时间是清晨。他们已影响到鸽子的生存。这么下去，美丽的白鸽不被熏死，也将被迫远走他乡，另觅生存之地。

昨天来了一批人，他们燃了香，鸽子都被熏出去了，结果突然来了一阵雨。鸽子对天气是有预知能力的，在这方面比人更有灵性。但这次，它们没有及时回，可能是怕香熏，它们就在马河梁的树上避雨，雨太大，它们遭受了雨。第二天，赵黎明去喂鸽子，有几只鸽子竟然死了。赵黎明不确定它们是受了风寒，还是被香熏死。他急忙回家拿了一些生石灰，撒在它们身上，再把它们铲走，深深地埋在河套，埋在河水冲刷不到的地方。

赵黎明与这些鸽子有感情。他能考上武汉城里的大学，的确有鸽子的功劳，但周围的乡民把这些鸽子奉为神鸽，则是过分了。他怨他们愚昧、迷信，更怨自己多事，搬起石头砸自己的脚。

那是三个月以前的事了。他写了一篇万字文，非虚构，题为《白鸽飞越神农架》，回忆他的小学和中学时代。里面写到一位叫苗雨泽的老师，是他的恩师。万字文里，他还写到一只白鸽，寥寥数语。白鸽只是这篇万字文里的配角。他把这篇文章发到网上，没想到阅读量瞬间飙升，一天就突破了十万人次。他沉浸在喜悦之中，烦恼紧跟喜悦而至。某些网民断章取义，不为苗老师对学生的那片真情所动,居然盯上了白鸽,盯上了鸽群,盯上了鸽子洞。他们说那鸽子洞有仙气,说那些鸽子是仙鸽。邻近乡镇的人,便来鸽子洞烧香拜鸽神,弄得鸽子几乎无栖身之地。正利用暑期在大学勤工俭学的赵黎明,听闻此事,赶回家乡,来拯救鸽子。然而,他过高地估计了自己的能力,或者说是看轻了他们,尽管他手握一把长把镰刀,站在洞口,像一尊门神,然而,他也仅仅像一尊门神——一尊画上的门神。他们无视他的存在,简直到了挑衅的程度。

他们的判断是对的,他是拿他们没办法。他不敢也不能将手中的镰刀砍向他们,他也不能炸了鸽子洞,都说那是文物哩。损毁文物是要判刑的。他两眼迷茫。他们烧了香,下了跪,磕了头,慢慢地从他身边走过,走到石桥那边,就消失在浓雾里。他望着他们时隐时现的背影,脑子里那篇非虚构跳出来,那是他读大学前,十几年时光的记录。那些文字像天宇里的星辰,散发着光,也承载着夜的黑。那时的冬天那么潮冷,那时的春天却是那么温暖迷人;那段时光带着苦痛,也带着幸福;那时心里偶尔有怨,却没有恨,更多的时候,是被爱充盈;那时候,他是贫穷的,却又足够富有。那时候的经历,为他后来的人生做了精神上的储备。

二、就叫赵黎明吧

那年赵黎明八岁。那时他不叫赵黎明,叫小伢。早到了上学的年龄,直到九月一日开学的日子,父亲没发话,母亲也没给他准备书包。也不知他们是忘了,还是压根儿就没打算让他去上学。大山深处的石佛营,对上学原本就不太重视,随着本村小学的撤销，新小学距离石佛营出奇地遥远，石佛营的大人们对孩子上学的热情，降到冷漠的程度。

一个黄昏，来了一个戴眼镜的中年人。

我叫苗雨泽，他说，让孩子上学去吧。

孩子太小，过两年吧。小伢的爸说。

他已经晚上学一年了，孩子的学习耽误不得。孩子小，可以让他住读，星期六下午我送别的孩子回家，顺带着送他。星期天我还可以来接他。

话说到这个份儿上，小伢的爸就应了。他们留苗老师在他家吃晚饭，在这里歇息，免得老师明天再来接他，也免得他摸黑走夜路。太阳眼看着就落下了。

苗雨泽探头看窗外的天，山里的天暗得早，可不，暮色袭过来了。

苗雨泽是马河梁林场子弟学校的老师，也是校长。马河梁林场在石佛营西南，野马河绕马河梁的脚脖子，弯弯转转，流到马河梁林场，在那里再转个弯，接着向南流。关于野马河名字的由来，老人说，多年前，这里常见野马在河边饮水。野马河环绕的这道山梁，自然就叫马河梁。

现在的野马河，见不到野马饮水，家养的马偶尔能见。

从石佛营出发，抄近道翻过马河梁，就是马河梁林场，林场子弟学校依林场而建。

苗雨泽住西边小屋，睡小伢的小床。小伢一家三口，挤东屋那张双人床。黎明时分，小伢敲开西屋的门，怯怯地问：老师，我学名叫个啥？他身后站着他爸。苗雨泽坐起来，说了句：这还是个问题。

苗雨泽披上衣服，脸朝向窗外。月亮依然挂在天空，而太阳还未升起，窗外的天是蓝黑的，星辰在天宇闪烁。这是黎明时分，东边的天空颜色浅灰，那里有一道光亮正在冲破云层，它很快越来越大，越来越强烈，它会带来一个明亮的早晨。苗雨泽知道这是赵姓人家，他说，就叫赵黎明吧。孩子去读书，学习知识，知识是孩子心里的光。人心里不能没有光。那是黎明的光，会带来一个崭新的早晨，带来美好的明天。无数美好的明天，构成美丽的人生。

老师的话有些深奥，当爸的接不上。他说，赵黎明，这名字好，这名字听着就亮堂。

山里的黎明静悄悄。苗雨泽喜欢这里的黎明。他猜想赵黎明也一定喜欢，但喜欢并不一定要长期拥有。孩子们终究是要走出大山的。

苗雨泽以前不是老师，是林场工人，一个中专生，知识分子。马河梁隶属神农架林区，位置偏东。马河梁在神农架林区里，是很不起眼的一片山梁，足见神农架之辽阔。马河梁的树木又高又大，以松树、枫树居多，还有柞木、高大的杨树，品种繁杂，方圆二三十里。不知何年何月，这里设林场，来了一批工人，接着工人的妻子也来了，接着就有了孩子。孩子们到了上学的年龄，却没有学校。林场有的是木料，自盖木头房，建小学。小学建了，没有老师，场长让苗雨泽当老师。后来来了两位家属，是文化人。场长对她们说，当老师去吧。她们就都当上了老师。苗雨泽还领林场工人工资，那两位家属本无工作，就算代课老师，林场给些补助。孩子不多，不足二十，年龄上也有差异。同一年级，相差两三岁的，也很常见。

苗雨泽喜欢上了教书。他后来进城进修，读师范，大专。林场同事以为，他大学毕业会留在城里，他却背着他的行李回到马河梁。

几年后，马河梁设立初中，林场孩子们的教育就续上了。

石佛营像一处世外桃源，村子四周方圆数里少有人烟。马河梁林场相对较近，那也有十几里的山路。石佛营二十来户人家，石头房依山而建，故山叫石佛山。石佛山土层薄，石头多，树木长不高长不大，偶尔长出一棵松树，与那奇石相辉映，很是美丽。

山的顶端是一块巨石。那块巨石在这山顶屹立多少年，没人知道。突然有一天，有人说，那块巨石看上去像是一尊卧佛，于是所有人都说它像一尊卧佛。他们感叹大自然的神奇，也感恩佛祖的庇护，使得石佛营虽然穷，却也少有自然灾害，人少有病痛，老人长寿。这是村庄有"石佛"二字的缘由，至于那个"营"字，就更有来历。据说宋朝的时候，这里曾设有一座兵营，约是现在一个连的兵力。是否属实，没人考证。石佛营的人在敲山动土时，偶尔会发现旧时的石头地基，有人还曾捡到过锈迹斑斑的矛、腐烂不堪的护心镜。也许真的驻过军吧，看这地形地势，易守难攻。

石佛营前面的那条河就是野马河。在赵黎明的想象里，倘若站在足够高的山梁上放眼望，能看见野马河将马河梁绕成半轮月亮，半轮"月亮"的一端是石佛营，另一端是马河梁林场。从石佛营去马河梁林场有两条道。水道坐竹筏顺流而漂，很慢，也危险。走山路近，需大半天，一个人行走，偶尔会遭遇豺狼。

野马河河畔一边是庄稼地，另一边是浅水滩，浅水滩有野生的水竹。各种水鸟在河面掠过，或在浅水滩觅食，或落在水竹上戏耍。浅滩往西是悬崖，崖上就是鸽子洞，石头铺成很窄的路，通向鸽子洞。鸽子在洞里飞进飞出。

几年前，有人在鸽子洞里发现了陶片，说这些陶片有七千年的历史，将中华民族五千年的文明历史，前推两千年。但似乎没有权威人士来鉴定，这鸽子洞里的陶片是不是文物，自然也就没有定论。

早饭后，赵黎明就跟着苗雨泽踏上翻越马河梁的路。一同去的，还有赵黎明的邻居杨春雪，她大赵黎明两岁。她七岁上学，现在读四年级了。苗雨泽背着两人一周的口粮，有苞谷面，有大米，有腌菜。苗雨泽没有骑车。越过山梁的路曲曲折折，有的地段人骑车，有的地段则是"车骑人"，苗雨泽干脆步行。他们踏上石头桥。桥是浅水桥，用石头堆砌而成。盛夏雨水暴涨时，那桥就被水淹了，石佛营的人需要挽起裤腿才能过。其他的季节，倒不影响人的通行。现在桥面没有水，水流从桥下并不规则的空隙流出。

其实，子弟学校没有住读生。林场工人子弟读书，中午回家吃饭，晚上回家住，他们的家虽然是厂房，但对于赵黎明来说，却是他羡慕的天堂。苗雨泽的爱人在城里工作，没有跟过来。苗雨泽就让赵黎明住在他家里。林场木头房不是特别挤，赵黎明拥有一间小屋。

苗雨泽给赵黎明支了一张小床。他伐木、剖板，这是他们林场工人的强项。苗雨泽将杨春雪安排在一对老工人夫妇家借住，在他们家搭伙。春雪勤快，忙前忙后，那家人倒也乐意。

两个孩子，星期六午饭后回，赵黎明的爸会来接他们；星期天吃过午饭去学校，则由杨春雪的爸去送。

春雪，咱们回；春雪，咱们走。赵黎明喊着春雪，声音甜美。赵黎明的妈,多次让赵黎明管春雪叫姐,赵黎明改不了。在他眼里,春雪与他差不多大,为什么非要叫姐?春雪叫着顺嘴。春雪对他叫不叫她姐,表现得无所谓,又不是亲姐,叫名字更随便,叫姐,反倒拘谨了,像在心里加了一道栅栏。

事实上,她在赵黎明面前,一直扮演着姐的角色。

马河梁林场工人子弟,与神农架林区别处的林场工人子弟一样,受教学条件限制,孩子们最后大都混个林业中专,子承父志,来到林场当林场工人。林场工人因此常唠叨,为了神农架,他们是献了青春又献娃。

赵黎明天资聪慧,深得苗雨泽的喜欢。苗雨泽觉得他是一个人才,将来定会有出息,只是这儿教学条件太差,要多加培养。赵黎明自己也要培养学习兴趣,不要像林场这些工人子弟,满足于混到初中,接着考林业中专,像野马河的水流般顺理成章,连考个林业大学的志向都没有。

赵黎明爱学习。他对未来的展望是朦胧的,对很多事只有模糊的认识,唯有一点,他是那么清晰,那就是读书。他喜欢读书,就想这么一直读下去。他想他是可以这么读下去的。现实似乎也顺应着他,他读到了五年级。时光真是个奇怪的东西,像野马河的水,看似平缓,水波不兴,却是极快地流逝了,眼见的,就那么几次水涨水落、水肥水瘦。

三、黑夜里的承诺

一切缘于那场事故,如若不然,生活应该像这野马河水般,按着它固有的节奏,不紧不慢地前行。那场事故来得太突然,石佛营村一下失去两个健壮的男人——赵黎明的爸和春雪的爸。

赵黎明的爸帮春雪家打石头,出现哑炮,哑炮后来又响了,两人都死了。事情发生在周六的下午,赵黎明与春雪回家,刚踏上石头桥,就听见院子里传来哭喊声。赵黎明的心急速跳动,他以为是爸妈吵架了,妈受了委屈,或者挨了打,这样的事很少发生,但毕竟发生过。山里男女,这是避免不了的。他冲向院子。院子里围着一群人,未等他拨开人群,那些人自动给他让道。他听见一个人说,可怜,黎明回来了。

现实完全不是赵黎明想象的那个样子,他眼前的场景更残酷,带着血腥,呈现着死亡。那个场景就刻在小黎明的脑子里,再没消逝:他爸躺在一块门板上,额头塌陷,血在脸上结成痂,头皮上也有血痂。血痂拽着头发,头发像被束成数根东倒西歪的小辫子。爸的眼睛睁着,嘴微张开。妈跪在爸的身旁,趴伏在他身上,哭声从两个人身体中间钻出来,像钝刀行走在皮肉上。恐惧像一块巨石击中了他,他定在那里,寸步难移。会太爷过来,一手拉着他的手,另一手贴着他的后脑勺,说,去吧,可怜的娃,去看你爸最后一眼。

赵黎明完全蒙了,他眼前是血腥的、恐怖的,脑子里却空白一片,以至于他其实并不知晓,春雪的爹也死了,她家门前也是哭声一片。

头顶的天空塌下来了。两个新寡的女人每天都哭,连饭也顾不得煮。三天后,邻居帮忙埋葬了两个死去的人。赵氏家族坟地在石佛山右边的山坡,春雪她家的祖坟在石佛山左边的山坡。一对好兄弟,活着时,两家隔溪相望,死后,同山而卧。

活着的人还得活着,日子还得过下去,只不过活着的人,生活状态、人生轨迹会因死去的人而改变。比如母亲,一下子成了个病人,精神恍惚,头发凌乱而不去梳洗;比如赵黎明,他已无心上学。春雪这几天也没再去学校。出事后的第二天，苗雨泽听说此事，赶了过来。但他没能像几年前那样，将赵黎明带到学校。

头七过后的那个夜晚，春雪的妈来到赵黎明家。多年来，她与赵黎明的妈以姐妹相称。她说，妹子啊，黎明他爸是给我家打石头死的，我家欠你家一条人命。欠命还命，欠债还钱。我把我家春雪许给黎明，等她到了能完婚的年龄，我就让她嫁过来，与黎明过日子。

黎明妈的眼里闪过一丝光亮，但那光亮转瞬即逝，她说不清这是什么。是的，她喜欢春雪，拿春雪当自己的闺女一样，春雪将来当自己的儿媳，是好呢。可是，这样说出去，算怎么回事？虽然黎明他爸是帮她家打石头死的，可人家也不是故意的，她家也遭受了灾难，这亲说不过去。可换个角度想，自家这么穷，娃这么小就没了爹，在这山里头，将来怕是难得找上一房媳妇。一个男人，没有女人，过的啥日子？看那会太爷，一辈子没娶，八十多岁，长寿有什么用？活着可怜呢。他倒是成天乐呵呵，不定夜里落了多少泪。

春雪妈知道黎明妈愿意，只是不好意思，她就给黎明妈台阶下，她说，好了，妹子，就这么定了，我也喜欢黎明哩。黎明妈回想黎明爸去春雪家干活的那个早晨，那天他起来得晚，匆忙啃了两块米糕，喝了口凉水，拿起锄头正要下自家地，春雪爸隔着溪喊他，说自己要去石头窝打石头，让他搭把手。黎明爸当时有些不愿意，打石头又不是什么急活，什么时候干不行？黎明妈小声对他说，去吧，难得人家张回嘴。回忆这个早晨的情形，是在黎明妈的伤口上撒盐，她觉得是春雪爸害死了自己的男人，他原本是不想去的。事后，她也问过春雪妈，春雪爸为什么事突然那么急着要去打石头？春雪妈说，哪个晓得？那天他就是疯了似的要去打石头，拦都拦不住。妹子呀，这就是老人们常说的，赶着去死哩。她说着，那眼泪就又涌出来。这让黎明妈惊讶，春雪妈那红肿的眼里，竟然还能流出泪来，她自己的眼泪早就流干了。

对于这门近似娃娃亲的承诺，黎明妈一直没应允，未来的事，谁说得准呢？

就这么定了，春雪妈说，我闺女听我的话，多大我都能当她的家。黎明妈明白她的意思，她们家欠她的，这么做，是为她们家赎罪、还债，也是为了让黎明妈放下这件事。黎明妈的心放下了，她自己心里压着的这块石头也就落地了。人死如灯灭，活着的人得活着。既然得活着，就要好好地活，不能心里压块石头。春雪妈见黎明妈不点头，说春雪大两岁呢，怕是委屈了黎明。黎明妈说，大点知道疼人，委屈个啥呀？春雪这孩子，又不比别人差。黎明妈说着，鼻子酸酸的，然而却笑了，仿佛她和她的儿子已经熬出了头。

这是两个女人，两个母亲在黑夜里的承诺。她们的承诺自然要告诉黎明和春雪，他和春雪都默不作声。那个夜晚像墨一样黑，整个世界都罩在黑暗里，只有那句承诺，是黑夜里钻出的一道光。赵黎明不知道，一旦天明，阳光来临，他是否还能看到那道来自暗处的光。

父亲死了，一切都变了。风还在刮着，月亮依然是那轮月亮，它依然挂在高空，依然在云里游走。树叶在月光下的风里低吟浅唱。万物不变，变的是这个家。

父亲的离去，成为赵黎明永远的痛。关于父亲的记忆，是一把刀，时常从他脑海里跳出来，把他刚要愈合的伤口剖裂开，让它流血。是的,父亲尸体上的血干了,结了痂,而他内心的血从未干过。

赵黎明决定不再上学。他那么决绝地要离开学校,他要帮助母亲支撑起这个家,不让它垮掉。苗雨泽知道他孝顺,心疼他妈。苗雨泽说,你应该读书,你是这块料。当他态度坚决,并且躲开苗雨泽向父亲的坟地走去时,苗雨泽冲他喊,我随时等你返校……

赵黎明以为春雪也会就此辍学,但她没有,她在母亲把她许配给赵黎明的第二天,毅然回到学校。

赵黎明晚上起来小解,看见妈妈披衣坐在暗处时,他知道妈妈睡不着,妈妈想他爸,她在等他爸回来。那一刻,他为自己辍学而感到明智。他害怕妈妈出事,他不知道自己不在家,妈妈能否正常生活。妈妈原本就有很严重的胃病,时常蹲在门前那块空地上吐酸水。

他也常有片刻宁静的时光想起父亲。他不喜欢寂静。寂静从来不是没有声音,他能听得见寂静,像鬼魂的脚步。他害怕寂静,却也不喜欢喧闹,喧闹只是别人家的喧闹,别人家的喧闹会让他感到家里缺了父亲的寂静。

星期六,春雪回来拿粮食。面对春雪,他有一丝羞涩,看春雪的目光有一丝躲闪。自从春雪的母亲在黑夜里给了他家一个承诺,他们两人再也不像以前那么自在,不像以前那么无拘无束。

星期天,春雪早早地走了。妈妈让他去送送她,他不去,等她走了,他心里却空落落的。除了帮妈干活,他就像村子里的一只流浪狗,这儿逛逛,那儿瞧瞧。晚上他不敢睡得太早,怕半夜醒来再也睡不着。百无聊赖之时,他拿出五年级的课本。

其实这学期还有两个多月就结束了，剩下的新课并不多，他随便翻看。数学没上过的不太会。别的课本，看看，倒也就记住了。他弄不清自己为什么要看，似乎纯粹是为了消磨时间。

一个周六，苗雨泽来看赵黎明，给他带来一盒饼干，给赵黎明的母亲带来一罐黄桃罐头。赵黎明搬出两张竹凳，一张小桌也被他搬了出来。赵黎明把茶壶拎到小桌上，苗雨泽说，不喝了，把你的课本拿来。如老师所料，赵黎明的课本有他翻过的痕迹。都会了吗？苗雨泽问。有些数学题不太会。赵黎明说。苗雨泽就给他讲解。赵黎明悟性好，一道难题，经苗老师解说，很快就懂了。苗雨泽想带他回学校，但看他母亲那种魂不守舍的样子，一声长叹，没有说话。赵黎明说，妈在吃中药，她慢慢会好起来。苗雨泽点头说，你先跟着五年级学生的进度走，你至少得把小学的学业完成吧。苗雨泽把手拍在他的后脑勺上，这个爱抚的细节让他心里一动，眼泪差点落下来。自从父亲去世，没有一个长辈与他这么亲近过。其实父亲活着的时候，也从没这么跟他亲近。

我下周六还来，有不会的告诉我。苗雨泽说。

要不我过去？你莫太累。赵黎明说。

你还小，不安全。他望着赵黎明说，尽管赵黎明的身体已蹿高了一大截。

一只白鸽落在他们身旁的石头围墙上。它悠闲地走几步后，停下来，用漂亮的橘红的眼睛凝望着他们。它静静地候着，好像在等待他们授予它一项光荣的任务。

有了，赵黎明说，就让它给我们传递"情报"。赵黎明说出这句话时，舒心地笑了。它们都是他的朋友，它们就在南面那个鸽子洞里，他偶尔会去喂它们，它们到院子里来，他和母亲都会给它们撒些苞米或者稻谷，尽管里面掺杂着秕谷。

也是性命哩。每次给它们撒吃的时，母亲总是这么说。

赵黎明向白鸽走过去，鸽子没有躲避他，没有一点惧怕。他伸手轻轻抓住了它。他说，苗老师，你一会儿走时，把它带到林场，在它脚上系张纸条，看它能飞到我家院子里来不，肯定行。

那天黄昏，鸽子果然带着纸条飞到赵黎明身边。白鸽的脚上绑着纸条，就一张纸，写了五六道题，用小楷书写，密密麻麻，却很清晰。此后的时光，鸽子每两天飞行一次。这两天里，赵黎明把不会的题誊正，然后绑在鸽子腿上。他把鸽子放在院墙的石头上，给它撒上一把苞米。它吃过后，咕咕叫两声。赵黎明抓起它，把它往空中轻轻一送，它就飞向他家门前的野马河，在马河梁上空飞行。它载着他不会的数学试题，载着他的梦想、他的希望。

苗雨泽就这样依赖这只美丽的白鸽，给赵黎明答疑解惑。赵黎明给白鸽做了一只鸽哨，那声音从一小截挖了孔的水竹里飞出，清脆悦耳。有了鸽哨，它飞到林场子弟学校时，苗老师即便在上课，也能听到。

赵黎明父亲的死让母亲受了惊吓，她神志有时清醒，有时糊涂。好在她生活能自理，也知道下地干活，只是不如往昔话多，喜欢不声不响地做事，或者默默地坐着。那天晚上，她头脑竟然特别清醒，她对赵黎明说，下次春雪回来，你告诉春雪别再上学。她不能再上学了。她将来要是考上了大学，就留在城里了，就不能嫁给你。赵黎明说，妈，不会的，说好的事呢。

你别考虑那么多,咱们先过好自己的日子。话虽这么说,他心里着实动了一下。自己不小了,满十二岁了,听得懂妈妈这话的意思。可是,他怎么能阻止得了春雪?读不读书,是人家自己的事。

见赵黎明没有答应,当妈的说,你不说,我去说,我这就去,找她妈去。

他没有强行阻拦母亲,他怕母亲受刺激。不久,母亲回来了,她的脸在灯光下绽放着红光。母亲说,春雪妈答应我了,她读完初中就不读。这么说来,也快了。

那个晚上,妈妈睡了个好觉,她没在半夜坐起来,没有在黑暗里坐成一个无声的影子。赵黎明却失眠了,他一直在遥想未来,却对未来一无所知,于是越发觉得未来靠不住。春雪!他脑子里出现冰雪消融的情景。春天的雪,随着春天的离去,总是要化成水流走的。

他陷入无边的惆怅,像陷入一张挣脱不开的网。

赵黎明其实很留恋学校。他羡慕春雪。每次春雪去上学前,他总是躲到房后的石佛山下。他安慰自己,春雪读完初中就完事。过十年八年,春雪就是他的媳妇,他虽然年少,思路清晰着呢。他得先帮着母亲,让日子好起来,攒些钱,过几年,得想办法把自己家的房屋翻新。父亲活着的时候说过,他先帮春雪家把房子盖起来,春雪的爸再来帮他们。父亲的这个理想随着他的去世而破灭了。现在,他是这两个家庭里唯一的男人,他要续上这个远大的理想,把两家的新房盖起来,先盖自家的,到了可以结婚成家的年龄,就把春雪娶进来,再帮她家把房子盖好。或者不盖春雪家的房,让春雪妈也住过来,与母亲做个伴。如果她不习惯和母亲住在一起,他家房子东面还有一块坡地，可以拿出来单独给他未来的岳母盖两间。他与春雪将在这美丽的石佛营生儿育女。父辈们都是这么过的，他想他们也应该这么过。

为了显得慎重、正式，两个母亲选了个黄道吉日，弄了几个菜。菜也不是什么新鲜菜，只是平时没舍得放开吃。赵黎明的妈杀了只鸡，炖得烂熟。她们请来喜太奶，还有会太爷，让这两个年岁长的老人当证人，把这亲事在石佛营公开了。

喜太奶很少到别人家走动。她白天移步出来看太阳，晚上坐在床沿上看月亮。有时候，她一个人自言自语。赵黎明搞不清喜太奶奶活着的意义。她像是只活在自己的世界里，这，或许就是她活着的意义吧。

自从两人的关系被两个母亲确定，他们再在一起时，看起来还像从前，其实变了。那是细微的、需要静下来用心去体验才能感受到的变化。

春雪参加完中考回到石佛营。一个月后，春雪得知她考上了中专（师范），这在石佛营是一件通天的事。石佛营多少年来没有高中生，没有中专生，更没有出过一个大学生。春雪就是石佛营的女中豪杰。石佛营的人知道穆桂英。他们说，春雪啊，你是穆桂英呢，比男娃都强。

春雪怀揣通知书走的那天，赵黎明去送她。苗雨泽也来送，其实是来接她，她也是苗老师的学生呢。春雪到城里要路过林场，她首先要穿越马河梁。苗雨泽走在最前面，他推着自行车，走得快，已走过了石板桥。送行的人留下来，保持一定距离，给春雪和赵黎明一点空间。

赵黎明知道，过了这个桥，就是另一个天地。他人虽小，心里清楚着呢。

他们站在桥上。大人们在离他们一两丈远的地方看着他们。苗雨泽在桥的那端回望。他们以为春雪会说几句叮嘱的话,毕竟春雪大一些。春雪没开口,凝望着黎明,那表情是复杂的,似乎没有生离死别的悲伤。那眼神是单纯的、透彻的,那里溢满爱,但那不是爱情,是关爱,一个姐姐对弟弟的关爱。赵黎明不小了,十二岁了,他读懂了那眼神。赵黎明聪明,他知道她这一去,再也不会回来了,至少不会像预想的那样回到他身边,但他喜欢她、依恋她。那一刻,他眼前突然有一道闪电掠过,那是来自他大脑深层的灵感,他找到了挽留她的方式,那或许是唯一挽留她的办法。他陡地跪下去,跪得石板桥嗵的一声响。他拉着她的手说,姐,我叫你姐!今天我们结拜为姐弟,你今后就是我亲姐!姐,莫忘记了常回来看弟弟。

春雪拽起赵黎明,眼里涌出眼泪。对于赵黎明的要求,她不点头,也不摇头。她不说行,也没说不行。她说,你好好照顾婶婶。你还是孩子,莫太逞强,莫把身体做坏了。他没有回答她,只一下一下点头。他没有落泪。

春天的雪,总会化成水流走的,赵黎明脑子里,再次出现冰雪消融的情景。

这天上午,赵黎明原本是要给两个人下跪的。他离开春雪,跑到苗雨泽面前,他哭喊道,苗老师!接着就要跪下去。苗雨泽拽住他,他就扑在苗雨泽的怀里。他说,苗老师,我要读书!他在苗雨泽的怀里,无法自控地抽泣。

四、重返马河梁

那天算得上赵黎明人生的分水岭。他一跪一哭。他跪下，再站起来时，面对的将是一个全新的开始；他哭泣，眼泪冲刷了过去。他按照苗雨泽的吩咐，九月一日直接到马河梁中学读初中。苗雨泽告诉赵黎明，他已调到中学，他现在是初中的语文老师，也是班主任，他将从初一开始，跟着学生走，直到初三，将他们这届学生带到毕业。

这是令赵黎明兴奋的消息。

直接读初中，你没问题。苗雨泽说。

开学后，赵黎明还借住在苗雨泽家，还住在那个小屋里。晚上，该歇息了。黑夜来临，夜空宁静，月光皎洁，寂寥的星辰闪烁，但这美好的一切，总会有不美的东西相伴。小屋后窗外的栎树上，有猫头鹰瘆人的叫声，蝙蝠也来凑热闹，它们在灰色的天空飞舞。它们不像鸽子那么温和，他不喜欢它们，但它们无处不在。

这样的夜晚，父亲总静静地躺在门板上飘然而至，仿佛那块门板是飞碟。他的额头塌了下去，血痂在腮边的发丛间。恐惧让他难以入眠。他走到苗雨泽的房间，说，苗老师，我能跟你睡一间屋吗？苗雨泽问，为什么？他红着脸说，我一个人睡小屋害怕。事实上，自从父亲去世，他就没再一个人睡过一个房间，他搬到父亲母亲的屋子里，母亲睡大床，他睡自己的小床，说是照看母亲，其实是自己害怕。

怎么，长大了胆子反而小了？苗雨泽说。他没有回答。他想说，他眼前总有父亲那张像遭受破坏的面具一样的脸，但他没说，只是急得要哭的样子。苗雨泽好像突然想起了什么。他说，好，咱们睡一个屋，热闹。

两人将赵黎明的小床抬到苗雨泽的房间。苗雨泽的床靠着东墙，西面是办公桌，现在，他把办公桌移到靠窗处，把赵黎明的那张小床靠着西墙。孩子长个儿了，那张小床对于现在的他，只能说是勉为其难，好在林杨不缺木头，也不缺会修理木头的人。

赵黎明喜欢这里。他渴望将来能在这里当个林场工人，有规律地作息，穿得也干净，干活的时候，还有工作服。他说，我将来也想当个林场工人。他看见苗雨泽的脸阴沉了一下。他说，这不是你应该想的。林场的树越来越少，树林快养不起这些工人了。有些人下了岗，有些人正要下岗。

赵黎明心里陡地一沉。他看见灯光斜过来，打在苗雨泽的脸上，那张脸一半明亮，一半阴暗。

赵黎明回家的这个星期天，苗雨泽同另一位林场工人给赵黎明打了一张新床，这张床的长度，可以睡下一米八的大个儿。

从家返回马河梁林场的赵黎明发现了这张床，是上好松木，裸露床头的松节，像一只只慈祥的眼睛看着他。他不断地吸着鼻子，闻松木的香味。那香味平淡，却沁入心肺。他简直有些陶醉了，接着是感动。他坐在床上，默不作声，就那么长时间地坐着。那时天还早，阳光打在他身上，照着他那张少年却略显老成的脸。他总是一副心里有事的样子。父亲过早地离开了他，这是缘由，苗雨泽心里清楚。怎么形容他呢？就像一堆雪，经过冷风吹打，雪堆变得坚硬，但在雪堆的底部，有的雪正化成水，在悄悄流淌。正因如此，苗雨泽呵护他，又与之保持一个在他看来比较合适的距离，不让他觉得老师对他过于怜悯，以免触及他内心的痛。

一夜无话。

天边泛出银灰色，银灰色包裹着一点红，那是即将破云而出的太阳。他想起五年前的那个黎明，"就叫赵黎明吧。孩子去读书，学习文化，文化是孩子心里的光。人心里，不能没有光。那是黎明的光"。

他时常幻想遥远的城，那里有个叫春雪的女孩，他叫她姐。

春雪走后不久，春雪的妈与村北头一个老光棍儿搭伙，过起了日子。村里不缺鳏夫。喜太奶劝赵黎明的妈，你也找个男人吧，把他招到屋里来，找个帮手呢，孤儿寡母的。赵黎明的妈不语。喜太奶知道她的心闭上了，没有缝。她怕娃受委屈。春雪妈不也是春雪走了，才找的男人吗？

赵黎明融入同学们中间，他的学习并无吃力之态，从未露怯，看不出他几个月没来学校的劣势，这得益于苗雨泽给他补课，也要归功于他的勤奋，当然，还有那只漂亮的传递"情报"的白鸽。

他的弱项是英语，他不敢发音，不敢读出来。受苗雨泽鼓励，每天天刚亮开，他就到林子里读。这英语成绩，不多日也上去了。

进入秋收时节，山村最忙。这时候，黎明妈却病了，干重活吃力。赵黎明向苗雨泽请了假。苗雨泽带着几个大个子学生，来割野马河畔赵黎明家的稻谷，既是帮助赵黎明，也是带他们劳动锻炼。累了的时候，赵黎明停下收割，站在稻田里，手持长把镰刀，凝望着在河畔穿梭的白鸽，神思飞扬：命运有时就这样，让一个人与另一个人产生某种关联。看似巧合，其实是某种必然，让人说不清道不明，最后只能说是天意，是老天让一个人帮助另一个人、成全另一个人。

苗雨泽就是他生命中这样一个人。

五、一跪成永恒

赵黎明对于光阴流逝的感觉是奇妙的：每一天都那么漫长，三年时光却又似乎那么短暂，像是瞬间就过去了。

中考来临。

苗雨泽对语文教学深有研究，这得益于他的独立思考。他常常一个人走出宿舍，在枫树林中漫步。马河梁下留下他足迹无数。他竟然押中了作文，却没押对题，因为那次作文根本就没有标题，是半命题，但立意在他的猜想之内。他知道中考很少考议论文和说明文，他告诉赵黎明，多写记叙文，写真人真事，写那些能触动内心的人和事，写最亲的人、最熟悉的人。

考点设在城里。马河梁中学最终决定参加中考的人并不多，二十来人，考前自行前往。他们都由自己的父亲送去，赵黎明没有父亲，苗雨泽说，我送你。苗雨泽骑着自行车，赵黎明坐车后座。中间路过一个小集镇，他们把自行车放在熟人那里，再坐公共汽车继续前行。

第一科考语文。走进考场前，苗雨泽还叮嘱他，若果真写一个人，你就写你爸吧，写他帮助邻居打石头出现意外。这是个伤感的故事，这样的故事能打动阅卷老师，人都有同情心，都有怜悯之情。

走出考场，赵黎明哭了，不是痛哭，是悄然流着泪。苗雨泽吓了一跳，以为他考砸了。苗雨泽问，作文让写啥？他当然要先问作文，作文是大头。赵黎明带着哭腔说写人，写一个熟悉的人。苗雨泽松了口气，问，写你爸？他说，没有，我写的是苗老师。

赵黎明写作文时，往事被勾起，他哭了，是感动。

走吧，先去吃饭，然后好好睡个午觉，下午接着考，苗雨泽说。他的声音轻微地震颤。他努力控制自己，不让内心的那份幸福与满足表露出来。孩子知道感恩，而在他看来，他只不过是做了一个老师应该做的。任何一个老师，见一个可塑之才陷入困境，都会伸出手去拉他一把。

考生在考点所在的学校借住一晚。一大间宿舍，住来自两个学校的三十多个男生，上下铺，床挨床。苗雨泽知道那样睡不好，在学校附近找了个旅馆，标准间，两张床。他说，该复习的都复习了，现在最要紧的，就是睡个好觉。

最后一科考完已是第二天下午，时间还早，太阳刚向西边移。苗雨泽带着赵黎明来到一个小酒馆。苗雨泽要了一小杯白酒。他给赵黎明倒小半杯。他说，庆贺一下吧。赵黎明说，现在庆贺还太早。苗雨泽说，应该没问题。他看出赵黎明精神上并未完全轻松下来，就说，先不说庆贺，喝口酒，放松一下。赵黎明摇头。苗雨泽笑说，喝不了就别喝。苗雨泽也只是象征性地喝了一口，他胃不好。

这是赵黎明第一次下馆子。

苗雨泽带着他去了县城另一个地方——他女儿的学校，他们见到了他的女儿，她是一个很漂亮的女孩，一名小学老师。她与妈妈住在一起，妈妈白天上班，早晚照顾她的生活。女孩对苗雨泽说，妈妈说了，你再不调回来，她就要辞去工作，到山里当老巫婆。苗雨泽笑道，好呀，告诉妈妈我们欢迎她。女儿笑过，留父亲回家待一天再回。苗雨泽说，我得把赵黎明送回去。

他们回到那个小集镇时,天向晚。苗雨泽骑上车,让赵黎明坐上来,箭一样向着马河梁的方向冲出去。

半路上,在一片树荫下,他们停下来歇口气。看见苗雨泽满脸是汗,上衣都湿透了,赵黎明心里过意不去,便提出要骑车。苗雨泽笑道,你自己骑行,带上我,你还嫩着哩。苗雨泽前跨一步,背对着他撒尿,赵黎明害臊。苗雨泽说,解个手吧,别憋坏了膀胱。赵黎明就走到林子深处,撒了一泡长长的尿。

他们在溪沟边洗了手,接着前行。赵黎明说,我想读中专,读师范,像苗老师那样,将来出来教书。苗雨泽说,不,你要读高中,考大学。你若喜欢教书,读完大学再当老师也不迟。

到马河梁脚下,天已黑了,但还能看见山梁无边的影子。赵黎明已不像先前那样惧怕夜的黑暗。他感受夜露带来的湿润气息,这气息带给他久违的心舒气爽,他好久没这么放松过。他眺望马河梁,眺望绵延不绝的神农架远影。他知道,他就要走出大山了。

姐。他在心里轻轻地唤了一声。他回去的第一件事就是给春雪写信,告诉她,他考得不错。但他很快打消了这个念头。万一呢?万一是自我感觉良好呢?凡事不要说得太满。他决定先不告诉她,等拿到通知书再说。

几天后,他接到春雪的来信,她说自己会在九月以前回家看看。她说的是回家看看,而不是看他,这让他心里忧伤了一下,像是掠过了一阵秋风。

学校放了假,苗雨泽要回城休息。回城之前,他来向赵黎明告别,他说,二十多天后他回林场,那时候,录取通知书也该到了。

赵黎明的妈给苗雨泽包了十几只土鸡蛋，苗雨泽不要。赵黎明的妈生气了，说，你对黎明那么好，我家几个鸡蛋都吃不得？她硬塞给了他。

赵黎明送苗老师，在村口碰见会太爷。会太爷身体硬朗，眼明耳锐，还能上山捡些枯树枝回来烧火。此刻，他背着一小捆干枝丫，也就二三十根吧，走在村口。赵黎明上前要去帮他。他说，不用，我正好活动活动，越不活动，人就越趴蛋。他走路不紧不慢，腿脚还算利索。他对迎向他的赵黎明说，明明，多好的孩子，可怜，爹没了。他又冲苗雨泽说，这先生和学生，越来越像爷儿俩。他思绪之清晰，令苗雨泽震惊。

不愧是长寿村，苗雨泽在心里说了句。

过了桥就是马河梁，绵延的山梁。苗雨泽停下来，说，别送了，我走了。赵黎明说，老师慢走。赵黎明递给他一把长把镰刀，防身用。他怕苗老师遇见豺狗。有时候野猪也伤人。

赵黎明焦急地等待通知书。他内心怀着希望，但总免不了有一丝担忧。他不停地帮母亲干活，以此来掩饰他内心的焦虑。

一天过去了，又过去了一天；一个星期过去了，又过去了一个星期……一个月快过去的时候，苗雨泽来了，他来送赵黎明的通知书。石佛营交通不便，通知书就送到了林场中学。赵黎明考上了城里的第一中学。他考得特别好，马河梁中学总分第一名，高出第二名二十多分。

当妈的却一脸愁云：为什么不是中专？苗雨泽知道她担心什么，他说，黎明妈妈，你不用愁，有政策，贫困家庭，学校免费。马河梁中学还没出一个大学生，马河梁中学，会给黎明提供一些生活上的补贴，大家都希望他能考上大学，给我们马河梁中学争光哩。

赵黎明却是高兴的。他远眺野马河，夕阳下闪闪发光的河水、河滩家养的马、河畔地里的向日葵、在洞口飞进飞出的鸽子……无不让他着迷，但这并不成为他不向外走的原因，相反，他要走得更远。自从春雪进城之后，他的心变得阔大，他向往的是省城武汉。

赵黎明留苗雨泽住下，他不住，赵黎明想到自己这样个破家，就没强留他。他说，天眼看就黑了，老师得走夜路，我送老师吧，正好，我想到林场待两天。苗雨泽说，行，林场辽阔，去玩两天。

原来师娘也在。苗雨泽从城里回马河梁时，她跟了过来。到底是城里人，气质高雅，言语热情，但神态依然孤傲。

赵黎明回到他上小学时住的那间小屋，他长大了，不再惧怕了。父亲还是经常在夜里光顾，有时是在赵黎明梦里，有时是在现实的幻景中，但已不再是他躺在门板上的情景，而是穿戴整齐、面露微笑，从赵黎明身边悄然远去。

清晨的阳光明亮地照耀着林场。几排房子静止在阳光下，树叶在阳光下放着光亮。苗雨泽说，这真是一个好地方。我们将来是要到这里来养老的，城里的空气太不好了。苗雨泽的爱人不置可否。她依然冷傲，却待赵黎明蛮真诚，亲自给他夹饺子，而且面带微笑，只是那微笑带着些许表演。那脖子和腰板挺得太直，这让赵黎明在这里待着有些不自在，他有些惧怕她。他吃过早饭就要走。说好要待两天，却急着要走，苗雨泽看出缘由，说你师娘就那样，表面冷，心里热乎着呢。这牛肉馅饺子，是她夜里特地为你包的，那时你正在小屋里呼呼大睡。

赵黎明坚持要走，他说要回去帮妈妈干活。孩子独自走山路，苗雨泽不放心，要送他。老师这句话让他忍不住笑了，这么送来送去，总在路上。他说，老师不用送我，我不怕。苗雨泽递给他一把砍刀。他说，你劈柴咋办？苗雨泽说，上隔壁借一把。他说，你还是把那长把镰刀给我吧，用起来顺手，要是有豺狗想咬我，我就用镰刀背敲它的脑壳。

进入林中小路前，赵黎明朝送他的苗雨泽喊，苗老师，你回去，不用担心，我不是小孩子了……

这一声喊出，他一下子觉得自己长大了，成男子汉了。

母亲在院子里忙碌。她把红蘑菇、黑木耳、野山榛摆到石头墙上晾晒。近两年，有城里人骑摩托车到村里来收山货，不过价压得很低。赵黎明要自己拿到城里卖，母亲不放心他，但拗不过他，给他装了两布袋，除了野山榛，别的倒还不算重。去城里要经过马河梁林场，也就是他们学校。他早早地去，骑了苗雨泽的车，然后转汽车。

到城里，他不知怎么卖，找了个十字路口后，把山货摆出来。很快就有城管来，要没收他的东西。他急哭了。城管知道他是卖山货挣学费，就收了手。城管说：不能随便摆摊的，我带你去一个地方吧。城管就把他带到一个农贸市场。他的山货很受欢迎，不到一个钟头就卖完了，价钱是山里山货贩子的两倍。这类山货，后来成为赵黎明高中生活的重要经济来源。

这是个特别的暑假。这年夏天，雨水多得出奇，野马河两岸泥泞遍布。雨后初霁，金色的阳光照耀着成熟的大地，照耀着马河梁，照耀着鸽子洞，照耀着野马河滩的那片土地和天空……照耀着万物，静止的和飞翔的。赵黎明的思绪被眼前的景物左右，一会儿静止，一会儿浮想联翩。

他想起自己的父亲，时常想起。无一例外，他的思绪总会从父亲的身上跳跃到苗雨泽身上，像是由一个频道跳到另一个频道。

春雪有时也会走进他的幻景里。她穿着白色的纱裙向他走来，走着走着，隐入野马河的薄雾里，就像她在他梦里突然醒来，他的眼前只有一片苍白。事实上，春雪从未有一条白色的裙子。石佛营的人，甚至就没见过她穿过裙子。

春雪回来了，她说她赶回来送他。两人的目光相撞，他避开了她。虽然以姐弟相称，但儿时两小无猜的感觉还在内心深处，像春天的叶芽，只怕春风一来，还要萌发。他只能避开她，像躲避春天的风。

去县城上学的那天，在人们的送行中，他走上石桥。他深情地回望石佛营，似乎将一去不再回。他仰望头顶，阳光从一片云朵中透过来，照在他身上，他突然觉得那片云特别像苗老师：恶劣的天气里，苗老师为他遮挡着风雨；而一旦天晴，苗老师就躲闪开去，让明亮的阳光倾泻在他身上。

他一下子跪在苗雨泽面前。三年前，他没能跪成，现在，他实实地跪在苗雨泽面前。他说，苗老师，我想叫你一声爸。

恩重不言谢，这么多年，他从未对苗雨泽说过一声谢谢。这天之后，他没再叫过苗雨泽爸，也没再跪过。他只叫了一句，这一句顶一万句；他只跪了一次，这一跪成永恒。

那天赵黎明叫苗雨泽爸，苗雨泽并没有答应他。他不是不想答应，他无法应声，他哽咽了，眼里噙着泪，嘴里被一股浓情包裹。苗雨泽后来说，赵黎明，你不要考虑太多。人这一生，哪能不帮人？我当年到马河梁林场当知青，才十五岁，是这里的老百姓养育了我。我后来回城上学，什么都可以忘记，就是忘不了马河梁，忘不了这林场——林场的风、林场的雨、林场的气味,这也是我后来二次下乡来到林场的原因。我舍不得这儿。

三年以后,赵黎明考上了武汉的一所大学。他的分数都够上北大了,但他只报了武汉的这所大学,第一志愿是它,第二志愿还是它。他说,北京费用高,北京离家远。

去武汉报到前,他去坟地看了父亲。石佛山有着它的孤傲和神秘。父亲的坟,则只有孤独和冷清。他踏着秋天没了水分的干枯的落叶,内心是那么凄苦。

那所大学的樱花,他从没有刻意去欣赏;有名的东湖,他也未曾去过。他没有时间,他的专业是临床医学,七年本硕连读。他知道家里的情况,他不应该读七年书的,可当那张通知书来到他手中,他就像拿到一件稀世之宝,舍不得放手。他对自己说,好好学吧,等毕业了,找到工作了,就把母亲接过来,带她游遍武汉三镇。

在大学校园,他无数次回想高中苦读的情形:他静静地坐在教室最后一排靠近窗户的地方,像一个犯了错误的人。他除了学习,默不作声。他的沉默源于自卑。他生长在大山里,穷,没有父亲,也没有够用的钱。很多次打开抽屉,课桌里有饭菜票,不知是谁给他的。那些饭票菜票跳入眼帘的同时,击中了他的泪腺,他总是无声地眼泪涔涔。他记得第一次拿到这些饭票菜票时,他没有走向饭堂,而是走到校园外的一片树林,倚着一株樱花树痛哭流涕。他接受了它们,接受了同学们的馈赠。

让他记忆深刻的,除了同学们塞给他饭票菜票,还有自己去卖山货,然后才是学习。他时间抓得紧,一个月才回一次家。这个星期天没回去,苗雨泽回城里看女儿,会给他捎些菜,给他钱，有时三十块，有时五十块，他不要，苗雨泽硬塞给他。苗雨泽笑着说，你要是不好意思就记上账，等将来拿了工资再还我。

春雪来过几次信，也给他汇过钱。她在信里管他叫弟弟。他没取那钱，直接让退回去了。春雪的妈日子过得不好，虽说找了个后老伴，但那也是个病秧子。他认为她的钱应该给她妈汇去，至于他拒绝春雪的钱，还有无别的原因，肯定是有的，只是他不愿承认。

赵黎明考上这所大学，石佛营和马河梁林场曾一片欢腾，周边老百姓也奔走相告：他不只是考上重点大学，他的分数是够上北大的。县教育局来他家慰问，车进不了石佛营，慰问场所设在马河梁中学，慰问仪式上，县教育局奖励他一万元。石佛营的乡邻、林场那些老职工都给赵黎明拿钱，一百二百的，硬塞给他，说这孩子好，机灵、热心，看见谁干活，放下书本就去帮忙。

和许多大学生一样，赵黎明对自己的未来也有过展望。他不想考研，他想早点工作，让母亲早些过上好日子，但他不能，学制就是这么设置的，本硕连读。临床医学专业，不读硕士很难找到工作。他不想留在武汉，城市大，生活压力就大。他想念马河梁，怀念野马河，他思念母亲和苗老师。他觉得奇怪，他曾是那么嫌弃那片土地，而现在，却又那么渴望回到它的怀抱。马河梁、石佛营，他斩不断的乡愁，他摆脱不了的根。他就盼着早点毕业，早些回到县城医院。他主修的方向是口腔科，那就当一名口腔科医生吧，拿工资，贷款买房，把妈接到城里。如果妈不愿意进城，他也不为难她，他每周回去看她，看野马河看马河梁。他还可以站在野马河畔凝望鸽子洞，或远眺石佛山。

六、我并没有杀人

赵黎明已在武汉度过了两年时光。这两年时间里，他只回家陪母亲过了个春节，剩下的假期，他都在勤工俭学。这次回乡，他放眼望去，进入视野的，依然是那道宽阔的、望不到边的延绵的马河梁。野马河贴着他的脚下静静流淌。石佛营后山那只石佛，永远在那里，半卧半坐，似睡似醒。

但你若以为乡村没有变化，那就错了。那马河梁上，那石佛山腰间，高过百米的电信信号塔，是一面面旗帜，引领着人们在虚幻与现实间游走。一条精神的河流，在乡民们心里流淌，其汹涌的波涛，胜过野马河。

网络的力量真是吓人，苗雨泽感叹说。他说得没错，年轻人、小孩子，人人抱个手机，在夜灯下，在树荫里，乐此不疲。也正因如此，赵黎明的那篇非虚构《白鸽飞越神农架》，才引来这么大的麻烦。尽管一再解释，鸽子洞里的那些白鸽只是普通的鸽子，顶多是信鸽而已，根本不是什么神鸟、仙鸽，更无保佑谁家孩子考上大学的神力，然而，没有人听他的。他在这里守了三天，每天依然有人来烧香、拜鸽神。赵黎明哭笑不得。他本来可以不管，可是，若任他们这么烧下去、拜下去，这几千只上万只鸽子，将无家可归。它们害怕香的烟雾和气味。

他没能阻止他们。有人拜完了走了，另一批人来了。他们过了石桥，沿着河边滩地，往鸽子洞走，人多得像一支小分队。雾浓烈而低垂，遮挡住了他们的身子，只有头在雾的顶端钻出来。他们像老人嘴里传说的鬼。他们如此愚昧，如此祸害这些可爱的鸽子，真的就是鬼哩。

我就要做个打"鬼"英雄。赵黎明对自己说。

然而,他下不了手。他也没有理由动手,他只是尽可能地阻止他们。当他阻拦一个老妇人往洞里进时,那个老妇人对他怒目圆睁,言语中带着一股怒火:你滚开!她身后的一个妇人,语气倒是缓和些,她说,这鸽仙可灵呢,他们石佛营一个学生伢,小时穷得没裤子穿,因为对鸽子好,现在都考上了武汉的大学了。他都考到北京去了,是他自个儿不去呢。她们显然不知道,赵黎明就是她说的那个人。

那些鸽子纷纷往外飞。白色的鸽子一只接一只,连成一片,像白色的被风吹得凌乱的云。新一轮的担忧与苦痛让他内心难以忍受,他努力让自己的心平复下来。他说,叔叔阿姨、大爷老奶奶们,你们不能在这里烧香。

他们不理他,重复着老赵家一个叫黎明的孩子的故事。他说,我就是黎明哩,我考上大学,与鸽子没有关系。

近几年,山里的大人们开始重视孩子的教育。他们曾经赖以生存的土地,已经养活不了他们。山里几乎没人种田种地了。他们空前地重视孩子的教育,这是他们离开农村走向城里的唯一途径。赵黎明知道他们的想法,也理解他们。但他们为了孩子能考到城里,跪拜莫须有的鸽神、鸽仙,他不理解。

阳光移到头顶,清晨逝去,晨雾没了,烧香敬鸽仙、鸽神的人离去了,鸽群落在野马河滩离洞口很远的地方,它们害怕洞里的香味,那些劣质的香散发出的香味。但它们不能走得太远,鸽子洞是它们的家。

赵黎明疲惫地走向石佛营。他回屋。母亲心痛地看着他。母亲说,你就别管了,你管得了吗?让他们去拜吧。看看你,搞得像个鬼。

母亲又说，回学校去。上面都不管，你管得了？上面也不是不管，他去找过他们，他们来到鸽子洞前，规劝烧香拜佛者。上面一来人，烧香者走，上面来的人一消失，他们又来了。他们执着，他们要做的事，肯定是要做的。他们惯于同他们眼里的"公家人"玩藏猫猫的游戏。上面后来就不派人来了。上面来的那个人说，法不责众，总不能把这些烧香的人都抓走吧？

赵黎明喝了一口凉茶，坐到院门外。溪水叮咚，身下的石头带给他一丝很舒坦的凉爽。他朝南，遥看野马河，看那鸽子洞。他想找到一种解决的办法。他对着溪水冥思苦想。溪水的那边走来一个人，是苗雨泽。赵黎明起身，迎过去。

苗老师！他喊道，带着哭腔。

知道你会回来。苗雨泽说。

我也正准备早饭后去林场看老师。赵黎明面露愧疚。苗雨泽笑。赵黎明说，他们把鸽子洞弄得乌烟瘴气，这么下去，鸽子怕是要完。苗雨泽说，我听说过，但没想到他们闹得这么凶。愚昧！

怎么办啊？

也许最好的办法，就是让他们折腾，折腾一段时间后没有效果，他们也就停止了。苗雨泽说。他的想法，竟然与母亲如出一辙。赵黎明开始怀疑自己。顺其自然，或许真的是最好的办法。

然而，赵黎明没法顺其自然，鸽子洞"香火"越来越旺，他们除了求鸽子保佑他们的孩子考上大学，还求鸽子保佑他们长寿。

他们说起石佛营，说那是长寿村。他们说石佛营的人长寿，与鸽子有关，鸽子是神、是仙，保佑着石佛营的人。这当然又是子虚乌有的事。石佛营的人，没觉得长寿村有什么了不起，只是那些外村的人，或城里来的人，吃饱了，喝足了，说长寿村好，说他们长寿。他们看到的，只是那几位百岁老人，他们看不到这个村子里，有几多人英年早逝，或意外身亡，比如他的爸、春雪的爸。

你们不要再烧香了，他冲他们喊，你们这样，不把鸽子熏死，鸽子也会远走高飞。

这是新的一天，清晨依然有雾。雾还没有散，赵黎明回望石佛山，石佛山像一座孤零零的岛屿。鸽子洞死一般沉寂，他感到有死亡的气息在升腾。

乡亲们，爷爷奶奶叔叔大爷们，你们真的不能再在鸽子洞里烧香了。

没人听他的，他的心绝望到冰点。绝望像无边的黑暗，静得能听见死亡临近的脚步声，像秋天的落叶那么轻盈。

这么下去，鸽子都会死掉！他大声喊。

疯子，大学生疯子！起先没人理他，当他说鸽子都会死时，有人开始回应他、骂他。

赵黎明的确像个疯子，守洞数天来，他不修边幅。他的头发凌乱，他的胡须几乎将他的整张嘴淹没。可是，那又怎样？没人怕他，即便他手中的长把镰刀寒光闪闪。

疯子，石佛营的疯子！这些话像风一样传得很远，都传到马河梁林场了。那天午饭后，他远远地看见苗雨泽向石桥走过来。苗雨泽说，我陪你一起战斗。他说，老师先回马河梁林场，需要老师时，我去找你。

赵黎明站到鸽子洞口不远处，守着那个洞。浓烈的香的味道呛得他直咳嗽,他戴着口罩,手握那柄多年前陪伴他的长把镰刀,像一个蒙面大侠。时间长了,他站不住。他就坐下来,蜷缩在那里,像一只得了瘟病的鸡,他太累了。

他们向洞口拥去。在他们眼里,赵黎明像一只随时准备咬人的疯狗,口罩下的嘴唇颤动着,眼白大而亮。他的头发更长了,不但彻底遮住了耳朵,还在衣领处打卷。他的胡须更浓密,从口罩里钻出来。他的衣服脏旧。他周身唯一打眼的,是他手持的那把镰刀,寒光闪闪。

一个老头走在最前面,他吼叫着,像是骂人,像是训斥。他说,我要敬鸽神,我今天死也要烧一炷香。

他说到死。

赵黎明去拦他。他必须拦住这个老头。一个人上去了,就会有更多的人上去,鸽子会因此而丧命。他爱它们,它们应该在鸽子洞里安然地生活着,自由地飞来飞去,而不应该被他们当神灵敬着,那样只会要了它们的命。

大爷,你回去。赵黎明不是凶狠之人,当这个六十多岁的老人逼近他时,他的声音软下来,变成了恳求。老人不听,依然往前闯。赵黎明伸手去拦,两人的手碰在一起,老人脚下一滑,瞬间倒下,接着滚下坡地。他滚动的身体,被一堆灌木阻拦,因而没掉进河水里。

赵黎明冲向那个蜷缩在河畔的老人。老人昏迷不醒。有人去喊乡村医生,有人打电话,叫了120。

一切来得那么突然。有人逼过来,对赵黎明拳打脚踢。有人趁机冲上鸽子洞口,去燃上一炷香。这时候,苗雨泽出现了,他拨开人群,冲到赵黎明身边。苗雨泽抱着他,护着他。苗雨泽对他们说,乡亲们,他就是你们说的,那个考到武汉去读书的孩子，他就是你们说的，分数够上北大的那个孩子。他是个可怜的孩子。他考上大学，不是鸽子保佑了他，他是怎样努力地学习，你们不知道。乡亲们，他是个可怜的孩子，你们不能这么对他，也不能这么对待鸽子。

苗雨泽的话突然戛然而止，他看见了躺在地上的那个老人，他这才看见。

你！他朝赵黎明喊，你干的？

我没推他，是他自己滑倒的。赵黎明浑身筛糠似的抖着。

你不推，他好好的，怎么会滑倒？人群里有人喊。

警灯闪烁，警笛鸣响，警察来了。

赵黎明感到了风，他看到眼前美丽的乡村图景随风而至：曙光初现或暮色降临时，沐着晚霞的野马河格外美丽。而鸽子洞有着更神秘的色彩。鱼在野马河里翻着浪，野马河的河水流淌。枯水时节，要静静地听，才能听见野马河流淌的声音。你若有足够的耐心，或许还能看到一两匹马，它们立在河滩，吃草、奔跑，或紧凑在一块儿，做着亲昵的动作。多少天来，赵黎明几乎不眠，只有很浅的薄如纸的睡眠。那几天他总做梦，梦见自己被水冲到野马河心的岛上，那里有很多鸽子，可是，它们死了，尸横遍野。他醒了，醒来后的他，眼睛睁得大大的，满含忧伤和愁苦。

出人命了。他瘫坐在地上，就那么看着缓缓流淌的野马河，像看着时间流逝。他自言自语，重复着自己的话：它们不是神鸟，它们只是普通的鸽子，普通的鸽子……它们是我们的朋友，它们不该被这样烟熏火燎……

他语无伦次。

我没有推他，我们只是衣袖碰在一起，是他自己滑倒的，是他自己滑倒后滚下去的。

120带走了老人。这两年,从马河梁到石佛营的路,略做修整,警车、急救车跌跌撞撞,倒也能开进来。

赵黎明将被警车带走。警察来别他的手臂,他说我自己走。

我跟你一起去,我跟他们讲清楚。是苗雨泽的声音。他跑过来,拉着赵黎明的手。赵黎明看上去体力透支、疲惫不堪。师生俩向着警车走去,四只脚交攀着,一个扶着另一个,却像是一个人要把另一个人绊倒,但他们没有倒下。他们像战场上的两个受伤的战士,艰难而执着地走着。

离他们不远处,集聚了很多人。这里人烟稀少,赵黎明弄不明白,怎么一下子就拥出这么多人,像是从野马河里钻出来的。

你们不要抓他……喜太奶刀锋般尖厉的声音骤然响起,河面被震起粼粼波光。这位百岁老人是最后一个来到这里的,她不知道那个六十多岁的老人受了重伤,她以为他们抓赵黎明,是他打了那些来烧香的人,是与他们纠缠得过了头。现在,她要劝他们回去。只要他们回去,他也就不闹事了。

她在山路上,能看出她步子迈得还算稳健。她的下巴努力向前翘起,嘴瘪成一个小圆圈,两只眼往里陷,但她并无踟蹰之态。她冲那两个警察喊,公家人,放了黎明吧。她又对人群里那些百姓说,你们回吧,那不是古陶哩。那是我带到洞里的哩。那也不是什么千年古洞。当年日本人打过来,我没地方躲,藏进这个洞里过日子。后来被日本兵发现,他们来抓我,打碎了这些坛坛罐罐。

人群里有人说,有这事?这么多年,咋没听喜太奶说过?喜太奶说,是真的哩,我没骗你们。我不能说哩,不能说啊。

我那时还是个小媳妇哇,让日本人糟蹋了咧,我怎么说?我怎么说咧……他们要杀了我,我拼命地跑,他们拼命地追,八路军来了,才留下我这条贱命咧。她快步走向警察,她喊道,他是我们营第一个大学生呢,你们要抓他?先问问我这根老拐杖可不可?她把拐杖敲在地面咚咚响,仿佛大地是一面鼓。那气势,颇像电影里的佘太君,但警察还是带走了赵黎明,他们将苗雨泽阻挡在车外。

苗老师,你保重!赵黎明落下泪来。这么多天,他憋屈坏了,但他尽量忍住自己的眼泪。现在,他情不自禁地落下泪来,也只有眼泪,才能表达自己内心对苗雨泽那份独特的情感。苗雨泽这两年老多了,半白的头发似乎在瞬间全白了。他的身体明显地弱下来。苗雨泽冲他点头,哎了一声。他老泪纵横。

钻进警车前的一刻,赵黎明站立,回望野马河,回望鸽子洞,回望石佛山,像缅怀一个消失了的世界。

七、白鸽飞越神农架

民警当时就带人封了鸽子洞。说是封,其实是半封,洞口顶端,留了澡盆大小的一个口子,供鸽子飞进飞出。

伤者被抢救过来。他头部受损,肋骨断了三根,左小腿骨折。他没事,他活着,但他自此可能成为一个瘸子。

赵黎明伤人,除了赔伤者医疗费,支付营养费、误工费,还获刑四年。他是一名在校大学生,他没有钱,这些费用都由苗雨泽垫付。

赵黎明在监狱里表现好,曾规劝阻止三个狱友越狱,立了功,提前一年释放。

三年后，一个秋日的上午，赵黎明走出监狱，走向一片苍茫。他什么也没有了。监狱偏僻，路途遥远。苗雨泽头天晚上就到了离监狱最近的小镇，清晨叫了车来。走出监狱后，苗雨泽带他理发，那头发太短，只修了个型。之后，苗雨泽带他洗澡，让他换上新衣服，从内到外，包括裤腰带、鞋和袜子，都是新的。外套是深蓝色的西装。他明白苗老师的良苦用心，苗老师要他一切重新开始。

从监狱里穿出来的那身衣服，从内到外，他扔进了浴池的垃圾桶。他什么也没说，一直悄然落泪。他很想问一句，我妈还好吗？师娘还好吗？可他张不了嘴，一张嘴就哽咽。

走向长途汽车站时，苗雨泽拉起他的臂膀，说，回武汉去吧，回到你的大学去。他说，不去了，这么多年，怕是没学籍了。苗雨泽说，你进去后，我特地去了你们学校，找了相关领导，把情况向他们说了，他们答应，可以保留你的学籍。即便学籍没了，可以再考。赵黎明说，年龄大了，不考了。苗雨泽说，年龄放宽了，多大都可以考。

赵黎明说，我想去马河梁当老师，从您手中接过教鞭。您年龄大了，也该休息了。

苗雨泽没吱声，他的心很明显地动了一下，是感动。马河梁太需要老师了，可他不忍心让赵黎明去啊，赵黎明应该回到武汉的大学，赵黎明应该有更广阔的天地、更美好的未来。

老师就在林场养老。那儿空气好，水质也好。我把我妈也接到农场，她与师娘也是个伴。赵黎明说。

苗雨泽没有回答他，他的眼眶湿润了。他有哮喘，一到城里他就咳嗽，咳得厉害。他已适应了野马河，适应了马河梁。

周边的孩子需要教育，他们不能不接受教育。这是苗雨泽多年前说的话，现在，由赵黎明再次说出。苗雨泽的手，用力抓紧他的臂膀，好像怕他像鸽子一样飞走了，但他又是那么渴望自己的学生飞得更高更远。

苗雨泽双目远眺马河梁，说，如果马河梁没几个过硬的老师，教学水平上不去，孩子们就会跑到县城去上学，马河梁学校就要撤销。学校一撤，就有老板来建滑雪场，就要砍去很多树。有人觊觎马河梁学校和林场很久了。很多回县城养老的退休职工，又回到马河梁，说是要一起保卫马河梁林场和学校，保护他们当年种的树一棵不少。你先回大学，我还能坚持几年。你想教书，大学毕业再回也不迟。马河梁的确需要老师。

赵黎明依然沉默。沉默已成为他生活中的一部分。他的沉默，有时是默认，有时是否定的回答。苗雨泽一时拿捏不准。

还有一件事，苗雨泽不知怎么向他说起。他的母亲在他被抓后，急火攻心，颅内出血，昏迷了三天，最终醒了过来。儿子未成家立业，她已成为一个拄着拐杖的老太太。苗雨泽最终没有说出她母亲的事，反正天黑前，赵黎明会见到她。

我想去看看那个老人。赵黎明说。他说的是滑下坡地的那个老人，在监狱里，他一直惦念着老人。

苗雨泽努力地回想了一下，才想起他说的是谁。苗雨泽说，他死了。接着他急忙解释，与你无关，与那次摔伤无关。他得了肺癌，晚期。他自己都不知道，是那次受伤住院检查出来的。你走后半年，他就死了。

赵黎明转过脸去，遥看鸽子洞，好像那个老人还站在那里。他自己却无力站立。他蹲下来抽泣。他原本想出来后第一时间去看那个老人，未来还要照顾他。他觉得憋屈，觉得人生真难，好像怎么做都是错。

赵黎明在石桥上看见了母亲，母亲并不太老，但她看上去太老了。她拄着拐杖，执意要到桥头来迎他。野马河面的风吹过来，轻拂着她的白发。她脸上的皱纹有着与她年龄并不相称的深度，以至于他并不需要走得很近，就看得见她脸上溪沟一样的皱纹。

他走过去，拉着母亲的手。他跪下去喊，妈！他抽泣着。他说，妈，对不起！他把母亲的手放到他的脸上，让母亲的手紧紧地贴着他的额头。他感到母亲的手背像砂纸一样。他想忍住抽泣，却变成了号啕大哭。

苗雨泽拽起他。苗雨泽说，黎明，走，咱们回家。

赵黎明听见鸽子咕咕的叫声，他转身望去。他看到了鸽子洞，洞口顶端的峭壁上，白色的鸽子飞进飞出。它们的窝还在，但显然已经没人去打扰它们了。

金色的晚霞照耀着成熟的大地，照耀着马河梁，照耀着野马河，照耀着鸽子洞，照耀着河滩的鸽子和空中的鸽子，静止的和飞翔的。赵黎明看见洞口飘来一片白色云朵，云朵在霞光的照耀下慢慢散开，他看见春雪从云朵里走出来，她穿着白色的连衣裙。姐！他朝着洞口喊了一声。

苗雨泽听见他的喊声，转过头去，除了那些鸽子，静止的和飞翔的，他什么也没看见。

越来越多的鸽子落在野马河边的草丛，在那里喝水。他凝视着河边的滩地，他寻找着那只白鸽，他熟悉的那只白鸽。他没有看见它。鸽子的寿命很长，有的长达二十年，它应该没死，它应该还活着，只是在这鸽群里，他看不见它。他这么想着，正要转身离开，一声清脆的鸽哨响起。顺着鸽哨声，他看到了那只白鸽。这么多年，鸽哨应该早掉了，脱落了，但它分明还在——也许是另一个淘气的孩子给它重新做了一只；也许那鸽哨声并不存在，它只是他记忆深处的一次回响。令他欣喜的是，他看到了那只白鸽，那只白鸽在他们头顶打了个转，然后飞过野马河，飞上马河梁上空，一直往前，像是要飞越整个绵延千里的神农架。

慈悲引

一

六弟失踪那年十二岁，是一名小学五年级的学生。时值暑假，他帮家里割水稻。那天的阳光如麦芒。他光着上身，穿着与他身体很不相称的军绿色八一短裤，胸脯往下罩在短裤里，赤裸的双脚陷进泥水，像穿了一条绿色的朝鲜族长裙。他戴了一只草帽，这使六弟看上去很滑稽，像一只站立的青蛙。

六弟太需要一身像样的衣服了，但家里没能力给他做新衣。他那件八一军短裤，是大哥从部队邮寄回来的。我望着六弟青蛙样的矮个子，觉得他缺的不仅仅是衣服，还有营养，他应该像村主任的儿子那样，十几岁还喝奶粉。要么像屠夫奇货的儿子，每天晚上喝骨头汤。我家不行，我们连饭都吃不饱，喝奶粉喝骨头汤，只能在梦里。

六弟浑身是泥。

我在六弟一侧。我割稻谷的宽度是六弟的两倍。我一排十四棵，六弟七棵。这样我们才能保持相同的速度，并排前进。

我比弟弟大六岁，这年我参加了高考，但我没考好，大学录取通知书于我，是镜中花水里月。我打算"双抢"过后，返校复读。

"双抢"是抢割抢栽，乡村最累人的活。我们割到田中央，六弟突然站起身，把镰刀一扔，镰刀尖啄在泥水里，镰刀把指向高远的天空。

走了。我出家当和尚也不种田！六弟说。

我以为他是累了，说气话，没理会他。他蹚着泥水向田边走，上了田埂。他在田埂上回望一下我，也许是回望那片在他眼里大得无边无际的水田，而后，摘下头上那顶斗笠一样的草帽，顺手一挥，草帽像飞碟一样，飞得那么高那么远，飞入山坡上的松树林，消失了。

六弟走向坡地，走向松树林，上了林间的小路。那条小路通向山的那边，山那边是野水塘，野水塘那边又是一座山，山那边是我们竹林湾。

晚上回家吃饭，母亲问，小六没跟你一起回？我说，没有。他不是先回来了吗？

我们这才知道，六弟不见了。

母亲在黄昏的暮色里嘶喊着。除了大山的回音，什么也没有。六弟失踪了。六弟从我们割谷的那个水田回家，要路过野水塘。母亲怀疑他在野水塘里。野水塘经常死人。有人干活，干着干着，觉得累了苦了，活着没意思了，就一头栽进野水塘。

母亲坐在水塘边哭泣。我说，怎么可能？他那么会玩水，像一条鱼。他不会淹死在水塘，除非他自己要死。可是，他那么小，怎么会想到要去死？

小六……母亲喊着六弟的小名。她哭诉道：我的小六呀，儿啦，我虽然生了六个儿子可我不嫌多啦，手背巴掌都是肉咧，你小六最小，我对你还要厚一些呀，儿啦，你怎么就走了咧……母亲坐在塘埂上，拍打着自己的双腿，痛哭流涕。他让父亲和我们下水去捞六弟，我们说六弟不可能在水塘里。父亲说，野水塘那么大、那么深，就是在里面我们也摸不到，你莫再把我别的儿搭进去。父亲和我们都不下水，母亲骂我们心狠，骂父亲老虎都不如：虎毒不食子啊！母亲哭泣着，好像是父亲把六弟弄死了。母亲说着，自己就要往水塘里扑。母亲不会水，她下水就是白送一条命，我和父亲被母亲所迫，下水去捞，一会儿，湾子里会水的都来了，穿着短裤，纷纷扑进水里。有不愿把短裤弄湿的，就在远处的塘角脱光，背对着众人下到水里。塘埂上围观的人越来越多，仿佛六弟真的淹死在野水塘里。母亲的哭声感染了很多人，带动更多的女人哭泣，有没下水的老男人也陪着抹泪。整个竹林湾的人几乎都来了，比过年在水塘边捞鱼还热闹。

麻球在半山坡冲野水塘这边喊，你们搞个么事呢？有人回应说，小六淹死在野水塘了。麻球喊，你们瞎说个么事？小六从后山坡往县城方向去了呢。我问他到哪里去，他不吭声。我叫他跟我回，他不应，一句话都不说，像被哑巴鬼缠上了。

母亲听说六弟没有淹死在水塘，停止哭泣，那些在水塘里忙碌的男人纷纷上岸。没有穿裤衩的，游到水塘远处，站在浅水处，背对众人穿短裤。

帮忙的看热闹的人慢慢地往竹林湾走。母亲进了屋，喝了凉茶，平息下去的情绪再次爆发，她开始了新一轮的哭泣：他身无分文，连一件上衣都没穿呢，这夜里，还不得喂了蚊虫？黑灯瞎火的，还不得把伢吓死？

母亲让父亲去找，父亲说，找做么事？一定是到哪里玩去了。玩够了，累了，就回来了。母亲让我去找。天那么黑，去往县城的路要通过八角山、七个洼，还有一座大水库。水里有浪，浪拍石坝，像鬼哭；山上有树，风吹树梢，像狼嚎。

我等到第二天天亮开，才借了一辆自行车，驶上通往县城的路。一路上我没看见六弟。到了县城，人挤人，人挨人，就算六弟在这些人里，也像大海里的一条鱼，找不到的。

我骑车回家，接着割稻谷、插秧。家里那么困难还供我读书，我却没考好。我像赎罪一般，成天泡在水田里。

母亲开始了她没完没了的哭泣。她怀疑我那天打了六弟，要不，他怎么突然就跑了呢？干活累，也没人逼他。我说我一根手指头都没动他。

每天黄昏，在得知六弟消失的那一时段，母亲总会眼含泪水，自言自语，诉说她对六弟的思念，和对他离去的悲伤。后来累了，母亲每周只哭两次。弟弟离家前，是石桥镇小学五年级住读生，每个周日下午，带了大米和咸菜去，下周六下午背着空米袋和空的罐头瓶回来，这成为母亲哭泣的两个新时段。六弟该回来拿粮拿菜了，不见人影，她哭一阵，诉说两句；六弟该走了，不见他到米缸铲米，她哭一通。有一次，母亲本能地给六弟准备好腌菜，往他的米袋里灌满米，却不见他的人，母亲恍然醒悟。那一次母亲哭得特别忧伤，特别漫长，哭黑了天地，怕影响鸡群入舍，她坐到石拱桥上接着哭。一湾子的人围过来，怕她跳水。

时间也许无法冲走人的忧伤，但忧伤到底会随着岁月的流逝而变淡。第二年，母亲只为小弟哭泣过四次：一次是他的生日；一次是他出走那天；还有一次冬天来临，母亲想象着弟弟只穿一件军用短裤，想他一定很冷；大年三十那天，母亲也哭了，不过母亲讲禁忌，这次没有哭出声，只是悄然落泪。

六弟离家的这个秋天，我没有选择复读。初冬时节，我逃离竹林湾，踏着大哥的足迹，走进军营。

二

我们再次见到六弟是六年后的事，这年他十八岁。他出现在我家门前，身着土黄色僧服，脚穿白底黑布鞋。六弟还活着！一家人先是惊喜，接着困惑了，不明白他怎么就当了和尚。我们家世代没一个出家人。

母亲一边哭着骂着六弟心狠，走了不跟家里说一声，一边去取楼板下吊着的腊肉。麻球说，你莫瞎搞，他是和尚，么样吃得肉！六弟朝着麻球微笑，麻球如同受了表扬，脸乐开了，两颊麻点乱颤。

麻球麻脸、跛脚，是我们竹林湾唯一的光棍儿。麻球似乎自得其乐，看不出他孤独或寂寞，倒是有老婆有一大堆儿子的父亲，常独坐一处，默默抽着自卷的烟。六弟回来又匆忙离去的那个夜晚，他坐在碾场的石磙上，黑暗中烟的星火一闪一闪。烟熄灭了，他就那么静静地坐着，不肯回屋睡。我去茅厕时看见了他。那天晚上的月光很明，我发现他脸上有两道亮闪闪的东西。父亲哭了。我在父亲身旁坐下。

一双凉鞋，父亲说。

我不明白父亲所指，父亲说，老六是因为一双凉鞋而离家出走的。父亲接着向我讲述六弟离去的那个夏天。父亲说，那个夏天，六弟向他要一双凉鞋，父亲不买，说他不像我，大了，读高中，要是考得好，还是个大学生呢，不能打赤脚了，而他还小，打赤脚就可以，不必要凉鞋。再说，夏天一闪就过去，秋天就要来了，要买就买双胶鞋。其实那年六弟不小了，十二岁，眼看就要到县城读初中，知道爱美，知道害羞。他坚持要凉鞋，不想光脚板。父亲同意了，但父亲手中没有钱，农民手里，常常是见不到现钱的。那天上午，父亲挑了两个半箩筐的稻谷，到镇上卖了，给六弟买鞋。父亲买回来的，还是胶鞋。我们那里天热，胶鞋到十月才能穿得住，这意味着九月一日这天，六弟得光着脚丫去学校报到。他还有一种选择，那就是穿着一双新胶鞋，任凭双脚在胶鞋里闷着焐着，挺到十月，天就凉爽了，穿胶鞋就正常了。

父亲把胶鞋递给六弟时，六弟并没有接，转身走开了。父亲就把胶鞋摆放在我们床下。我发现那双鞋后，还为六弟有双新鞋而高兴。我不知道六弟向父亲要凉鞋的事。午饭后，我和六弟到稻田割谷，这天下午，六弟失踪。

我说，当年六弟离家出走，是怕苦，怕干农活，你不用自责。父亲说，是那双鞋，他是因了那双鞋。父亲脸上出现因愧疚而显得痛苦的神情，这神情传染了我，我感到心里有一丝隐痛。

我后来多次回想六弟的成长轨迹，我觉得他出家为僧，绝不仅仅是因为那双并不存在的凉鞋。

三

我说六弟没有家，六弟说，谁都有家，家是一个人的栖息地。栖息的时间长了就是家，栖息的时间短，那个地方就是客栈。

我不知道净心寺是六弟的家，还是他的客栈。

六弟是净心寺的住持。净心寺是红安较早的寺庙，有着六百年的历史，先前叫圣灵寺，破"四旧"时遭到毁坏。六弟到庙上那天，三间破庙屋在风雨中飘摇，庙屋四周残垣断壁。一位八十多岁的僧人在那里敲打木鱼。整个寺院别无他人。

见到六弟，老僧说，法师，你是来当住持的？六弟说，我来看古迹，我不是出家人。老僧说，法师不必隐瞒，你来把这个寺庙修建复原吧。六弟说，我没有钱。老僧说，你来吧，你来，资金就来了。

老僧的话，让六弟失眠了三个夜晚。三天后，六弟住进了圣灵寺。

六弟觉得一切都是天意，他一身便服，戴着旅行帽，老僧竟然一眼看出他是出家人。

六弟在我的印象里模糊而缥缈，他留给我的记忆像是一个遥远的梦，每次面对一身僧服的他，我同样没有真实感，有时甚至觉得他不是我的兄弟，他更像是父亲母亲的养子，好像是父亲母亲从路上捡来的。

六弟成为一个和尚，不能娶妻生子，父亲自责，一直懊悔没给他买他想象中的那双凉鞋。多年以后，我回想六弟的人生历程，尤其是他的童年经历，认为那双凉鞋其实不重要，六弟也许很快就将它忘了。真正应该自责的是母亲，母亲不该在他三岁将他送人。

这还得从我家那头小花猪说起。

这年过完春节，父亲从麻球家赊来一只小猪崽。麻球没有老婆，家里养头老母猪，那猪特别能下崽，一窝十一二只，都说他这杆老枪火力旺，面对这样的说笑，麻球也不生气，只要猪崽多、猪崽壮实，能卖来钱，能让他不种田地，只在村子里捡猪粪，也能把日子过下去，他就是乐呵的。

父亲挑选的是一只好看的小公猪，它出生不久，就让麻球找来兽医给阉了。小猪到我家后不怎么吃食，病恹恹的。父亲找来兽医金船，金船说小猪崽治不好，得了病。父亲就要把小猪崽退给麻球，说它在他家就病了。麻球怕猪有传染病，传染给他家那些还没卖出去的小猪，答应父亲，这赊猪的钱不要。有人让父亲把这只猪送到山上，随便挖个坑，埋了。父亲不忍心，这好歹也是一条性命，不能活埋。父亲说，就养着吧，生死由它。这只小猪崽就在我家待了下来。六弟喜欢它，它成为六弟的玩伴。那时候，我们经常看见六弟抱着小猪崽，把它抱到石桥河边的浅水湾。到了水边，六弟把小猪崽扔进水里，看着猪崽在水里向岸边游。那个得了病的、被病痛折磨着的小猪崽，却是那么渴望生存下来。它努力地往岸边游，六弟再把他扔到水里，小猪崽再次游回，如此反复。

小猪崽成了六弟的宠物，我们每天看见六弟抱着小猪崽往石桥河浅水湾跑。有时他不抱小猪崽，他拽着它的耳朵或尾巴。从清晨到傍晚，他一直同小猪崽玩耍。中午时，他累了，小猪崽也累了，他和小猪崽就在浅水湾柳树下的石头上睡觉。我们农村人，是没闲心养宠物的，小猪崽成为我们竹林湾第一只宠物。

小猪崽全身黑色，但被六弟弄得浑身是泥，成为一只小花猪，六弟给它起名小花。无论它当时在吃食，还是在奔走，六弟喊一声小花，它立刻停住，翘起头，竖起耳朵，睁着发红的眼睛看着六弟。然后，它跑向六弟。

突然有一天，小花好了，不再病恹恹的，眼睛变得黑亮黑亮。它能吃，跑得快，飞速地长，好像要把前两个月欠我家的还回来。麻球说，小六一次次把猪崽往水里扔，像要把猪崽淹死，我当时想，这孩子心狠，长大了怕是人都敢杀，原来他是佛心，把一只判了死刑的小猪给救活了。

麻球想要猪崽钱，父亲说，男人的话，吐口唾沫是颗钉。产麻球悻悻而去。

进入仲春，某一天，六弟带着他的小花，在浅水湾看见一个三十多岁的男人，那个男人也看见了六弟。那个三十多岁的男人后来说，六弟跟一只猪玩耍，那只小猪崽那么听他的话，他觉得神奇。他感到奇怪的还有六弟的衣服，膝盖破了，屁股后面也破了。他的父母怎么就不能给他买一套新衣服？再不济，也得给他缝补一下吧。

在六弟的眼里，那是一个很体面、很有亲和力的男人，他的气质征服了六弟。六弟还是很多年后在电影中看到那么惊骇的、令人生敬畏之心的场面：他站在河中央，顺河而下，河面的雾像锅里的蒸汽翻腾着，看不见他的脚，只看见他的上半身。他戴着一只斗笠，看不清脸。年幼的六弟以为看见了鬼。我们竹林湾的大人，常言河里有水鬼冒出来抓人以吓唬孩子，不让他们独自到河边玩水。

六弟带着他的小花飞奔离去。

河面那个体面又威风的中年人是捕甲鱼者，他当时并非在河面漂浮，他站在一只竹筏上，六弟没看清雾中的竹筏和他的双脚。我们竹林湾的人好客，他很容易就在我们竹林湾落脚，进到河西那两间旧屋。他后来找到我家，向我的父亲母亲道歉，说他可能吓着孩子了。他记住了这个在我家出出进进的孩子。他手里用稻草绳系着一只甲鱼。他说，把甲鱼给孩子炖着吃了吧。

第二天，他又送来一只说，这只甲鱼就不要炖着吃了。他对父亲说，你拿到县城去卖了，给孩子买一身衣服吧。父亲望一眼六弟膝盖上的两只破洞，和近似开裆裤的裤裆，尴尬地红着脸，扯着嘴角笑。

事实上，捕甲鱼者给父亲的第一只甲鱼，父亲清晨就拿到镇上卖了，还了一笔小账。第二只甲鱼，父亲依照捕甲鱼者的吩咐，也卖了，但他没给六弟买衣服，家里需要用钱的地方太多。第三天，捕甲鱼者再次登门，他依然用三根稻草搓成的细绳拎着一只甲鱼。他对父亲说，我们一起去县城吧。

他戴着草帽。春日的阳光，已有让裸露皮肤不适的热度。他们走到城郊，捕甲鱼者给自己加了一副墨镜。父亲看他像电影里的一位刺客，或者劫匪，怕是会吓着别人。父亲说，你摘了眼镜吧。他不摘。父亲说，要不我一个人去，这次卖的钱，我不干别的，一定给小六买一套衣裳。

父亲没想到，一只甲鱼，轻松就给六弟买一身衣服，这么看来，这个捕甲鱼者是一个富有的人，他一天要捕五六只呢。

父亲给六弟买的是一套蓝色海军服，父亲特地给六弟买大些，以便让他第二年还能穿。衣服拿到家，穿在六弟身上，五弟哭得死去活来，在地上打滚，父亲只得从六弟身上扒下那身衣服，给五弟穿上。六弟倒不在乎，还穿那身破衣服，与他的小花开心玩耍。

捕甲鱼者后来自己到县城给六弟买了一身衣服，他亲自给六弟穿上。他对父亲说，没想到让你办件事这么难。

几个回合之后，捕甲鱼者与我们一家人熟悉起来，这让整个竹林湾人羡慕。

捕甲鱼者捕来甲鱼，卖给那些鱼贩子。鱼贩子杀价狠，他又不愿去市场。父亲提出帮他卖。父亲膝盖受过伤，走路比一般人慢。那时我家没有自行车，那条路也不通汽车，十几里山路，父亲走着去走着回。捕甲鱼者给父亲辛苦费，父亲不要；他提出给误工费，父亲还是不要。奇货在村南头的观音山下杀猪，捕甲鱼者就会去奇货那儿割两斤肉，送到我家。母亲炖了肉，会叫捕甲鱼者过来与我们一起吃饭喝汤。捕甲鱼者与我家的关系显得密切，像是我家的一位亲戚，像是我们家的亲人。

他越来越像父亲的兄弟、我们的一位叔叔。

四

捕甲鱼者像一个英雄一样存在于我们竹林湾。每天天刚亮，他撑了竹筏出现在清晨的雾里，雾时浓时淡，他时隐时现，像是在仙境里畅游。太阳出来了，光线慢慢亮起来，他的样子清晰了。他站在竹筏上，仙风道骨，玉树临风。他戴着斗笠，穿着盖过臀部的半长衫，手握长钢叉。那柄钢叉有一根细的竹把，长两丈有余。他用钢叉捕捉甲鱼，也用它在水里撑杆划行。我们常站在岸边看他，看他在离河岸不远处将二齿钢叉伸进水里，长长的竹竿没入水中，他轻轻刺杀着泥沙，忽左忽右，不紧不慢，好像不是为了捕捉甲鱼，而仅仅是玩耍。约莫半个时辰，他将长长的竹竿往上收，竹竿尾朝天空刺去，钢叉露出水面，钢叉上夹着一只甲鱼。他将竹竿倾斜，下压，竹竿尾浸入水中，钢叉朝上，近在他眼前。他在明亮的阳光下端详他的甲鱼，像欣赏一件宝物。我们看过他捕获的甲鱼，大小差不多，略阔于大人的手掌。让我们惊奇的是，那些甲鱼竟然毫发未损。我们怀疑他是妖孽，迷惑了这些甲鱼。我们甚至怀疑他往水里撒了迷魂药，但麻球否认了这一说法。麻球说，他果真撒药，那鱼为何就不翻白肚？他果真撒药，这么大的一条河，他得撒多少？麻球说着，将手伸进甲鱼桶里，抓起一只甲鱼。甲鱼被他右手的大拇指和中指紧紧地卡着，无法动弹。甲鱼伸出它长长的脖子，回头咬麻球，但它的头只能够着它自己的后背。麻球说，就是这原理，那个家伙的钢叉正好卡住了甲鱼的肋骨，而不是刺中甲鱼。甲鱼有着厚厚的龟甲，那二齿钢叉轻轻地在泥沙里试探,碰着这坚硬的龟甲,捕甲鱼者就用钢叉探寻角度,将它卡住,而甲鱼的皮肉未受伤残。

那时候,石桥河两岸的人还不怎么吃甲鱼,红安城和武汉市已经吃得凶。多年以后,著名的九头鸟饭店开到北京,开到沈阳。那里的招牌菜就是炖甲鱼汤。

捕甲鱼者是一个快活的人,天暖和时,他一个猛子扎进河水里,在水里能待四五分钟,他的头顶不断地冒出水泡,麻球说他是在水里换气。待他从水里抬起头来,那甲鱼就卡在他手里了。他在水里左右晃动着肩,双脚踩着水,不让自己沉下去。他露出他的胳膊和胸脯上的肉疙瘩,露出肚皮,高举双手,向岸上的人展示着他手里的猎物,实际上是展示着他的一身肉疙瘩。

除了偶尔上我家吃饭,捕甲鱼者很少做饭,他似乎不食人间烟火,竟然还有这么好的身体,这让竹林湾的人对他充满猜测。麻球说,他不怎么吃饭身体还那么好,得益于他喝甲鱼血。麻球的话,没多少人信,因为没有人见过捕甲鱼者杀甲鱼,也没见过甲鱼的尸体。麻球说他把甲鱼的尸体炖着吃了。可我们几乎没看见他住的屋里冒出烟火。他是一个神秘的人。竹林湾的男人常将重担歇在桥上,羡慕地看着他,不知他是何方高人,这么玩着戏耍着就把钱挣了,把好日子过上了。

我们少年对捕甲鱼者崇拜得五体投地,多次到他住的屋里要拜他为师。竹筏上载不动更多的人,他分批带我们坐筏子到河心,但这种刺激性活动很快被我们的家人扼杀,他们怕我们掉到水里起不来。捕甲鱼者怕竹林湾的女人呢,女人会来到他跟前盯着他看,与他搭话。她们的目光是欣赏的,甚至有更多的含义。

有一天，母亲让六弟管这个捕甲鱼者叫干爷，母亲的举动遭到竹林湾妇人们的嘲讽，他们说，母亲想让六弟占捕甲鱼者的便宜，还有更难听的，说母亲不顾自己四十多岁，颜尽色衰，看上了三十多岁的美男子。母亲不理竹林湾长舌妇们的闲言碎语。母亲说，只要这个男人同意小六叫他干爷，她们的话，就都是屁。竹林湾的妇人，包括部分男人，等着看母亲的笑话，哪知这天傍晚，捕甲鱼者就站在石拱桥上，冲着河这边喊，儿子，儿子，来拿甲鱼，连"干"字都省去了。竹林湾的人看见六弟从桥东向桥西跑去。捕甲鱼者将一只肥大的、脑袋从后背拐到尾巴处捆了的甲鱼递给六弟。捕甲鱼者说，儿，拿去！

这只甲鱼成为我家又一笔收入。这笔收入并不大，却是现钱。我家那时难得有现钱，常常是瘸脚的父亲挑着稻谷换来柴米油盐。

六弟同那个捕甲鱼者亲。他捕甲鱼，也顺带着捕别的鱼。他捕甲鱼的时候，弟弟远远地站在岸边看，他就喊，儿，离远一点，站到草坪上去。他上了岸，六弟就会去牵他的手，跟着他在阳光下走向桥头的旧屋。那屋顶很快就会飘起炊烟。自从他叫六弟"儿"后，他屋子里的炊烟浓了、密了。六弟常能吃到他灶上的炖排骨，或者红烧鲤鱼。隔两三天，六弟还能喝到甲鱼汤。

突然有一天，六弟喊捕甲鱼者爷，省去了"干"字。我们那里管亲爹才叫爷，才叫父或叫伯。

六弟叫他爷，大哥二哥管捕甲鱼者叫哥，没人觉得尴尬，各论各的叫。尴尬的是我，我不知道随大哥二哥叫他哥好，还是随六弟叫他叔爷好。

三十多岁的捕甲鱼者，因为长期浸泡在水里，一脸光鲜，不同于父亲他们这些伺弄田地的男人灰头土脸；也不同于奇货这样的屠夫，散发着血腥和猪油的腻味；更不同于麻球，一身猪粪臭；就是乡村教书匠刘映山这很少下田，长期在教室待着的人，也不比他看上去更干净；转业军人银山也没他洒脱。

捕甲鱼者姓程，竹林湾的人都叫他程师傅。我们起先以为他是耳东陈，他说不是，是"禾口王"的程，麻球就叫他"禾口王"，后来被竹林湾的人误称为"河口王"，这名字增添了他的传奇色彩。

秋天的时候，河口王要走，眼看六弟撕心裂肺大哭一场，毕竟，他与河口王那么熟悉，都叫爷了。

当然，对于一个不足四岁的小孩子谈感情，似乎太矫情，他还是有奶便是娘的年龄，还是谁和他好，他就依赖谁的年龄，缺乏对这个世界上的人和事做出准确判断的能力。其实我们一家人都缺少准确判断，否则，也不会让六弟跟着河口王走，倘是那样，等待六弟的，可能就是另一种人生。

母亲对河口王说，你把你儿带走吧。我们当时以为这是母亲的一个玩笑，我们没想到母亲是认真的。我们更没想到，河口王竟然一口答应了。即便这样，我们并不阻拦，反而觉得占了大便宜。河口王有手艺，跟着他吃得香、穿得暖，还能到外面上学。

河口王说，他没儿，要把六弟当自己的儿，让六弟跟他姓程。我们说，他把六弟带去行，让六弟跟他当儿子也行，但不能让六弟跟他姓程，那是出卖祖宗。母亲说，祖宗在哪里？咱们家这么穷，祖宗给咱们留下一份家业了吗？你们吃的穿的，祖宗掏过一分钱没？管他姓什么，管他走到哪里，他小六都是我的儿，将来我要享他的福。

这天上午，河口王收了竹筏、鱼桶、钢叉，回了铁匠铺。母亲叫河口王在我家吃饭，河口王说不，他说，你们给我这么好个儿，应该我请客。于是，午饭是在铁匠铺吃的，母亲去帮忙做菜，河口王买来麻球家的一只老母鸡，让母亲杀了炖了。

饭后，六弟高高兴兴地跟着河口王走。我问六弟，你真的要离开我们去给河口王当儿子？六弟忽闪着一对大眼睛，认真地点头说，是的。

六弟是在秋天走的，那时他快四岁了。河口王回去时没走水路，与来时不一样，来时是顺水行舟（筏），回去是逆流而行，不适合水路。六弟幼小的身影跟在河口王身后蹦跶着，我似乎并不太伤感，甚至很羡慕六弟，没有人去想六弟这次远行会给他后来的人生带来怎样的影响，我家弟兄多，他不在家更好，少一张吃饭的嘴。

在村口，河口王转身朝着我们挥手，说回去吧，过年我带老六回来，最晚明年夏末秋初会回来看看。六弟也朝着我们挥手，说回去吧。他的动作和口音，像极河口王。

六弟走后，父亲好歹沉默了几天，母亲却像没事一样，成天乐呵呵的，好像不是送走了儿，而是捡回一个大胖小子。麻球说母亲，心狠啊，这么好的儿送给别人。母亲说，好儿才送人哩，不好的儿，哪个要？麻球说，要送你送我呀！母亲说，送你，送你将来让他捡猪粪？

年关到，河口王并没带六弟回来看我们，第二年夏秋也没来，我们几乎快将六弟忘记了，竹林湾的人却挑起了这桩记忆。麻球说，那个河口王莫不是个人贩子？不会吧？人贩子哪有工夫在这里一待就是几个月？是人贩子他早下手了。麻球自问自答。他对母亲说，你莫不是把你儿卖了咧，河口王给了你几多钱？母亲说，你放屁，他是享福去了。

母亲说着，眼圈湿了，她是硬着头皮说的，这让我们觉得母亲到底还有着一颗母爱的心，儿再多也是她的儿；儿再多，少了一个她也伤心。

父亲爱面子，说，兴许忙，河口王明年就会带小六回来过年，或许像他说的，夏末秋初回。父亲叮嘱我们这事不要到外面去说，要说就说六弟在外面享福，让石桥河两岸人家都羡慕。但我家人多，五弟又小，没长心眼，大人的话像山洞的回音，很快被他传出去了。

我说了吧，河口王就是一个人贩子，你家小六这下可怜了，麻球说。

我造孽，我有过，母亲说，你们以后就别再提他了，他要是有良心，他干爷不带他回来，他自己也会回来看我们。他要是没良心，就当我没生他。往后你们也不要再提他，不要在我心口上捅刀子！当时以为他是个女娃，我才把他生下来咧。

我家自此没人提六弟，他是鱼刺，是卡在我们每个人嗓子里的鱼刺，我们一动嘴，嗓子就难受。

与六弟玩耍的那只猪，在六弟走后的日子里疯长，好像以此来纪念六弟。腊月里它长到近三百斤，家里把它杀了，我们过了个好年。母亲说猪是六弟养活的，要给他留一刀肉，约三斤一刀的五花肉，母亲将它熏成腊肉。第二年暮春时节，气温骤高，腊肉眼看留不住了，母亲才把它切了、炒了，一家人吃了好几天。

五

六弟七岁那年夏天突然回来了。他穿得干净、洋气,看来在河口王家生活得还不错。河口王变了模样,脸上蓄了粗黑的胡须,人也显老相了一些。他牙白,笑起来还是那么好看。母亲急忙进灶屋,给他们做热汤面吃,接着做晚饭。母亲以为他们是回来看看,河口王却表示他这次回去就不再带六弟。他以前是想让六弟当他的儿,他们夫妻一直没有孩子。六弟去后的那个冬天,他媳妇怀孕了,第二年生了个儿。这应该是六弟带去的好运。他们没有嫌弃六弟,依然待六弟如亲生。可今年,他媳妇让他把六弟送回来,说孩子七岁了,该上学了。

河口王说这话时,满脸愧疚,低着头,像个罪人似的不敢正视我们。

河口王家离得远,要翻过大别山南麓的天台山。他当天没有走,在我家住下。我家人多,睡觉一直挤得让人尴尬。六弟走的那年,大哥去了部队,两年后,二哥到县城学手艺,这时候家里可以腾出一张床来。河口王与六弟在大哥二哥的床上睡了一晚。

母亲清晨起来,给河口王煮了鸡蛋面,三个鸡蛋,河口王一口没吃,全都拨进六弟的碗里。我看见他在我家屋后拐角处抹了一下眼泪,而我的六弟已经很懂事了。他躲在屋角,默默抽泣。

有人说河口王不讲良心,是六弟给他家带来好运气,他那么多年不孕的媳妇才生了儿。也有人说河口王够意思,人家帮咱们养了三年半,好吃好穿,走时还给孩子钱,这情分,也算是可以了。

河口王离去后,母亲将在屋角抽泣的六弟搂在怀里:六儿,我的六儿。人母亲的眼泪涌出来。六弟用手狠劲掰开母亲搂着他的手,冷冷地说了声,我不是六儿,我是程浩,禾口王的程,三点水加一个告的浩。母亲一时没听明白,我听明白了,他姓了他干爷的姓。严格意义上讲,那个河口王不是他的干爷,是他养父。

六弟进了屋。母亲去烧火做饭,蒸米饭,煎鸡蛋,炒茄子。是给客人烧饭的礼节。六弟说,我要吃面,我不吃饭。

六弟已经不习惯管母亲叫娘。父亲说,你叫娘,这是你亲娘。六弟几次张嘴,到底没喊出一句"娘"。

麻球问六弟,跟你爷过得咋样?长这么高了,可怜,瘦了。小时候没的吃没的穿,还长那么胖。

六弟沉默不语,好像麻球问的是他身后的那面墙。

当年河口王为何跑到我们竹林湾好几个月不走,这个问题一直困扰着麻球,他当时问过河口王,河口王笑而不答。现在六弟也是笑而不答。六弟的表情像极了河口王,是一种傲慢的冷笑。

六弟后来跟我说,他爷帮朋友打架犯了案逃了。那年逃到我们竹林湾,说竹林湾很像他们程家寨,有山有水有河有桥,就留下不走。后来他接到那边人捎来的信,说那案子已经结了,朋友一个人兜住了,并未把他牵扯进去,他白受一场惊吓。

六弟性格变了,变得内向。跟着河口王离开我家前,他那么开朗,就是一个小顽童。现在他像一个成熟的大孩子,喜欢独坐某处。他应该是想他河南那个家,想他爷,只是他不说出来。

多年以后，我回望六弟的生活历程，认为他十二岁那年离家出走，炎热的夏日、与他年龄不相称的体力劳动，这些只是导火索，真正的原因是他当年被送出之后，没能回到我们家。他回来的只是身体，而他的心，一直留在他养父那里。

六弟离家出走后的第二天清晨，麻球敲开我家大门，将捡猪屎的粪箕往我家门一墩，猪屎溅了一地。他几步跨进屋，对我父亲母亲说，小六肯定是上他养父家去了。他这么一说，我们一家人恍然大悟。六弟从养父家回来五年了，我们几乎忘记了他幼时被送人的事，忘记了他曾经有一个养父。

可是，没有人知道他的养父家在哪里，只知道他是河南新县人，那个村子叫程家寨。父亲翻山越岭，到河南境内，在外过着近乎乞讨的生活，终于打听到了河口王。七天后，父亲返回，样子像一个乞丐。

父亲什么消息也没带回。消息是六年后，六弟回家告诉我们的。六弟说，那年他的确去了他养父家，他养父有意收留他，养母婉言拒绝，他无处可去，又不想回我家，从电影里知道少林寺的和尚慈悲为怀，能收养无家可归的人，他便只身前往少林寺。之后的经历，六弟只字不提。

六弟出走这年，我们老杨家发生了很多事。秋天时节，大哥在部队破格提干，成为一名排职军官；我二哥相亲成功，只等年底结婚，虽说彩礼对于我们这样的家庭，压力如山，但这毕竟是喜事；这年初冬，我一身军装，去了东北军营。我离开时，母亲扯着我的袖子哭，他说小六要是没走，看见他四哥穿上军装，不知多高兴呢。母亲的话，将六弟出走前的那个下午拽回我眼前，我转过身，痛哭不已。

六

六弟重回我们竹林湾的情形有不同的版本，不同的是讲述者的语气，和他们对细节的描述。麻球说六弟直接进了家门，才有母亲去取楼板下吊的腊肉被他阻挡之事，但五弟的描述则是另一番情形。五弟说，当那个头皮铁青、身着僧服的年轻人出现在我家门前时，他以为是来乡村化缘的陌生和尚，他听见母亲惊呼道，六儿，我的六儿！他说母亲一眼认出了他，母亲说，我身上掉下来的肉，隔多少年我都认得。

那个下午，母亲盯着六弟脖子上挂着的佛珠，眼泪也像佛珠似的成串成行，她数落着：儿啊，我可怜的儿，这么多年你到哪里去了啊儿啊……六弟没吱声。他不看母亲，空茫的眼睛望着不远处的石拱桥。父亲望着他最小的儿子沉默不语。沉默是他一贯的状态。六弟的目光越过石拱桥，朝向河西岸，那里曾是河口王借住之处，他一定是在找寻往昔的记忆，但显然，物是人非，一切都变了。他走到河边，望着缓缓流淌的石桥河水，发出与他年龄不相称的一声叹息。

六弟在河边驻足很久，长时间沉默不语。他越来越像父亲，喜欢沉默，习惯沉默。母亲多次呼喊，他才走进家门。

乡邻们拥到我家。六弟消失这么多年，他们来祝贺，顺便探听六弟当年出走的缘由，这么多年在哪里。六弟什么也不说，只是双手合十、作揖，算是同人打招呼。

六弟这身装扮让父亲觉得很没面子，但六弟并没像别的出家人那样，张口闭口都是阿弥陀佛。他头上没有戒疤，这让父亲多了些许安慰。当有人问六弟，你么样搞得出了家，当了和尚？一贯寡言少语的父亲说，小六没出家，他只是到少林寺学武。少林寺里的人，都是穿僧服的，他是武僧。

此时电影《少林寺》的浪潮已过去数年，但它留在人们脑子里的印象根深蒂固。父亲随口说出少林寺，六弟不辩解，不说是，也不说不是。他走路如风，站如苍松，虽然一脸谦和，却令人生畏。母亲问六弟，不再走了吧？六弟说，走，我是回来当兵的。六弟声音低沉，语气却很肯定，不容商量。

母亲的心里略为踏实些，她怕六弟出家当和尚，而当兵总归是要回来的。

那段时间，我们一家人喜忧参半。出走多年的六弟回来了，我们高兴，但他的一身僧服像一团雾，堵在我们心里。我们那时对佛教还不了解，只知道出家了，当和尚了，就不能吃肉，不能娶媳妇。

母亲去给六弟弄点吃的。这么多年没回，她去取楼板下的腊肉，这与后来麻球的讲述一致，麻球说，他是和尚，吃不得肉。父亲说，他不是和尚，他是武僧。麻球说，武僧也是僧，僧就是和尚。六弟打断了他们的辩论，六弟说，我不吃肉。六弟说，他很早就不吃猪肉，他看见猪肉，就会想起小花。他居然还记得小花。

几天后，红色的招兵标语贴满街巷，像林子里的枫叶，煞是耀眼。六弟换上宽松的运动服，报名、体检。他不叫杨六郎，叫程浩。杨六郎是六弟以前的学名。父亲说，还叫杨六郎吧。六弟坚定地说，不，我是程浩。

父亲眼望石拱桥，满眼苍茫。

村干部却不让六弟报名，说六弟不姓杨，不是我家的人，不能占我们石桥村的名额。那时候，居民身份证还未全面实行，乡村干部通融一下，完全可行。父亲说，乡里乡亲这么多年，你们看着他长大的，他是我的儿，你们都知道，怎么就不能让他去当兵？民兵连长这才说出实话，他说，你家当兵的人太多，村民有意见，说好处不能都让你家占了。

那时候，我和大哥都是军官。

父亲不再多说，当即回家做了几个菜，他要请民兵连长来家喝酒。父亲跑了两趟感动了民兵连长。民兵连长说，叔啊，今年咱们石桥河村就一个指标，包括竹林湾在内，十几个湾（村）子，想去的人多，你要有心理准备。父亲说，先让他进去体检吧。

六弟很顺利地通过了体检。父亲全程陪同。父亲回来说，小六肯定能去，我家小六，无论个头、长相，都是最标准的。

最终去的不是六弟，而是下河湾一个叫梅春喜的小伙子。

下河湾的春喜一身军装，由他伯陪同，从下河湾走来，踏上石拱桥，再从我家南面踏上通往镇上的路。他们的身影消失后，六弟坐在桥头的一只石狮子上吹唢呐，六弟吹的是《渴望》，《渴望》是我们这代人的记忆，这部电视剧热播的时候，六弟还是个孩子，现在他却吹得这么动情这么忧伤。一村子的人放下手中的活计，放下茶杯，静静地听。有人还陪着落了泪。

一曲《渴望》之后，六弟脱去他的运动服，换回僧服，再次在竹林湾消失，像他十二岁那年一样，不同的是，那时候天气炎热，而这天，天气阴冷，天空飘着细雨。任凭我们的母亲在细雨中呼喊，六弟的背影依然在蒙蒙细雨中渐行渐远。

六弟这次算不上远走他乡，他就在红安地界游走。他看古迹，访寺庙，直到他来到圣灵寺，遇到那个老和尚，六弟剃度、烧戒疤，正式出家。

父亲去请他回家，在他面前黯然落泪，他不回。他说，这是命。

第二年初冬，我们镇征兵的名额没那么紧，镇人武部还记得六弟，有意让六弟去，说是驻港特种兵，无奈六弟头上有了戒疤，算文身，不符合征兵条件。

六弟走出县体检站，他一脸平静，看不出他内心有无悔意。他第二天就去了武昌，那里有一家佛学院。他在那里学佛诵经，学做法事。他成为大法师依真的弟子。

六弟天禀异赋，学经诵经奇快。六弟做法事认真，一道程序都不落下。两年后，六弟从佛学院毕业，回到圣灵寺。六弟回圣灵寺的第二天，老和尚无疾而终，享年八十六岁。有居士说，老和尚一直在等我的六弟。六弟把老和尚埋在寺院后面的山坡上，葬礼简朴，但仪式隆重，六弟给他超度。

那有着三间旧瓦房的庙，前面有河，曰桃花河，水流不大，流水不急不慢，流向红安县的母亲河——金沙河。庙倚山而建，半山腰有一宋代的塔，名曰桃花塔，每到春天，塔下的坡地野桃花盛开。庙后靠近山坡是一片开阔地，长着杂草和灌木。近庙处是一片竹林。竹竿是紫色，竹叶翠绿，叶上生紫色斑点，是为紫竹。庙本身是旧的，有着许多年历史，地基是粗大的石头，房子进行过几次翻新，所以庙还不算太旧，但冬天一定是潮冷的。

六弟将圣灵寺更名为净心寺。他在寺庙后的紫竹林旁立了一块碑，上书"紫竹林"。

六弟在寺庙念经。念经他一个人就行，做一台法事，人手就不够了，慢慢地，就来了几位法师，年龄都在六弟之上，却推举六弟做住持。晨钟暮鼓，响彻周边乡村，寺庙的香火旺起来。六弟把这些香火钱用来建庙，建大雄宝殿，塑巨幅如来佛像、观音像，请来大理石地藏王菩萨。后来有居士出资，把净心寺后山坡买下来，六弟建围墙，建斋堂房舍。净心寺名声远扬至麻城、孝感、罗田、英山、新洲、武汉。

六弟当住持这年夏天，我回乡探亲。在紫竹林间，我与他聊天。我叫他法师，他叫我施主。

我很想知道那年他离家出走，到底去了哪里，都经历了什么。他怎么就进到寺庙，同谁学的会吹那么令人动容的唢呐。他说，过去的已经过去了，余生我只想好好修行，再无他话。他似乎一直与我保持着距离。不仅是我，还包括我全家。一两年后，国家统一办理身份证，六弟度牒上的法名为怡心，身份证上的名为程浩。他似乎有意要远离我们杨氏家族，那么决绝，那么彻底。

六弟离家的那几年，就这么像书页一样被翻过去了，他不说，我们只字不提，生怕触及他的痛处。

七

六弟一心在净心寺修行，做法事，他希望自己能平静下来，却总还是少不了尘世的干扰。

大嫂下岗在家。她想盘下一家小饭店，想让六弟给她资金，六弟不同意。我那时休假在家，大哥把我带到寺庙，让我当说客。他说，你很少回家，你的面子六弟会给。

六弟没给我这个面子。六弟说，大哥大嫂不是做事的人。六弟说，我没有钱，这都是居士们的钱，他们捐来建庙的。我说，这庙已经建得很好了，莫再投那么大的资，大哥大嫂有困难，你就尽点心。实在不行，算我借的。六弟不为所动。无奈大嫂赶到庙上，坐在菩提树下抹眼泪，说她不做点事，让人瞧不起。说当嫂子的有困难，六弟不帮，说不过去。六弟就去了他的斋房，拿来五万块钱。六弟说，只有这五万，是我个人的钱，是居士们给我的供养，我攒下的，准备续交养老保险和医疗保险的。将来老了，念不动经，做不得法事，得靠医保活着。

话说到这个份上，按说大嫂不应该拿钱，但大嫂拿了。大嫂拿到钱，她突然不想开小吃店，说小吃店的活脏、累。别说干活，就是守着那些客人她也耗不起。她再添五万，在小区买了一个车库，简单装修，把车库改造成麻将馆。六弟知道此事，摇头叹息。六弟说，正经人家，谁开麻将馆？

六弟的医保就没交上。

偏在这一年，六弟出了车祸。这年初冬，寒流来得早，天上飘着细雨，细雨落地成冰，视线也不好，有个居士家的小儿子病重，医治了很长时间没见好转，请六弟去做法事。本可以等到天气好转再去，六弟是热心肠，怕人着急，知道小孩及家人最需要精神上的安抚，便冒雨前行。该六弟命中有此一劫，平时总有好心的居士替他开车，那天竟然都有事，找不到一个人。六弟自己开车，快到地方时，出了车祸。

消息是侄儿宏告诉我的，他说幺父遇车祸了，人在武汉抢救。接到电话时，我蒙了，脚打软，双腿支不起我的身体。我给大哥打电话，大哥说，你不用担心，没生命危险。你放心工作。但他声音震颤，想是受了惊吓。我给五弟打电话。五弟说，我在他身边，你放心。可他的声音带着哭腔。我问六弟，能接电话吗？五弟说他睡着了。我总觉得他们是瞒着我，便向领导请假，飞往武汉。

六弟躺在病房里，戴着氧气罩。氧气罩下，他双眼紧闭，脸色苍白，这让我想到了死亡，我眼泪涌了出来。五弟及时安慰我，说没事，他只是睡着了。六弟可能听见了我们的谈话，睁开眼。他不能打招呼。他搁在床沿的右手轻轻地动了一下，但没能抬起来，只是中指弹了一下。五弟会意，让我握住他的手，我就握住他的手。我感觉到他的手是那么无力，无法抬起，只能用手指在我掌心弹了两下，再弹了两下。我会意，他是叫我放心，说他没事。他的眼角滚动着泪，但他坚强，没让眼泪流出来。

戴着氧气罩的画面我从未见过，恐惧感再次袭来，我开始抽泣。五弟轻轻将我推开，他怕我的样子引得六弟过于激动。六弟不能太激动。

六弟不吃不喝，说他有罪孽，要惩罚自己。我们没办法，找来主治医生。医生说，必须得让他吃点流食，喝牛奶，不吃东西是要死人的。我们说服不了他。五弟找来几个老居士，都是七十多岁的人。他们站在六弟床前，说，法师，你吃东西，你不吃，我们也不吃。六弟这才开始进食。

三天后，六弟的气色慢慢好起来，医生给他摘掉了氧气罩，准备给他做手术。医院通知准备十万，我们一时没这么多钱，六弟也没有积蓄。我们弟兄只凑了四万。一些居士赶来，这个二百，那个五百，很快就凑齐了手术费。

五弟赶回净心寺。六弟出车祸后，五弟去净心寺帮忙看管寺庙。

六弟的手术需要全麻。手术前，六弟拉住我的手，还是那样子：没有落泪，泪在眼角噙着。他说，出家人没有家，我的一切都在庙上，都是庙上的。我身无分文。如果我没能醒过来，就把我火化了，埋在庙后紫竹园坡地，不要墓碑。我没有亲人。至于父亲母亲，我没能好好孝敬他们，就拜托四哥了……

我抽泣着。我说，你不要这么说，你不会有事的。你是法师，你超度了那么多亡灵，你为居士们做了那么多的好事，你不会有事的。我双膝无力，跪在地上倚着他的床。我把他的手拽过来，贴在我的脸上。我说，你不会有事的，你不会有事的！我有一种强烈的无力感。他小时候，我们对他亏欠太多。他于我当兵之前离家。我曾希望自己像大哥资助我上学一样资助他，谁知他在我还没走出农村时，就先我一步离家出走。我后来成为一名军官，有了工资，他却早已不再是学生。他最终成为一名和尚，恐怕也是他的无奈之举。

我不敢往下想。一个人总共才多少根肋骨？他左侧断了七根，右边断了八根。不幸中的万幸，有一根断裂的肋骨离肺很近，几乎戳到了肺，却定格在那里，否则六弟很可能当场死去。

六弟最后闭了眼，许了个愿。他说，如果我能活着回来，我一定要把庙建好，红安信佛教的居士多，却没有一个像样的庙。庙要有镇庙之塔，如果我活着，我到处行游，徒步化缘，一点点地积攒，在净心寺后面建一个塔。他的声音很小。他许愿的同时也安慰了我，让我知道他有着生的愿望，也有着生的希望。我哭着说，行，没问题，一定没问题，我等你。等你手术成功，你这个心愿，我们共同帮你完成。

正说着话，两个穿着灰色僧服的人走过来，五十多岁。走在前面的那个面容庄严，气度非凡，慈眉善目中透着洁净、不俗。身旁的五弟说，他就是六弟的师父依真法师。后面的那个法师，个子略矮，是他手下的和尚。

师徒没有说话，只是手紧紧地握在一起。我懂依真法师，他是在极力挽留六弟。

我们瞒着家里人，到底没瞒住，他们还是知道了，父亲来电话询问，我告诉他说小六只是手骨折。父亲高血压，心脏也不好。我们也瞒着母亲。母亲要是知道六弟伤得这么重，还不得整天哭。

父亲没来。我想联系一下河口王，联系不上。我问六弟是否联系一下他，六弟摇摇头，说算了。听他语气，似乎能联系得上他。他们没来，依真法师和他的随从就是这次来看望六弟的长辈代表。依真法师与六弟情同父子。一直噙在六弟眼里的泪到底滑落了下来。依真法师的眼泪也顺着他的面颊流下来。一个五十多岁的男人的眼泪触动了我，我忍不住再次抽泣。

手术室的门关上的那一刻，我冲进卫生间，趴在窗台上号啕大哭。我正哭着，手臂被人拽着，我回头，是依真法师。他说，我回寺庙了，我去给怡心和尚做法事，这儿就辛苦你了。

依真法师在佛学院教书，间或来宝通寺做法事。宝通寺与陆军总院仅一墙之隔。他沿着走廊往外走，迎面而来的阳光照在他身上，他的背影被包围在阳光的光晕里，像他身上自发的光芒。他仙风道骨，给我留下了美好的印象。我坚信有他加持，六弟不会有事。

六弟的手术做了四个小时，这是多么煎熬的四个小时，毕竟是全麻手术，每一分钟都在担惊受怕。我脑子里各种画面跳出来，根本不受自己左右，不受头脑控制。一会儿是六弟在护士的搀扶下走出来，满面笑容；一会儿是护士拿着一张病危通知书，说患者不行了，让家属签字；更可怕的画面是，六弟全身盖着白床单，隆起的鼻子在白色床单下看不到一丝气息。我双腿无力，像一摊烂泥，就要塌下去。

大哥是一个刚强的男人，一个从不叫苦从不落泪的男人，此刻他眼里到底有了泪水。他说六弟可怜，小时候家里没人管他，父母能力有限，我们几个当哥的没好好资助他读书。大哥说，咱们那地方穷，认干爹的，被送人的，也不在少数，偏他又被送回来，如果一直在养父家，也许……我哭泣道，大哥，你别说了，你一说，我这心里像刀割似的。

我盯着手表，盯着时钟，盯着分钟，盯着秒钟，时间那么漫长，我盼着它过得快一些，却又害怕那一刻到来，不敢面对。四个小时终于快过去了，依真法师来了。他说，法事做完了，做得很顺利。没事的，手术应该很成功，放心吧。依真是大法师，我们相信他的感觉，他淡定的神态让我内心镇定很多，大哥紧锁的双眉也稍有舒展。

手术室的门被打开，我们兄弟拥过去。六弟的脸是露在白色薄被外面的，这让我们松了一口气。护士随后一句话，让我们心定下来。护士说，手术非常成功。护士说，他还在麻醉中，还得一个钟头才醒来。

护士向我们家属交代了一些事项，比如什么时候可以吃流食，什么时候可以喝水，这几天不能翻身等。护士知道六弟是出家人，叮嘱我们特别细。

悬着的心落地了，眼里的泪涌出来，这是目睹亲人劫后余生的欣喜之泪。

护士经验丰富，六弟果然在一个小时后醒来。他睁开眼，凝望着洁白的房顶，然后扫视着我们。当他意识到自己还活着时，他静静地闭了眼，长吁一口气。然后他睁开眼，轻轻动了一下右手。我没有伸出手去，我做了个请的姿势，让依真法师上前。我觉得此刻依真法师才是六弟最应该接触的人，他最能给六弟传递光、传递能量、传递温暖。他们两手再次相握。六弟气色很好。

晚上，六弟吃了米粥，喝了几口人参汤。人参汤是红安城的居士在家炖了，开私家车给送过来的，这的确让人感动。新洲的居士还炖了乌鸡汤，六弟坚决不喝。那个居士说，你现在是病人，为了尽快好起来，可以喝的，佛祖不会怪罪。六弟还是不喝。那个居士就说，四哥守着你辛苦，四哥喝了吧。我这几天守着六弟，几乎呈虚脱之状，腿膝酸软，就一边喝着乌鸡汤，一边凝望着双眼灵动的六弟，浑身被抽走的力气慢慢回到体内。

八

我在六弟身旁放了一张行军床。一觉之后，我试图同他谈及那场车祸。他犹豫了一下，还是向我讲了。他说那是一场无法避免的车祸。车行到新洲附近的一座桥上，他行走在自己的车道，车速并不快。迎面来了一辆三轮车，因为下着雨，天很冷，落雨成冰，地面湿滑。那三轮车突然失控，向他撞过来。三轮车是敞篷的，在那一瞬间，六弟看见车斗上并排站着三个孩子，小学生模样。那个开车的人应该是送孩子上学。六弟猛打方向盘，躲开他们。桥下是一条季节河，此刻河里没有水，河床很低，河并不宽。六弟说，在眼看车要撞上护栏的那一刻，他用力踩了一下油门，企图越过那条河落到对面的岸上，这样落差就会小一些。车飞了起来，果然冲向对岸，落在对岸的一棵松树上，将松树主干砸断，车的惯性让车落在树干的前方，车就架在断下来的树桩上，茂密的树冠像一块巨大的海绵，搁在车底下。

六弟的描述让我后怕，我不敢想象。我进行了种种推测，好几种可能都会要了六弟的命，不幸中的万幸，六弟活着。如果那车直接掉进河床，那么高，六弟肯定就完了；若那棵松树没有断裂，车被反弹回来翻滚到河底，六弟也会体无完肤；若没有那茂密的树冠缓冲，六弟也完了；还有一个东西保住了六弟的命，那就是安全带，尽管它勒断了六弟的十五根肋骨。若非如此，六弟就摔出去了。

我问，那辆三轮车停下来了吗？是谁打的120，是谁通知的家人？六弟说，那辆三轮车上的人到现在也没露面，当时应该是没有停下，谁叫的120我也不清楚。六弟说，我当时只感到车被反弹后，像要坠入旱河河底，这时，仿佛有一只巨大的手托了车一下，然后我就没了意识。

差点没了人命，六弟对他的做法却没有任何悔意。他说，躲开他们是必须的，怎么着也不能撞着孩子。

我向原单位续假，直到六弟出院。这期间我和侄子宏照顾六弟。不断有居士来看他，有的买保健品，有的给钱。六弟不要，有人硬要给，他就让我记下那些居士的名字、钱数。他说，这些人情是要还的，到时他会去看他们。有陌生居士不留姓名，扔下钱就走。六弟就让我把这些钱收下，他到时用于建庙、修塔。

因为没交医保，全部自费。那些居士的钱，可谓雪中之炭。

六弟出院那天，几辆轿车来接他。我跟着车队去送，正好回家看看。我们于黄昏已近时到达净心寺，寺庙前的柏油路上是长长的车队。迎接的人分立于路的两旁，都手持红蜡烛。队伍一直排到净心寺门口，场面非常壮观。有的居士都七十岁了。

六弟从他们身边走过。我看见烛光里他们的脸,一张张脸泪光闪闪,我也是热泪潸潸,为六弟这么受人尊敬而动情,更为他劫后余生而喜泣。那一刻,我的心开阔了许多,我想,也许是命中注定,六弟该吃这碗饭吧。

六弟的床,五弟给他铺好了,房间收拾得干干净净。他的被褥全部是新的,衣服、帽子、鞋和围巾,早有居士替他准备好。

六弟踏入自己的斋房前,缓慢转身,向居士们挥手致谢,示意他们回去歇息。净心寺静了下来。

我于第二天清晨被居士接走,去往武汉天河机场。我没同六弟告别,但一路上,眼前都是六弟躺在病床上的情景,我心里酸楚。

九

六弟开始更加忙碌地行游、化缘、做法事、念经。他要还愿,就是在寺庙的后方建一个塔。这期间,除了去医院取下固定肋骨的肽合骨钉,他没怎么休息过。

有两个做生意的居士知道六弟要建塔,表示要捐赠,另有一个房地产老板要独自出资,六弟拒绝了。六弟要自己化缘,在普度众生的同时,靠众多居士的施舍来建这个塔。那个老板说,那得什么时候才能凑够资金?六弟说,少则三年,多则五载。老板说太慢了,太耗时间,师父也辛苦。六弟说,比起唐玄奘赴西天取经,我这不值一提。再说,辛苦是必要的修行。

六弟化缘,朝拜寺庙。五台山、普陀山,他每年都去。大山大庙他去,小山小庙他也去。他化缘,接受别人的施舍与捐赠，也施舍别人。

三年后，六弟开始建塔，塔建了三年。挖塔基时的第一锹土由依真法师铲起，下地基的第一块砖六弟亲自砌上。塔高13.8米，足有四层楼那么高。没有钢筋，全部是青石和水泥。一个居士是石匠，免费为他砌砖，五弟和灰，当小工。三哥也来帮他。塔的高度、地基大小、塔身形状，都是六弟自己设计的。石匠师傅在上面干活时，大哥在下面胆战心惊。大哥的担心是有道理的，毕竟六弟此前没干过建筑，但没人能阻止他。石匠安慰大哥说，你放心，法师聪明，我盖过很多楼，也盖过塔，他这样设计非常合理。

三年后，塔建成，六弟举行了开光典礼，来开光的法师是他的师父依真。那天的依真精神矍铄，满面祥和。

净心寺后的净心塔，与桃花坡上的桃花塔相呼应，提升了净心寺的庄严感，使之更具宗教的神秘气息。

净心寺一直在不紧不慢地扩建中。大哥给我来电话，让我劝劝六弟，说寺庙不要建这么好，不要投资这么多，他说六弟太张扬，建这么气派，将来都成了别人的。他说他同六弟说过多次，六弟不听，他希望我能劝说六弟。我将电话打过去，六弟说，寺庙从来不是他的，也不会成为别人的。寺庙是居士们的，净心寺是红安、麻城、新洲甚至武汉部分和尚、居士的精神栖息地，是他们安放灵魂的地方。一个人的灵魂，总得找个地方安放吧？六弟说。

我理解六弟，就像我，一个作家，总想把自己的作品写好，六弟也想把寺庙建好，这是他的事业。

净心寺门前的桃花河也叫放生河，每次净心寺有重大法事，比如正月初一迎新年、正月初五迎财神、正月十五的元宵会，都会举行放生仪式。寺庙派人到水产市场买来鲫鱼、鲤鱼、白鲢放进门前的桃花河。鱼儿们会沿着桃花河慢慢游向金沙河。也有鱼不慕大江大河，就在这条河里不紧不慢地游着。放生它们时，眼看着它们游走了，第二天清晨，发现它们又游了回来。它们恋着这个地方。因为是放生河，这里虽然鱼儿成群，却从未有人捞鱼。万物有灵，鱼也不例外。

六弟喜欢这条河，只要没出门，清晨和黄昏，他都会走出净心寺，在河边散步。有时他会蹲下来，看水里那些鱼自由自在地游玩。

有一天，这条小河掀起大浪，差点出了人命，惊骇了六弟，惊骇了寺庙里的每一个人——一个人跳入放生河，被六弟发现，六弟和另几位和尚及时将她救起。是个女子，二十多岁。将她救起时，她已是奄奄一息。女居士们把她抬到她们的斋房。

我叫如萍，醒过来后，她说。

几位女居士看管着她，问她何以要走这条路，原来是爱情受挫——被男友抛弃。

我知道法师的大名，知道法师是好人。我想死，我怕我死了不能入土为安。法师是好人，我跑到寺庙门前来死，就会有人给我收尸，给我超度。

所有人都庆幸她没死在放生河。一条放生的河，若淹死了人，将来还怎么用于放生？

是如萍这个名字，使六弟决心让她留下来的。如萍，如水上的浮萍。六弟觉得，若不留她在净心寺，她这条生命很可能会飘零。

如萍跪在六弟面前，要拜六弟为师。这是和尚庙，不是尼姑庵，六弟不收，只让她在庙里静养。好在庙里总有义务帮工的女居士，她住在女性居士那栋楼里，也还方便。削去长发的如萍面容洁净、眉目清秀，与被从水里捞起来的那个如萍判若两人。

净心寺以前管账务的和尚迷糊，账老是搞不明白，六弟见如萍面善心慈，信赖她，让她管理账目，管理寺庙的收入与支出。六弟把功德箱的钥匙也交给了她。

每逢周末，大哥会到寺庙看看，他不放心净心寺。大哥见如萍第一眼就觉得她不像信佛之人，让六弟赶她走，一个尼姑（大哥这么称她）在和尚庙，让人说闲话。六弟说，寺庙清静，没俗世那么多事。她若走，我不留。她若不走，不能赶人家，不能把人往死路上逼。

如萍在净心寺一待就是三年。

这年正月初九，玉皇大帝圣诞，如萍说去水产市场买放生鱼。六弟做完法事，准备举行放生仪式时，发现鱼没买回来，也不见如萍人影。打电话没人接，起先以为出了什么事，派人去县城水产市场打听，她常去买鱼的那个老板说，根本没见她的影子，没有来过。

六弟让人去她的斋房查看，她放钱的铁柜子开着的，里面是空的。再去大雄宝殿，几只功德箱空无分文。她这是带着钱逃了。六弟说，这些钱加一起，至少十万。

有居士说，清晨看见过一个男人到庙里来找她，骑着摩托车，莫不是被他勾走了？后来就有消息说，那个带走他的男人，正是那个抛弃他的人，他们破镜重圆了。

这样的男人她还理他？六弟不相信这消息是真的，净心寺里所有的人都不相信这个传言。新的消息接踵而至，说如萍的确还俗了，与那个抛弃他的男人扯了结婚证。

六弟说，先不说钱的事，我得去见她一面。她有孽障，我要帮她消除孽障。六弟找到如萍的家，她的老父亲给六弟沏茶，问如萍下落，老人不告诉。六弟说要报警，找派出所，这么大的数额是要判刑的。如萍的老父亲，七十多岁了，扑通一声跪在六弟面前。他说，法师谢罪，法师饶恕小女。小女有过，罪过在我，我四十多岁才有了她。她妈死得早，我没管教好。钱她都用了。他们结婚买房，钱不够，就把寺庙的钱填进去了。你看我这把老骨头，能帮你做点什么？我到寺庙做事，我替她还债，你千万别找派出所来，派出所一插手，她这辈子就完了。你知道的，她也是跳过河的人。她好不容易有了家，想过正常人的日子。法师，大法师，求求你，放过她吧！

六弟扶起老人。六弟说，你这么大岁数给我下跪，我心里过不去。你知道不？这些钱都是居士们捐来建庙的，有的施主比你的年岁还高，舍不得吃，舍不得穿，一分钱一分钱地攒下，十块二十块捐到功德箱里。这事先这么放下，你告诉如萍，让她好好做人，好好活着，好好过日子。她若能做到这一点，我就算了，她的罪孽我来背。她若不好好做人，不行善积德，这笔账我早晚是要算的。我不算，菩萨也会找她算。

如萍的父亲老泪纵横，再次欲跪，六弟抓住他的双臂阻止了他。六弟说，是我的罪孽，她入得寺庙，吃斋念佛，是我没传授好。

走出老人的家，走出这破旧的两间瓦屋，六弟不寒而栗。

居士们在净心寺的河边等六弟。他们见六弟没要回钱，愤愤不平。六弟的几句话压住了他们心中的怒火。六弟说，如萍虽然走了，但毕竟她在这里辛辛苦苦帮了寺庙三年，起早贪黑，也不容易。她还俗了，过日子去了，那十万块钱，就算是她三年的工钱吧。这十万块钱是她挽留爱的最后一根稻草。她挽留爱，也是挽留她的生命。一个居士说，她那年跳河，怕是施的苦肉计，她见师父心善。六弟说，不要把人心想得那么复杂。放过她吧，我们都放下。阿弥陀佛！

第二天清晨，六弟从净心寺出发，行脚去五台山朝拜、请罪。他背着帐篷和吃食，风餐露宿，单程十五天，全都徒步。他替如萍受罚，消除孽障。

十

出家人最怕惹红尘，有点风吹草动，名誉扫地，威严不再。六弟在这方面做得好，一直守身如玉。直到有一天，一个女婴的降生。围绕这个女婴，净心寺外，引出一些故事。

其实这个女婴与六弟没有任何关系，他只是六弟抱养的一个孩子。某一天，身为妇产科医生的周万丽居士来电话说，有一个女人在她那儿要流产。胎儿足月了，女婴，非常健康。女人的男友也在。周居士说，师父你来吧，你来劝劝他们，我想办法拖他们一会儿。这么活生生的一条性命，就这么杀死，我真的不忍心。师父，你来，让他们留下这个孩子，你带到庙上，我们居士一同抚养。六弟听说要流产，伤人性命的事，急忙赶去。六弟在医院的走廊里见到了那个男的。六弟说，你们犯了错误，但孩子是无辜的。留下她，不要伤害性命，否则你一辈子可能活在自责中。周居士对女人说她的情况并不好，流产了，可能以后就难再怀孕。生下孩子就不存在这种情况。六弟对男的说，去劝劝她，留下孩子。孩子出生后，与你们没有任何关系，寺庙来养。

六弟一身僧服，慈眉善目，声音柔中有刚，男的被他震慑住了，不敢做害人性命的事。他进产房见他的女友，女友已被周医生说动心，一条小生命就保住了。

孩子出生四个小时后被带到净心寺。

周居士要上班，六弟不能带孩子。周居士向法师推荐李尚好。六弟认识李尚好，她与周居士是闺密，来过净心寺多次。李尚好三十出头，不能生养，被男人休了。婚姻受挫之后，她宅在家一心向佛，靠前夫给她的青春损失费度日。此人我在净心寺见过一次，她长得倒是不错，但面相并不温和，不像吃斋念佛之人，但六弟说她有佛心，有佛性。她们还有一个闺密叫杨慧心。她们三人以佛结缘，以姐妹相称。

六弟给女婴起名心泉。心泉遗传了母亲，好看，人见人爱。心泉十个月时就会说话，她第一声呼喊是管六弟叫爸，这让众人特别惊讶。六弟这位习惯掩藏自己感情、常常心如止水的法师不觉热泪奔涌。六弟本来是想做好事，救一条性命，从那一刻起，他决定把心泉当自己的孩子，抚养成人。

心泉叫六弟爸，叫得那么自然，六弟心里平静下来，喜悦和幸福像这静夜的风，很轻很柔，心要静下来，才能感受到。

一个晴朗的正午，寺庙的和尚居士围坐用斋，李尚好抱着心泉进入斋堂。心泉当着众人的面喊李尚好妈妈。那时候六弟也在，他在众星捧月的位置就座。众人望着师父，一个个面露惊骇，毕竟，心泉是管师父叫爸爸的，叫李尚好妈妈，这不合适。

六弟一脸平静，像是没听着一样。他拿起筷子说，吃饭吧。

年过七十的黄菊香站起来，走到李尚好身边，她拉起心泉的小手，指着李尚好说，心泉，叫阿姨。李尚好说，叫妈妈。

语气那么坚定，不容置疑。

黄菊香原本是想化解尴尬，却让场面变得更加尴尬。

所有的人都默默吃饭。李尚好抱着心泉回了自己的房间，留给众人一个笔挺的腰板。她原本有着轻微的驼背，自从有了心泉，那腰板就挺直了，哪怕抱着孩子。

黄菊香追出来，在院子里同李尚好说起孩子管她叫妈的事。黄菊香说，李居士啊，孩子管师父叫爸，师父是出家人，他没有家，没有后人，他领养个孩子，我们都替他高兴。心泉叫他爸，叫得那么亲热，师父那么开心，但孩子不能管你叫妈，这样不适合。

李尚好说，我养她一场，不管我叫妈叫什么？黄菊香说，叫阿姨。李尚好说，阿姨多了，哪个阿姨这么精心养过她？她叫我妈，这是必须的，孩子不能没有妈。她管师父叫不叫爸，那是师父的事，你去问师父。黄菊香说，看你说的，这是师父抱养的伢，怎么不管他叫爸。李尚好说，这不得了。孩子管我们叫爸妈，是为了孩子的身心健康，不能让她知道自己没爸没妈，师父把心泉当掌上明珠，舍不得让她受委屈。

黄菊香是这里的老居士，除了六弟，也算是德高望重。但她的威望这次在李尚好面前严重受挫。

这天是阴历初一，又是星期天，周万丽和杨慧心从武汉驾车来净心寺拜佛，也看望六弟，她们的师父。心泉管六弟叫爸爸，正合她俩之意，她们当时就想让六弟把心泉养大，六弟将来老了，也好有个依靠，但管李尚好叫妈妈，是她们没想到的，她们明显感到不合适。杨慧心灵性，脑瓜子一转，来了主意，她说，心泉是周姐接生的，是我俩送过来的，我们都喜欢心泉，像自己的孩子一样。我们三人平时以姐妹相称，就让心泉管周姐叫大妈，管我叫二妈，管你李尚好叫小妈，我俩出钱，尚好小妹出力，替师父把心泉抚养成人。她们就教心泉叫她们大妈、二妈，改口管李尚好叫小妈，心泉一一叫过。她们三姐妹带着心泉，到县城最大的超市买了好几套衣服，还有奶粉。三个妈妈带着一个孩子，其乐无穷。

黄菊香夸赞杨慧心聪明，困惑她多天的事，她就这么轻松地解决了。

然而，两个月后，周万丽和杨慧心再来净心寺时，情况变了，尽管心泉还像先前那么叫周万丽和杨慧心大妈二妈，却不叫李尚好小妈，还是叫妈妈，叫得那么亲热。尤其让她们难以接受的是，她这边喊了李尚好妈妈，转身朝着六弟叫爸爸，弄得像尘世里和睦的一家三口。周万丽和杨慧心是聪明人，什么也没说，像是没听见心泉的叫喊。

黄菊香说了。黄菊香把周万丽和杨慧心叫到自己的房间喝茶。黄菊香说，小李这样做不合适，要不得，会毁师父的名声。师父是大家的师父，不是她一个人的师父，心泉怎么能跟她叫妈妈呢？她是故意的呀，心泉叫师父爸爸，那是他的养女，怎么能管李尚好叫妈妈？孩子不懂事，都是李尚好教她的。你们关系好，像亲姐妹，你们两个要劝劝她，叫她让孩子改过来。

周万丽微笑着，杨慧心跟着微笑，都没有言语。她们走出黄菊香的房间，走出净心寺，自此，她们很少来净心寺。

黄菊香仗着她年高，敢在六弟面前进言。他说，师父，你教心泉莫管李尚好叫妈，这样对你影响不好。六弟淡然一笑，说，我让她改过来。事实上，心泉在李尚好前面还是妈妈妈妈地叫着，六弟似乎并不在意，或许是没办法，孩子成天跟李尚好在一起，那么小，还不是她让孩子叫她啥，孩子就管她叫啥？

黄菊香是虔诚居士，她为维护六弟的声誉，找我的大哥当说客，让他劝劝六弟，让李尚好离开净心寺。黄菊香说这不是她一个人的意思，庙里的和尚居士都觉得不妥，有一个和尚还因此离开了净心寺。大哥去见六弟，告诉他不要为一个李尚好把名声搞坏了。六弟说，我与她没关系。大哥说，可外人觉得有关系。孩子叫你爸，就不能叫她妈；叫她妈，就不能叫你爸。六弟说，孩子可怜，需要爸需要妈。不能让心泉受委屈。大哥语气重了，说，又不是你亲生的！大哥这句话惹怒了六弟，戳痛了他。六弟说，不是亲生的怎么样？是亲生的又怎么样？还不是送人了？六弟对大哥一向很尊重，他很少用这么重的语气同大哥说话。看来少时那次家里把他送人，他一直记恨着。

大哥说，你是出家人，要以慈悲为怀，过去的事就不要老纠缠。六弟沉默不语。他喝了口茶，说，我要去诵经了。

大哥说六弟耳朵根硬，油盐不进，这样下去怕是要吃亏。

大雄宝殿早已建完了，塔高耸而立，这净心寺的规模气势都有了。大雄宝殿东侧有空地，居士们建议六弟在此建副殿，供奉更多菩萨，六弟没有采纳。他找来一个工程队，在那片空地上建了一间大平房，室内摆上桌子、椅子。平房一面墙上立一块白色的写字板，既可写字，也是投影机屏。这间平房，是六弟心中的希望小学。净心寺周边没有小学，所有的孩子都到县城读书，大人去租房或买房陪读，少数家庭在县城买不起房，租不起屋，小孩被大人留在家中。六弟想让他们到净心寺来上学，五弟的两个孩子也可以来，将来还有心泉。常来净心寺的居士中有不少是退休老师，退休前曾是高中、初中、小学老师，听说六弟有这个心愿，纷纷表示愿意免费教学。

我无法对六弟的经历进行整体的有条理的讲述。我长期在东北，他的故事我亲见的少，听别人讲述的多，都是碎片式的。我每次回乡，也就跟他见一面，匆匆忙忙。

除了那条放生河，我喜欢净心寺的紫竹林，出寺庙东墙那道圆形拱门，就是紫竹林。某年春天，六弟在紫竹林旁建了一座莲花池，盛夏，莲花悄然绽放。和尚居士们在寺庙里念经打坐久了，到紫竹林走走，欣赏紫竹的秀丽、莲花的静美。紫竹林的晚上也是美丽的，夜露从紫竹上滑落，滴在莲池里，声音清越。露滴像六弟手中的念珠，粒粒滚动，滴滴沁凉。

那次见六弟，我们喝茶，听怡心法师吹箫，一曲古韵之后，我沿着寺庙东墙离开净心寺。我心里似乎轻松多了，满脑子一片纯净。

净心寺往南踏过放生河桥，再行一百多米土路，过一条塘埂，就是公路。公路上停着一辆车，一个居士在等我。我往外走，六弟送行。他站在放生河畔。我走上塘埂回头望，六弟已转身。我看见净心寺的门前有一道光，清澈柔和，不宽不窄，像一道通向远处的神秘之门。夜风袭来，六弟正沿着那道光，走向净心寺大门。片刻，六弟的背影隐去，那道光也随之消失。

池塘里蛙声起，风吹动塘埂上的桂花树叶的声响，清脆细密。我闻到了桂花的香气，这些桂花树都是六弟亲手栽种的。

十一

农历七月三十，地藏王菩萨圣诞，净心寺举办法会，桃花村的几位年轻人大闹法场，说六弟占用他们村的地。说净心寺香火旺，六弟应该给他们村交好处费、土地保护费。六弟没理会，他们扬言要到佛教协会告六弟，说他是假和尚，真和尚怎么会有老婆孩子？六弟觉得他们羞辱了他，上前踢了一个年轻人一脚，给另一个人一拳，把其中闹得最凶的那位按倒在地。

这是我所知道的六弟第一次动手打人，居士们也是第一次看见六弟这么凶。那三个人倒在地上不起，挨了一拳的说胳膊打脱了臼；被踢的说踢中了要害，站不起来；被按在地上的说肋骨折了，动弹不得。他们一伙中有人还报了警，打了110，派出所出警，幸好那三个人到医院走了一圈，并无大碍，却花去净心寺不少钱。

我知道这事后，给六弟打电话，说他作为一个行善信佛的和尚，不该动手打人。六弟说你不知道情况，那是附近村子里的几个游子，平时在县城靠打架过日子，他们就是想到寺庙里搞点钱。我对他们挺好，他们每次来，水果、茶水供着，他们得寸进尺。土地使用权、租用合同，是与村干部签了字的。至于老婆孩子，你是知道的，孩子是我领养的，李尚好只是帮我带孩子的一个居士。六弟说，这边的情况你不太了解，就不要掺和，好好干你的工作，争取当个将军。我说，将军当不上，争取干到退休吧。

我近期计划写一部长篇，向单位请了创作假。我同六弟说好了，让他在净心寺给我安排一个房间，我对身居寺庙的创作环境怀了美好的憧憬。

时令进入腊月，我按计划进驻净心寺。我越来越喜欢到寺庙，喜欢那里的清静，喜欢那里播放的佛歌。我喜欢听六弟带着和尚们唱经。六弟唱经的声音极具磁性，显得空灵。我第一次听到时，以为是CD里的佛经。我听不懂，心却因此而平静。

院子里，寒梅傲雪，凄美动人。

黄菊香向我走来。她说四哥，你看这花开得多好。我说是的。她说，这都是师父种的。我说我知道。她说师父喜欢梅花。我说我知道。她说他是为李尚好种的呢。我说，你不要瞎说。她说李尚好以前不叫李尚好，叫李冬梅，李尚好是她认识怡心法师后改的，啥意思你知道不？尚好，与和尚好呢。我无奈地苦笑，觉得她的话很无聊。我说，你们不要乱猜疑，不要背后议论师父。黄菊香说，我是为师父好，师父是我们的度命人。

　　黄菊香说，四哥呀，你得劝劝师父，这样下去要不得，师父那么有才华，长得也尊严，师父是好人，是唐僧，可惜碰上李尚好这个白骨精，这么下去，师父的名声会毁了咧。你们弟兄得把她赶走，心泉不能再让她带哩，她心眼多，让她带孩子要废了呢。可怜啊，师父为了她栽了这么多梅花。我说，师父栽梅花与她没关系。法师喜欢梅花，梅花耐寒、耐苦，师父小时候受了很多苦。

　　我突然对黄菊香有些反感，七十多岁的人，住在寺庙里，吃斋念佛，图个清静，哪来这么多事？我说，莫非院子里不种梅花种菊花？菊花能熬霜，但菊花是寄托哀思的，不吉利。

　　黄菊香知道我不喜欢她谈论六弟和李尚好，就离去了，但她的话，却在我心里留下疑团。我借口招呼六弟吃斋饭，去了他的斋房。他的斋房很漂亮，琴棋书画都有。他洗漱完毕，准备下楼时，我问他，你与李尚好到底有没有那种关系？他惊骇地望着我，问，你怎么问这个问题？看他那眼神，似乎在说这么显而易见的事，还值得问吗？那么，这显而易见，是有还是没有？我不知道，我觉得我做错了一件事，脸如火烤。

　　黄菊香是个执着的人，她去请来六弟的师父依真，依真法师与六弟在他的斋房里谈了什么，我并不知晓，我只知依真法师那次离开净心寺后,就与六弟淡了来往。据说,他曾经想收回六弟的戒牒,终是不忍心。戒牒收走,六弟就没有资格在净心寺当住持。

几天后,化雪了,六弟带着几个和尚去九宫山朝拜,我也去了。九宫山有一个很大的道观。在六弟的带领下,我们见了道长,吃了斋饭,在道观住下。第二天朝拜完毕,六弟带我们上山顶看风景。在一片隐秘之地,有一小庙显露出来,六弟说,传说这是李自成遇害之地,他来此敬香拜佛,被农民发现,农民以为他是盗贼,将其打死。

我觉得脊背发冷,觉得不吉利,跑这么远来朝拜九宫山,已经很好了,为何非要爬这么高,看李自成遇难之地?

六弟见我面色不欢喜,说更多的人传说李自成没死,说他隐姓埋名,去了湖南石门夹山寺做了一名和尚,名奉天玉和尚。

这次随同的还有李尚好,她把心泉也带来了。这年心泉四岁,那双黑亮的眼睛招人喜欢。她不说我们那里的方言,她说普通话。她声音好听,小精灵似的。一同去的还有一位白居士。他们都叫她小白,小白年轻漂亮,我们红安人,大学毕业,本来在武汉找好工作,大学时期处的对象提出分手,她精神骤然受到打击,萎靡不振,一度抑郁,几乎不能上班。听说有个净心寺,净心寺有个大和尚,是大法师,她慕名而来。六弟选了个吉日良辰,给她做了法事,她立刻觉得神清气爽,看透了命运和爱情,即所谓的顿悟。自那以后,她每到周末,从武汉回乡,上庙,敬香拜佛,教授寺庙小学的孩子们学文化,有时她回老家看父母,有时太晚,她就住在女居士那边的斋房。她对六弟十分崇敬。

去九宫山的路上,大家不声不响,那种一心拜佛的虔诚从心里溢出，表露在脸上。返程时很放松、很开心，转折出现在一个苹果上。平时如果外出朝拜，李尚好喜欢跟着，她除了表示自己的佛心，还会照顾心泉，照顾六弟。六弟是大伙的师父，都照顾着他，这没什么不妥。这天，她再次关心六弟，她说六弟早晨斋饭吃得少，还陪着九宫山的住持唱了一会儿经，口干舌燥，她削了个红富士递给六弟，六弟说不吃，吃不下。六弟接着闭目养神，她就拿回苹果，与心泉分吃。行了一程，白居士削了一个苹果递给六弟。她说，师父，你吃吧，润润嗓子。六弟接了。六弟吃着苹果。六弟可能真的渴了，他大口大口地吃，吃得香甜。这时就听李尚好一声咒骂，如撕扯裂帛般尖厉：小狗子，一个女伢，坐没个坐相，站没个站相，不要脸。李尚好骂人的同时，还扇了心泉一巴掌。六弟爱心泉，视她为心头肉，这可能与他没有家没有后人有关。李尚好打在心泉脸上的那一巴掌，其实是打在了六弟的脸上、打在了六弟的心上。大客车上有和尚居士二十多人，都知道那两个苹果是导火索，但谁也没吱声。我站了起来。我说，小李，你干啥呢？有什么事你说，莫拿孩子撒气。

　　李尚好朝司机吼叫：停车！高速上没法停车。她喊停车，不停车她似乎就要往下跳。司机没停车，也没理她。六弟慢慢站起来，移到心泉身边，让心泉依靠着他。心泉满脸泪痕，六弟的眼角也噙着泪。我不知道怎么安慰他。车进入山洞，太阳的光线没了，阴影袭来，悲凉入骨。

　　坐在我身边的是一个小和尚。小和尚眉目清秀。小和尚小声对我说，李居士越来越不像话，好多居士被她骂跑了。有的居士听说她在庙里，干脆不来。现在她竟然敢动手打心泉，心泉才多大。我要是师父，非抽她几个耳光不可。也不知咋的，师父好像怕她似的。

我说，师父心善，不与她计较。

我们不再说话。我心里沉沉的。我没想到李尚好这吃斋信佛的居士，还不如我们俗世之人，一个苹果，弄出这么大动静。

第二天是星期天，早上八点钟时，白居士开始给几个孩子上课，李尚好突然冲进教室，骂白居士不要脸，假装教书，跑到这儿来勾引男人。可怜一个大姑娘，被李尚好骂得掩面而逃。

年轻的白居士逃出净心寺。在净心寺大门外，她停下来，对着净心寺的大门磕了三个头，那磕头声像净心寺的鼓声那么浑厚。她起身时已是泪痕满面。她轻轻地说了句：净心寺，我再也不来了……

白居士喜欢着一身白。她像一朵圣洁的白莲，冰清玉洁。她是那种让人喜欢、不忍去伤害的女孩。

小和尚和黄菊香追上放生桥，他们没能追回白居士。他们目睹白居士的身影消失在塘埂上那些桂花树影里，那是怡心法师亲手栽种的桂花树。小和尚说，白居士多好的人，都怨李尚好，她容不得别的年轻女人上庙来，她吃醋。我说，你小孩子不要多嘴。黄菊香说，他说的是真的，李尚好造孽啊，最近折磨师父哩，让他给她在县城买房，还要买独门独院的两层房。我说，凭啥？她说，凭她是心泉的妈，说是给心泉买的，心泉要到县城读幼儿园。她拿心泉降着师父，师父不听她的，她就打骂心泉。我说，那就不让她带心泉嘛。黄菊香说，说的就是这事咧，可心泉离不开她，离开她就哭，那哭声啊，能把人的心撕碎，师父就受不了。师父是软心人，可这心也太软了，硬是拿李尚好没办法。

十二

原来寺庙里也不清静,我无心久留,在这里写长篇的计划宣告失败。我决定回老屋竹林湾陪父母待几天。六弟送我。车行过放生河桥,驶过土路和塘埂,行上柏油路。六弟表情凝重。他没穿僧服,一身宽大的运动装,给人印象是心宽体胖。昨天车上和今天教室里发生的事,他都经历了。脸上伤感的情绪像雾一样笼罩着他,看来出家人也不能完全做到无我,他们的情感其实更丰富,只是他们隐藏得更深。他一直不说话。车载音箱播放着歌曲:我不想说再见,相见时难别亦难。我不想说再见,泪光中看到你的笑脸。我不想说再见,要把时光留住在今天……

我懂六弟,他在用歌声诉说着他此刻的心境,但我没想到这一别,我们自此没能再见。

我与父亲同卧一张床上,睡通腿。父亲老了,他的双脚整个晚上都散发着凉意。我小时候,父亲不是这样的,我偶尔与他睡在一起,他的脚像火盆一样温暖着我。父亲半夜就醒了。他一直盯着天花板,那眼睛亮闪闪的,好像噙着泪。他莫不是想六弟吧?我们弟兄这么多,他最惦念的就是六弟,毕竟他还没成个家。我懂父亲,我计划吃过早饭就走到公路边搭顺道车去县城,再到净心寺。我应该去帮帮六弟,哪怕清扫一下寺院。未等我出发,五弟来了电话,说六弟失踪了。我说是出去做法事了吧。五弟说,不是,他以前出门总要告诉我的。他随身的布袋没了,小车钥匙留在他的桌子上,车没有开走,人就这么消失了,电话停机。我问,李尚好在吗?我问这话时,脑子里想，若他还俗，带着李尚好和心泉到某处过日月，我倒可以接受，和尚太清苦。五弟说，在，李尚好和心泉都在。

我和大哥赶到净心寺。

有人猜测六弟是到某个寺庙闭关修行去了，也有人说他还俗了，还有人翻出他的身世，说他该不会去找他的养父，那个河口王吧？

我不知道六弟的离开与李尚好有无关系，与白居士有无关系，还有黄菊香、依真，也许还有我们，他的悄然离去，也许与我们都有关系，也许与谁都没关系，仅仅是他个人的选择。

我开着六弟的车去了武汉。我去依真法师所在的寺庙。我见到了他。我问他知道怡心法师的行踪不，他摇头，伤感在他那双慈祥的眼睛周边蔓延。师徒一场，他心里还是有六弟。

年，不觉就到了。大年三十的黄昏，天空飘起了雪花。雪下了整个晚上，到清晨，雪停了。净心寺一片宁静，晨灯照耀，能看见梅花，能听见梅花钻出雪的掩藏往外绽放的声音；能听见东墙外紫竹枝丫不堪重负，雪堆滑落的声音。净心寺除了雪的白，还是雪的白，像梦境一样虚幻。

初一，上香的特别多，都是奔怡心法师来的，现在怡心法师不在了，一定不会有那么多香客，但香客总会有的，毕竟菩萨还在。菩萨在，就有人来敬菩萨。

五弟早早地打开门，将大门至大雄宝殿的道路清扫出来，而后净手，进到殿里，摆上供品，点上酥油灯，点上香。烛光轻轻摇曳，香味散出来，烟缕缕上升。五弟抬头，看一眼如来佛，将如来佛两旁的众菩萨，用敬畏的目光一一请过。我和小和尚跟在五弟身后。我看见那些菩萨的眼神活泛了。众神都在。

积雪挡不住香客们的虔诚，香客们已经陆续往净心寺来。

他们进到大雄宝殿,朝着菩萨跪拜。五弟站在菩萨一侧。他不会做法事,不会唱经,小和尚也不会。谁朝菩萨磕头,五弟就敲三下木鱼。木鱼发出的声音短促、清脆。

我想六弟,我打开手机,搜索六弟的微信,他的微信名为"慈悲引"。我没有搜到,他删除了我。

六弟还会回净心寺吗?五弟不会唱经,不会做法事,净心寺,他能守住吗?他能守到六弟回来的那一天吗?

我心情沉重,似乎梅花枝丫上的那些雪都积压在我心头。我走出净心寺,沿着放生河,踏着厚厚的积雪,走了很远。我依然能听见木鱼声。五弟有股蛮力,将木鱼敲得很脆很响。响声骤起骤落,不如晨钟那么浑厚,不如暮鼓那么绵长。

一句诗,伴着木鱼声,在我耳旁响起:不知何处吹芦笙,一夜僧人尽望乡。

康定情歌

扎西达娃（我）

我坐在舷窗边，窗外一片纯白，分不清是雪，还是云朵。整个世界，像一片白色的海洋。那高过云朵的雪山，像是一面面张开的帆。

身边是我独臂阿爸，泽仁顿珠。他头靠椅背，静静地沉睡。笑容在他面颊两侧的"高原红"上绽放。

阿爸高兴。我被评为全军精武标兵，荣立一等功，刚从人民大会堂领奖回来。给我颁发荣誉奖章的，正是阿爸。阿爸只有一只手，一只左手。他的右手，从肘关节处被炸掉。他用那只唯一的手，将奖章挂在了我的脖子上。看见他的手因激动而颤抖不已，我的眼泪顿时奔涌而出。此刻，回想领奖那一幕，我的眼泪再次不可抑制地流出。我怕阿爸发现我流泪，就转过脸去，一直朝向窗外。我目光所及的那个高峰，就是贡嘎雪山。飞机在离它很近的地方开始下降，最后降落在康定机场。康定机场海拔四千两百米，是世界上海拔第三高的机场。一下飞机我就感到胸闷、气短。毕竟，我在东北生活了整整七年，有点不适应。而阿爸，比较他在京城，他的喘息要顺畅得多，他一直生活在这里。

康定县武装部的车已停在机场出口。一群人拥上来，向我祝贺。我的脖子上一会儿就挂满洁白的哈达。之后，车一路飞奔。透过车窗，我再次看见那神秘的贡嘎山。我无数次梦里化作神鹰，飞翔在它的头顶。贡嘎山顶的积雪反射着太阳的光，这康巴地区便像有两个太阳，照耀着这片圣洁的大地。

路像巨蟒，蜿蜒前伸，车在它的脊背上盘旋，向下而行。

我能明显地感到海拔在降低，呼吸不那么困难了，胸也不那么慌闷了。

到了嘎巴乡，乡长说，了不得，上了电视，在人民大会堂领奖，我们乡历史上都没有过。书记说，不是乡历史上，是县历史上都没有过。他说着，伸过手来，触摸我胸前的军功章。军功章在我胸前像风铃一样，发出清脆悦耳的声响。

家乡有欢迎仪式，按他们的要求，我穿着军装，佩戴着我的军功章，两个一等功，两个二等功，两个三等功。至于二十四枚各类军事比武的金牌，实在挂不下，就放在行李箱里了。车到古塔村时，天色暗了，篝火使这个村子闪动着光亮。被雪山包裹的村庄，闪动的火光使它越发有着神秘色彩。火光照进河水里，一堆篝火便成了一片篝火，一片篝火便成了满世界的篝火，雪山像黎明过后一样明亮。村子里的人都出来了，他们围着古塔，跳着锅庄舞。酒端上来，哈达献上来。阿妈单珍卓玛已在人群中央，接受乡亲们的敬献。

这是我的家乡，生我养我的古塔村。

奶奶朗色翁姆就在屋子里，她是我最想念的人。还有我的堂姐桑吉卓玛。听阿爸说，最近奶奶身体不好，姐姐从县城请假回来照顾奶奶，与奶奶形影不离。

我急切地想见到她们。除了胸前的军功章，我还有一个特大喜讯。我怀里揣着一张军校录取通知书，我被保送到南方一所军事指挥院校，三年后，我将是一名少尉军官，这无疑会改变我的命运。其实，我的命运此刻已经改变。

我往家跑，哈达在我脖颈和腰间缠绕。在我家门前，两个年轻藏族小伙子一左一右地抬着奶奶的靠椅。奶奶半卧在椅子里。椅子后面，是伯父泽仁洛布和堂姐桑吉卓玛。

奶奶很老了，老得看不出她的年龄。笑容在她深深的皱纹里荡漾。奶奶的大眼睛，能映照出她昔日的美丽。她努力使自己坐直。她对我说，来，孩子，过来。我走到奶奶身边。她拉起我的手，同时招呼姐姐桑吉卓玛。姐姐上前，奶奶把姐姐的手拉过来放在我的手心，对我说，孩子，我的好孩子，你的好消息我都知道了，你大伯告诉我了，你要去读书了，要当军官了。今天，我就把你姐姐交给你了，我当着全村人的面，把桑吉卓玛许配给你……

　　我的手触电一样抽回。我埋怨道，奶奶，你是不是糊涂了？姐姐怎么能做我的媳妇？奶奶笑道，我没糊涂，她不是你的亲姐姐。我说，不是亲姐姐，堂姐也是姐姐呀。奶奶说，孩子，你听我讲。

　　奶奶的声音微弱、低沉，像从遥远的洞穴传输很长一段路程，才到达这里。她讲得轻描淡写，像是在讲述着别人家的故事。

朗色翁姆（奶奶）

　　那是二十世纪四十年代末的事了，那时，我还是十八岁的大姑娘，是康定县城李家锅庄的用人。一天，我到门前的折多河浣衣，看见队伍上的人来了，人不多，十五六个。他们骑着马，挎着枪。我起身，急忙往李家锅庄躲，一个年轻的解放军喊住我，他怀抱一个打成团的小棉被。他说，妹子，孩子的妈妈是部队上的，牺牲了。孩子饿得快不行了，能不能弄点吃的来？

　　我停住脚步。他望着我，英俊的脸被焦急的神情笼罩，眼神是乞求的，让人无法拒绝。我说，行，你等着，我进屋去给他找点吃的。他不会说藏语，他说汉语，怕我听不懂，配合着手势。他的手势僵硬有力，像斧劈刀砍。几句话把他的脸憋得通红，那样子让人想笑，但我没有笑。我怜惜他。我听懂了他的话，李家锅庄常有汉人来做生意，时间长了，我能听懂少量汉语。

我回到李家锅庄，捧出一些衣物，装作到折多河边浣洗。衣服里藏着一只小瓦罐，里面有半罐温热的牦牛奶。

孩子在小棉被里哭。我从怀里掏出银勺，喂他，牦牛奶一入嘴，孩子立刻不哭了。那个解放军感激地望着我。他长吁了一口气，看我一眼，搔着后脑勺腼腆地笑了。

我喂饱了孩子。孩子在小棉被里冲我笑，我忍不住伸出手，轻轻地去触摸他稚嫩的脸蛋，小脸光滑柔软，像剥了皮的鸡蛋。那一刻，这个充满生机与朝气的小生命感动了我。冥冥之中，他的生命，似乎与我有了某种关联。

这是解放军的一支先遣部队，他们提前来到康定县城，宣传解放军政策，既是为大部队的到来做准备，也是提前来保护这里的藏族群众。他们在这里驻扎，白天挨家挨户宣传，晚上就在山洼处躲避山风，露天宿营。

这天夜里，我就想起那个孩子。天那么冷，孩子多遭罪，应该把孩子接到楼里来住，可我没有办法。李家锅庄庄主不让我们与解放军来往，怕惹怒土匪，引来他们报复。李家锅庄的大门常常是关闭的，除了出去干活，李家庄主不允许我们随便出门。

第二天，临近黄昏，金色的阳光洒在康定城上，洒在折多河上，洒在折多河边的坡地上。

我把浣洗完的衣服，放在折多河畔的石板上，立起身，抱着小瓦罐，等着那个解放军。他果然出现在河边，手中抱着那团小被。我走过去，看见孩子在那小棉被里挣扎。可能缘于我是一个女人，我一抱，孩子立刻就安静了。我给孩子喂奶，孩子很快吃饱了，打着饱嗝，甜美地笑。他是男孩，一双亮闪闪的眼睛，好奇地望着眼前的一切。

一个老兵从我怀里接过孩子。

那个解放军把马牵到我身边，对我说，上来。我脸一热，内心有些忐忑。我望一眼远处的李家锅庄，见大门紧闭，心松弛下来。他扶我上马，等我在马上坐好，他跃上马背，让我抓紧鞍环，他双手抓着缰绳，我感觉到他双脚磕了一下马肚，喝一声"驾"，那马奔跑起来，从折多河畔的坡地，一路狂奔。我从未这么轻松、快乐，像风一样自由自在。

战马在坡顶停下来。我坐在马上，看着阳光照耀下的康定城，看着闪闪发光的折多河。满坡都是盛开的格桑花，红的、粉的、白的、黄的，都从碧绿的草丛探出身，像穿着五彩服装的藏族少女，亭亭玉立。

我内心第一次那么敞亮，仿佛整个世界都在眼前。我感受着他厚实的胸膛，他粗粝的呼吸，还有孩子留在他身上的奶香。

他是你的孩子吗？那么，那个牺牲的女战士是你的妻子？我差点这么问他。他那么年轻、羞涩。他总想把孩子照顾好，却偏偏笨手笨脚，那样子，让人忍不住想笑。

我到底没问出那个问题。不管是不是他的孩子，在他怀里，就是他的孩子。如同我，不管是不是我的孩子，我喂养过他，他就是我的孩子。

那个夜晚，我整夜未眠。第二天，我早早起床，我想更早地见到他们，更早地给孩子喂饭，我是那么怕他饿着。

我刚走出李家锅庄的大门，就看见那个解放军。他抱着那个小棉被团。他的枣红战马立在他身边。他冲向我，急促地说，前面出现了大股土匪，我要去打仗了。他说着，把小棉被团往我怀里一塞。

顷刻间，杂乱而急促的马蹄声、密集的枪声回荡在折多河面。一群土匪从街角那边狂奔。解放军跃上战马，举枪射击，队伍上的十几个人跟在他身后，沿着那条通往雪山的路，策马狂奔。

我望着与那枣红战马一起消失的背影。片刻之后，马蹄声消逝了，枪声消逝了，风也停止它的狂舞，世界静下来。我的心里倏地像被人掏空。我双膝酸软，浑身无力，差点抱不住怀里的孩子。也就在那一刻，我发现，我爱上了那个解放军。

那股土匪有三四十人。这些解放军战士，此去是凶多吉少。

小被团里的孩子动了。真是个乖孩子，他要吃奶，但他没有哭闹，只轻轻吭哧着，发出饥饿的信息。

仅两三天时间，孩子似乎长大了，小脸长开了。眉眼间，我觉得他像那个解放军战士。我不知道他叫啥，我只知道他姓张。我听见有战士喊他张排长。

通向远处的路，空荡荡的，尘埃落定。山那边死一般寂静。

我抱着孩子，感觉他越来越沉，似有千斤重。我立在河边，明白了自己的处境。我知道李家锅庄庄主的为人，他绝不会让我带进去一个只会吃饭不会干活的孩子。我寻望四处，希望找到一户人家，把孩子送给他们。但是，兵荒马乱的，没有看见开着门的人家，就连城里的那座寺庙大门也是紧闭着的。孩子在棉被里动弹，嘤嘤地发出声。我怕他哭，用舌头弹出响动，逗他乐。他果然乐了，朝着我笑。孩子不大，也就几个月吧。这么小的孩子，竟然出现在战场上。

我抱着孩子往李家锅庄走。后来，我无数次回忆那天的情形，我觉得不是我救了这个孩子，而是这个孩子自己救了自己。在我万分纠结的时候，他冲着我笑，那笑一下子拉近了我与他的距离，甚至让我觉得我与这个孩子天生就有缘分，我在这河边碰见那个解放军，一定是神灵的旨意。

我在李家锅庄大门前站立了很长时间，孩子哭出声来，我才进到李家锅庄。与我猜测的一样，老爷并没收留孩子。他知道孩子是解放军的，怕招来土匪的不满而引来祸端。他对我说，你要是舍不得孩子，你就带着他走吧。

我流着泪，离开李家锅庄。我刚踏出李家锅庄大院，大门就哐的一声合上了。

扎西达娃（我）

我在历史的深处，听见李家锅庄大门合上时，那一声沉闷的巨响。我的心为之一震，像被蜜蜂蜇了一下。我年轻的奶奶将何去何从？她怀里的孩子能否存活，命运如何？

朗色翁姆（奶奶）

折多河的水咆哮着，沿着它固有的流向奔涌，可是，我该往哪里走？眼前只有一条路，沿着解放军离去的方向，一路远行。我想，我只要沿着这条路走下去，就能找到那个解放军。就是见不到解放军，沿着这条路一直走，就能到拉萨。如果找不到解放军，就到拉萨去吧，拉萨有布达拉宫，到那里，我们也许能活命。我沿着那条路无助地前行。孩子挺懂事，他好像知道我的难处，一直没有哭。走到县城出口，走过那条老街，一个老用人追了上来，塞给我一大捧奶酪，还有数个捏成团的糌粑。她说，孩子，一路上小心。我老了，不能跟你走了。要是遇到像样的人家，就住下来。孩子太小，一路乞讨，怕是难活成人。陷入绝望的我，只觉得清冷的山谷里刮起一阵暖风，将我包裹。

我紧紧地抓住老用人的手，说，谢谢您，真的谢谢您！

我咬碎一块奶酪，喂了孩子，把剩下的奶酪塞进怀里。有了奶酪，我就觉得有一股强大的力量注入我的体内，我将弯下去的身子挺立起来。我沿着土路前行，虽然没有目标，却走得坚定。路上行人稀少，听见有杂乱的马蹄声传来，我就躲到树林里，我怕碰见劫匪。如果听见有节奏的马蹄声，就是马帮，我就凑上前去，要点吃的。

但兵荒马乱的，我只碰见一次马帮，而他们身上除了水什么也没有。

幸好是秋天，林子里有野果子，还有菌子。我抱着孩子走了三天三夜，也许是五天五夜，我记不清了。我只觉得，每一个白天都那么短暂，走啊走，就是找不到一个能留下来的地方。而黑夜是那么漫长，对于我们来说，简直就是一种煎熬，冷，饿，还怕野兽。一路上，除了老虎，我们什么都碰见了，熊、豹子、野猪。但是它们没有伤害我们。其实野兽并不像人们想象得那么坏，只要你不伤害它们，它们大都不会伤害你。当然，也许是神灵在保佑我们。

我抱着孩子，走出折多山，沿山坡而下。我看见一条河。

那不是折多河,折多河流向县城。这是乞力河,也许叫祈力河吧,我不识字,听牧人说的,反正是读这个音。我沿河而下,第三天头上,也许是第五天,我来到一个美丽的地方。三面环山,一面是河。河水流去的地方,被一个山阻拦,河在这里转了个弯,所以,这里其实是四面环山。河水在这里变得宽敞、平缓,像一个海子。河湾是一片坡地,那时野草并未完全枯黄,草丛里还零星地开放着格桑花。山上都是高大的松树,白皮的桦树,翠绿的松林,虽然是秋日,但这里一片生机。

一条溪流从半山腰涌下,流经坡地一侧。那里有一个水磨,水磨被溪水撞击,正在转动。看见水磨,我一下子感到特别饿,饿得肚子疼。其实,我一直饿,只不过饿过劲儿了,没有感觉。既然水磨是转动的,就一定有粮食。或许是青稞,或许是豌豆。

我抱着孩子,走进水磨坊。我知道,有这样一座水磨坊的人家,一定是不错的人家,是农奴主。我要去弄点吃的,如果被发现,可能会被打死。但现在,我顾不了那么多,饿得不行了,不弄点吃的,我和孩子都得死。去弄点吃的,或许能活命。

是豌豆。我吞吃了几口豌豆粉。我知道,豆粉胀肚子,不能多吃。我往怀里揣了几把,蹲在溪水边,一口水一口豆粉,喂了孩子。

我抬起头时,看见了一个人,我吓了一跳。那个人也看着我,他脸庞黝黑,眼神里有一丝惊恐。是一个年轻的小伙子,也就二十岁的样子。他转过头去,看了看身后。远处坡地的尽头有一片庄园,有几幢房子。小伙子见身后无人,向我招手,说,快,快躲到林子里,老爷要是发现你吃他的豆粉,会用鞭子抽你的。

小伙子带着我钻进林子。林子深处有一小片空地,那里有一个木棚。说是木棚,其实是几根木棍靠在一起,搭成金字塔形,里面有些干枯的豆秧和青稞秸。我抱着孩子,在茅棚里歇下来。一坐下,我就再也没有力气站起来了。我将头探出三角形的门外,望着这正在慢慢变黄的秋日的草地,透过树隙我看见这美丽的山水,我想,不走了,就是这儿了,往前走,或许会死在路上,我要留在这儿,我要活下来,不为自己,也要为这个孩子,我必须活着。

年轻人说,你在这儿等着,我去去就来。

我无力地睡去。我从年轻人的脸上看到了真诚和善良。我没有担心,睡得踏实。我醒来的时候,天已完全黑了。我身边多了糌粑,用残缺的银器盛着的奶茶,那奶茶还有着一丝温热。

以后几天,这个小棚子里总会神奇地多出一些东西来,奶酪、糌粑、旧棉被。总是在我一觉醒来,它们就出现了。我一点动静都没听见,它们像是从地里悄然长出来的。

因为附近有大庄园,有人烟,我并没有遭遇到野兽。他说,你们放心住这儿吧,林子里有吃的,野兽吃饱了,是不伤人的。我就带着孩子在那里度日。我知道,这不是生活,但我很欣慰,毕竟有了栖身之地。

我凝望着孩子。孩子甜美地呼吸着新鲜的空气。他的手上有一枚银手镯,那是一个女人的手镯,有人把它弯小了,戴在他的手上。战乱年代,这是必要的标记。

一个黄昏,平静的生活被打破了。几个人冲到林子里将我拽出来,破棉被上躺着的孩子吓得大哭。一个人抓起这个孩子就要往地上摔。我冲过去,死死地抱住那个人的腿。我哭泣道,饶了我的孩子,饶了我的孩子。我看见那几个人穿戴也破旧,看来是农奴主的下人。我哭着说,饶了我们吧,我们同你们一样，都是穷苦人。那人就把孩子放回木棚。我心里翻江倒海，那个年轻人，这么多天给我们送吃的、送棉被，应该不是他告发的。要告发，他第一天就告发了。那么，那个年轻人怎么样？他在哪里？

我漠然地望着远处。没有路，树隙延伸的地方就像是路。伴着嘈杂的声音，一群人出现在我眼前。最前面的就是那个年轻人，他被五花大绑。两个人押解着他，身后跟着一个穿着阔绰的人。我听一个人说，老爷，到了，就是这里。

他们来到木棚前。那个被他们称为老爷的人对我说，他偷了主人的糌粑，把棉被也偷到你这儿来了。那不是他的棉被，他没有棉被，那是主人家盖牲口的。现在，我要当着你的面惩罚他。他说着，吩咐一个下人脱去那个年轻人的上衣，让另一个下人拿鞭子抽打年轻人的脊背。我跪在老爷面前，求他饶了年轻人。我说，都是我的错，我这就走。

我说着，抱起孩子，弓着腰往林子外走。年轻人一下子跪在地上，说，老爷，求求你留下他们吧，让他们走，就是让他们死。老爷，行行善，行行好。老爷，我保证一个人干两个人的活，我保证给老爷当牛做马，多给老爷干活。

那个被称作老爷的人说，留下她可以，孩子可不能要，我家可不是养育院。

我赶忙说，老爷，我的孩子，让我带着吧。老爷，他不会耽误我干活的，我会挤奶、打酥油，我把孩子的口粮挣出来，孩子不会白吃饭的，老爷。

一个下人说，老爷，就留着吧，就像喂一条狗，过几年，这小东西就可以给老爷放牦牛了。老爷这才笑道，嗯，这倒是个好主意。可是，这个孩子一声不吱，莫不是已经死了？一个死婴，多不吉利。

像是天意，就在这时，我怀里的孩子突然哇的一声哭出来。在这之前，皮鞭的抽打声、老爷的吼叫声震动山谷，他都没哭。

我就这样，成了这个老爷家的农奴。我带着孩子与牲口住在一起。每天天还没亮，我起来挤奶、喂牦牛、擦老爷家的地板、清理牲口棚粪便。那些下人也都住在牲口棚里，男女各占一个牲口棚。我怕孩子抵抗力低，会染上病，我请求老爷，让我和孩子在青稞秸秆里睡。

白天累得筋疲力尽，晚上躺在青稞秸秆里，我会想那个解放军。我那么担心、牵挂他，不知他还活在世上没有，我想见到他。我自己也说不清，那么短的时间，仅几次面，我竟然那么惦念他、牵挂他。我想他，看到孩子，就想起他。

我的思念，像乞力河的水，昼夜流淌。

而那个给我送吃的年轻人，一天干到晚，再也不敢来关照我，但从他的眼神里，我感知到他的关心。我们彼此惦记。几天后，我知道，这个善良的年轻人叫康珠泽旺，是个孤儿。

桑吉卓玛（堂姐）

一九五〇年的春天，奶奶带来的孩子可以满地跑了，奶奶给他起名泽仁洛布，他就是我的阿爸。奶奶怕老爷嫌弃他，没白天没黑夜地干活，让主人感觉到她真的是把孩子的那份口粮挣出来了。这时节，康定县解放，康珠泽旺有了自由，有了自己的菜园子，有了自己的牦牛，他还分得一亩地、一间房屋。那天晚上，出于感激，奶奶去给康珠泽旺收拾新屋。收拾完房间，康珠泽旺说，翁姆，你和娃儿别走，别再去住茅棚了。奶奶看看天色已晚，又看看衣服单薄的孩子，就默默地留下了。

这个叫康珠泽旺的年轻人，就成了我的爷爷。这些故事，我也是这几年陪伴奶奶时，听奶奶讲的。奶奶说，那个老爷叫顿珠德仁。解放军进了康定县后，他就跑了。半个多月，他纠集了一帮土匪反扑回来，那时候，一部分解放军已经南下，只有少数留守的部队。顿珠德仁纠集康巴地区的农奴主，成立了一支专门追杀解放军的队伍。

那天上午，土匪的队伍来到古塔庄园，在古塔下，把掉队的一名解放军伤员绑在树下，当众鞭笞。

从这以后，庄园主更加欺压农奴，土地和牲口又回到农奴主手里。顿珠德仁不但收回了分到农奴手里的土地，还对他们进行鞭抽棒打，有的干脆杀掉。

古塔旁边有一座铁索桥，是明朝时期所建，长六十多米，宽两米，用铁索拉起，木板铺成。因为乞力河水汹涌，这座桥成为河两岸周围藏族群众来往的必经要道。顿珠德仁的很多土地在河的那边，那边也有他的庄园。可这次回来后，他把桥炸了，他说，就算他得不到这些土地，也不让农奴们去种。

奶奶说，那段时间，日子过得真是提心吊胆，要不是他们躲到深山里，她和爷爷，还有我的阿爸，都会死去。

一九五一年八月一日，中国人民解放军第一个藏民团在康定成立。之后，他们进行大规模的剿匪。到达古塔村时，他们再次把土地和庄园分给农奴，并保证，要将土匪消灭干净，让农奴们大胆地住进庄园，大胆地种地。因语言不通，藏民团需要一名会讲藏语也懂得一些汉语的翻译。康珠泽旺在老爷家当下人，经常会遇见一些过来做生意的汉人。他聪明，记忆力好，记住了一些汉字，会说简单的汉语。他偶尔帮藏民团当翻译。

康珠泽旺和奶奶有了自己的土地。奶奶白天喜欢带着孩子到地里，嗅着弥漫在空气里的新翻泥土的气息，幸福的神色在奶奶脸上荡漾。

虽然幸福，但奶奶经常在山坡上，远眺路口。爷爷知道，她盼着那个年轻的解放军。她心里想的，还是那个解放军。她给康珠泽旺讲过那个解放军的故事。他明白奶奶所思所想，明白她心里的期盼。康珠泽旺是一个不喜欢用语言而习惯用行动来表达的人。奶奶对那个解放军的思念，让康珠泽旺心生羡慕，他知道那个解放军在奶奶心中的地位。那个解放军留给奶奶的印象美好而深刻。

我也想成为张排长那样的人！那天，向来寡言少语的康珠泽旺对奶奶说。他的话，让奶奶脸上飞起一片酡红，她知道她内心的秘密被他窥见。奶奶粲然一笑，他的想法让奶奶内心豁然亮开。

康珠泽旺决定参军，这意味着他将抛弃这平静的生活，投入枪林弹雨中。藏民团团长问他，你想好了，真的要跟我们走？康珠泽旺坚定地回答，没有解放军，我还是一个农奴。团长说，你这么想很好，不把农奴主和土匪彻底消灭，他们还会反扑回来。

就这样，我的爷爷康珠泽旺成为藏民团的一名战士，他的职务为"兵译"，就是兵中的翻译，当然，他也拿枪打仗。解放军藏民团在古塔村休整了三天，第三天下午，我的爷爷康珠泽旺领到了一身军装。虽是旧军装，但爷爷穿戴得很整齐，壮实的身体把那身军装撑得特别帅气。部队要南下，爷爷对奶奶说，我走了，要打仗去了，要彻底消灭土匪。奶奶抹着眼泪，她从泽仁洛布手上取下那枚银手镯，用一块红布把它包了一层又层。奶奶说，你带在身上吧，孩子他阿爸是部队上的，拿上这个，或许能找到他。她把我爷爷康珠泽旺送到村口。奶奶眼含热泪说，去吧，去打胜仗，我等着你的好消息，等你平安归来。

朗色翁姆（奶奶）

谁也没想到，这一分离，竟是永别！

桑吉卓玛（堂姐）

那是一段备受煎熬的日子，每天，奶奶把我年仅两岁的阿爸带到地里干活。她怕他爬到山崖下，怕他掉到溪沟里，就在他的腰上系上绳子，像拴小狗一样把他拴在树下。白天累了一天，天快黑下来时，奶奶走出地头，牵着阿爸，到村口的老树下眺望，盼着那两个熟悉的身影出现——张排长和爷爷。关于张排长，奶奶知道，他出现的希望渺茫，但每次，只要她往村口一站，那个高大帅气的身影就会出现在她眼前，出现在烟雾一样的暮色里。待他的影子淡了、远了，爷爷的身影便会出现——那依然只是幻觉里的身影。路口空荡荡的，除了阳光、薄雾和乞力河的流水声，什么也没有。

夜晚，奶奶硬挺着几乎散了架的身躯，跪在佛前祷告，祈祷心爱的人——那个解放军排长和康珠泽旺平安无事。日头起，日头落，春天过去了，夏日来到了，秋叶红遍山野，始终不见张排长和康珠泽旺的身影，一点音信都没有。一种不祥的预感常萦绕在奶奶心头。值得庆幸的是，奶奶朗色翁姆怀上了康珠泽旺的骨血。奶奶生下了一个男娃，他就是我的叔叔泽仁顿珠。

这让奶奶又惊又喜,日子虽然清苦,但奶奶觉得有了盼头,她的守望更加坚定。一个女人,养活两个娃儿,虽然苦些,但终归是有了自己的地,不像当农奴时那样,没白天没黑夜地干活。

日子就像门前那乞力河的水,慢慢地流淌着。就像流水一样,光阴其实也是看得见的。太阳升起了,阴影在墙角移动,到最后消失,然后是夜晚的逝去,新一天的来临。

叔叔泽仁顿珠蹒跚学步,很快会在房前屋后奔跑了。每天傍黑,村口的老树下,盼夫的藏族女人牵着两个孩子,暮色袭来,夜风劲吹,女人和孩子迎风而立。村子里人见了,无不心酸,有的老人悄悄地落下几滴同情的泪水,却找不到安慰的话语。

那是个晴天,灿烂的阳光照耀着屋后圣雅山顶的积雪,也照耀着门前的乞力河水。一个穿军装的人出现在崎岖的山道上。那时,奶奶朗色翁姆正在地里种植青稞。她惊喜地冲过去,然而,却不是她的丈夫,更不是那个姓张的解放军,是另一个军人,一个部队上送信的人。奶奶急切地问,康珠泽旺呢?他回来了吗?他什么时候回来?他现在在哪儿呢?奶奶的问话像溪水叮当,响成串,但她所有的问话得到的除了摇头,便是沉默和叹息。许久,穿军装的人从挎包里掏出一个红色小木盒,里面是一枚二等军功章、一枚弯得很小的银手镯,还有少量抚恤金。

那个军人告诉奶奶,我的爷爷康珠泽旺在剿匪中,为掩护战友牺牲了。奶奶顿时愣在那里,整个世界在奶奶的眼前旋转,奶奶全身的力气,连同她所有的希望被抽空,她差点瘫倒在地,但在那一刻,她感觉到我叔叔泽仁顿珠稚嫩的手紧紧地抓着她,而我的阿爸泽仁洛布则仰起头,冲奶奶说,阿妈,你别哭,你别哭，我们懂事，不惹你生气。

奶奶抹干眼泪，硬撑住身体给那个送信兵弄糌粑吃，给他倒酥油茶，还给他炒了一布袋子青稞，让他带在路上吃。

当兵的走了。奶奶积攒全身的力气，让自己平静下来。她捧着军功章和抚恤金，忍着不让眼泪流出来。她拿出那枚银手镯，久久凝望。银手镯没有送出去，说明孩子的亲爸没有找到。可怜的孩子，阿爸阿妈都没有了。奶奶抹去眼泪，强装笑脸。她捧着军功章和抚恤金，对我的叔叔和阿爸说，娃儿，这是你阿爸捎回来的礼物，还有钱。他会回来的，他很快会回来的。

奶奶把银手镯再次戴在阿爸的手上，直到阿爸长大了，戴不下了，她才收起来，锁进柜子里。

我的奶奶朗色翁姆没有同村里任何人说起我爷爷的牺牲，她把一切苦痛埋在内心深处。无数个夜晚，在沉睡的两个儿子身边，她悄悄地打开红木盒，拿出军功章，暗自落泪。

一切都成为过去，奶奶和爷爷短暂的幸福生活成为她永久的回忆。然而，奶奶清楚，她不能沉迷于回忆之中，也不能这么长久地陷在痛苦的深渊里，生活还得继续，她还有泽仁顿珠，他是丈夫的根，丈夫的血脉，她要把他抚养成人。而养子泽仁洛布，奶奶心里清楚，他们离开康定县城，走了这么远，很难再找到孩子的阿爸——他从泽仁洛布的眼眉间，看到了那个解放军的影子。奶奶说，现在找不到，将来或许能找得到。就算找不到，当娘的为他付出太多，他与泽仁顿珠没有两样。

泽仁顿珠（阿爸）

两个娃儿在一起，难免会打闹，有时弄得哭声一片。按说，大人都会惯着小的，但是，恰恰相反，阿妈朗色翁姆却是常常偏袒着我的哥哥，训斥我，这让我很难过，很迷茫。我不知道阿妈为何要这样。哥哥可能也感觉到了阿妈的偏向，却并没得意，而是小心照顾我，这让我对哥哥产生了依赖。

因为没有阿爸，我和哥哥在外少言寡语，但我们内心丰富，脑子里有很多问题，只是不向外人说，我们两人互相问答。有时，我问，哥，别人家的阿爸，也有在外地工作的，藏历年的时候，他们会回来看自己的娃儿，可阿爸怎么一次也不回来？就算工作忙，回不来，为什么不像别人的阿爸，打封信回来？哥哥说，快了，快了，明年的藏历新年，阿爸肯定就回来了。我于是幸福地等待着那个我们想象中的年节。有时，哥哥自言自语，阿爸该回来了吧？我就回答，该回来了，藏历新年，一定会回来看我们的。我们俩都梦见过阿爸很多次，却从没有一个固定的模样，一会儿像这个伙伴的阿爸，一会儿像那个伙伴的阿爸。

我们的阿爸到底长什么样呢？我们有时异口同声地问阿妈。阿妈笑道，很高，很帅，等你们长大了，长得像阿爸了，就知道你们的阿爸是什么样了。

扎西达娃（我）

我从姐姐桑吉卓玛那里知道爷爷牺牲，是许多年以后的事。

我的姐姐桑吉卓玛从部队转业回家后，考上了公务员。

姐姐考分高，又是军人，还立了军功。按政策，姐姐在县里可以任意挑选工作。姐姐选择了工商局。在等通知上班的日子里，姐姐喜欢在康定县城行走。从小时候起，奶奶常给她和我讲爷爷的故事，还多次讲到那个解放军。姐姐行走在康定城，她希望从那些旧街、旧城墙上岁月的痕迹里，寻找到爷爷和那个解放军的影子。

那天的阳光温暖而惬意，山谷吹来的风，在折多河上空荡漾，轻拂着我姐姐年轻而美丽的面庞。姐姐心情愉悦。她仰头，看见街上有一个单位，悬挂"康定县史志办公室"的木牌，她心里一动，走了进去。她想，或许在这里可以找到爷爷他们的踪迹。

一个老同志接待了姐姐。姐姐说明来意后，他抽出了一本书，说，这本书上，记载的是你说的那个年代，你看看吧。

冥冥之中，似有一双手在牵引着姐姐，那本书很厚，姐姐却并未费太多时间。她是通过他怀抱的那个小被团认出他的，小被团里有一个孩子。孩子双眼紧闭，静静地沉睡。那年，他们作为先遣部队来到康定城。他们在折多河的石桥上，留下了这张合影。

遗憾的是，关于他们的名字书上并没有记载，他们后来的消息也只字未提。

这个解放军，他是我的亲爷爷吗？奶奶说，他是一个帅气的小伙子。她仔细看，那个年代，都是黑白照片，明暗清晰，立体感强，凸现出他们的面部轮廓。她能看清他的轮廓。他高鼻梁、方嘴，是一个帅气的小伙子。姐姐激动不已。

姐姐还从另一章里找到了她爷爷康珠泽旺，他是一个黑脸庞的男人，看上去一脸憨厚。他穿着军装，背着枪。关于他的记载多少有些具体的文字，但也并不翔实。

姐姐手捧着书，久久地凝望着书中那个解放军的照片，凝望着爷爷的照片。爷爷原来这么伟大，根本就不是自己想象中的那个农奴。尽管从未谋面，姐姐依旧觉得他们特别亲切。她那么强烈地想离他们更近一些，想更翔实地了解他们的故事，想挖掘更多爷爷他们的革命史料。

我能到县史志办工作吗？姐姐问县史志办主任。主任临近退休，他哈哈大笑，当然能，只要你愿意，可是，这都是我们这些快退休的老头子干的事，你一个年轻大姑娘干这个，大材小用呢。

姐姐说，这个工作很重要，我喜欢。

姐姐就这么到了县史志办，她研究爷爷的故事。她终于找到了更多关于爷爷的文字记载。姐姐说，爷爷死得那么悲壮，令人敬佩。那场战斗打得激烈，一批又一批的土匪在农奴主们的煽动下包围了藏兵团，想将他们斩尽杀绝。那场战斗，是在荣城打响的。爷爷他们的部队被打散了，爷爷所在的团部机关和警卫排被土匪截断去路，包围在一片山林里。土匪们不但有枪，还有土炮。团长说，不能硬拼，先撤，保存实力为上策。

他们先隐蔽在林子里，等着夜里撤离。到了夜晚，依然撤不出去，只得突围。突围很艰难，警卫排的人死伤大半。这个时候，爷爷站了出来，他说，这样硬打不行，都得死在这里。他请求带领一个班，掩护团机关和警卫排其他战友，让他们悄悄从另一条山路撤离。

爷爷带领一个班的兵力绕到土匪身后，向他们射击，把土匪引到一个山谷里。我的爷爷有着鹰一般的眼睛，在夜里射击那么精准，简直就是神枪手。他们一个班的兵力，把土匪打得像一群焦躁不安的疯狗。爷爷身边的战友一个一个倒下了，就剩下爷爷了。我的爷爷凭借他对这一带地形的了解，完全可能撤出来，但是，他没有，他尽最大可能地拖住那些土匪，直到藏兵团机关和警卫排安全撤出。最后，爷爷在土匪的重重包围中，拉响他身上最后的武器——一枚手榴弹。

几天后，藏兵团机关与独立营会合。大部队回来清剿土匪，他们发现了爷爷。我的爷爷康珠泽旺，左手压在后背下，那个银手镯紧紧地握在他的左手心，而爷爷的右手，已经全部没了，惨不忍睹。我想，那一刻爷爷一定是怕银手镯炸飞，才把手背过去，将它压在腰后。于是，我脑子里便有了爷爷生命最后一刻的高大形象。他左手背在身后，右手举在头顶。那一刻，我的爷爷或许并不知道，我的奶奶已经怀上了他的骨血。但那一刻，他一定非常想念我的奶奶朗色翁姆，想念他的养子我的阿爸泽仁顿珠。

我不知道大伯是他们的养子，我以为大伯与阿爸是同母异父的兄弟，我也是今天在奶奶的讲述里知道的。

泽仁洛布（大伯）

因为家境不好，我九岁才读书。小学离得远，十几里地，对于一个九岁的孩子，的确太困难。学校可以住读，但费用高。阿妈咬牙把我送到了学校。周日的下午送去，下个周六的下午去接回来。

阿妈说，人还是要上学的，人不上学，就像一个瞎子。阿妈这么说，却并没把弟弟泽仁顿珠送进学堂。那时候，弟弟也到了上学的年龄，阿妈说，过两年，泽仁顿珠大一点再送他上学。因为我长得不像藏族人，我一直以为我与弟弟泽仁顿珠是同母异父的兄弟，没想到竟然是养子。直到今天，阿妈才将我的身世告诉大家。我很小的时候看着阿妈这么宠着我，对我比顿珠还好，我很得意，但慢慢地大了，就有些不安，觉得对不起小弟。我总觉得这中间有什么秘密，又不敢问阿妈，怕触到阿妈的痛处。我想，现在还不是时候，到时候了，阿妈就会告诉我们了。今天，阿妈果然告诉我们，这个埋藏在她心里多年的秘密。

我读到三年级时，学费突然涨了很多，每星期还得从家往学校背粮，阿妈还是那句话，过两年再让顿珠上学。可这都过去好几年了，阿妈还是不让弟弟上学，我觉得对不住弟弟顿珠，就对阿妈说，我不上学了，我能识上千字了，够用了，让弟弟去上学吧。阿妈不同意。阿妈说，要供，就豁出去供一个人，把这个人供出来。否则，就是半途而废。

阿妈这么说，我也没办法，只得更加努力读书。我的学习成绩很好，是这个古塔村最好的。即使这样，我总还是觉得欠顿珠的。每逢学校放假，我白天帮家里干活，晚上就着酥油灯的光亮，教弟弟顿珠认字，我弟弟泽仁顿珠虽然一天学都没上，却不算是文盲。

朗色翁姆（奶奶）

泽仁洛布有着一张漂亮的脸庞。

虽然相处不到三天，匆匆几面，我还是记住了他，那是一个汉族小伙子。那天，我把孩子接到手后，仔细看了一眼这个孩子，他像藏族男娃，但隐约也有着那个解放军的特征。这么看来，他的妻子应该是个藏族姑娘。泽仁洛布身上有着藏汉两族人的血液，是藏汉两股血脉的融合。

泽仁顿珠（阿爸）

  我那时还小，半夜里，时常会被阿妈的哭泣惊醒。白天，我偶尔也会撞见阿妈流泪。我记得阿妈哭了很多天后，渐渐变得不爱说话。我隐约知道发生了什么事，怕惹阿妈伤心，就努力做一个乖孩子，在外面少惹祸。哥哥也很懂事，他比我大两岁，却比我能干得多。我偷偷问他，哥哥，阿爸是不是出什么事了？阿妈怎么总是哭？哥哥说，阿爸没有出事，他会回来的。他像是安慰我，也像是在安慰他自己。他说，我们俩听话，快些长大。长大了，我们就去找阿爸。

  我们十几岁的时候，喜欢沉默的阿妈话突然多起来。她说，看着北斗星不迷路，要想幸福跟正道走。你阿爸是个大英雄，你们长大了，也要做他那样的康巴汉子，当个大英雄。

  尽管阿妈没有把阿爸牺牲的消息告诉我和哥哥，没有告诉村子里的人，慢慢地，他们还是知道我和哥哥失去了阿爸，阿妈朗色翁姆永远失去了丈夫。慢慢地，有人来给阿妈提亲，甚至有年轻的康巴汉子看上貌美的阿妈，主动上门表达自己的心思，都被阿妈拒绝。

泽仁洛布（大伯）

  那年我以全校第一名的成绩考上了初中。初中要到中心学校去，几十里山路。我不怕吃苦，我只是觉得我大了，要帮阿妈减轻负担。我心疼阿妈。我说，阿妈，我大了，不读书，我要在家帮你干活。阿妈说，去吧，孩子，我还干得动。我望着阿妈那越来越多的白头发和脸上的皱纹，心里隐隐作痛，故意赌气说，不去，我讨厌读书，永远不再上学！

那天上午发生的事情我至今还记得。我们当时在屋外站着，我突然觉察到飞来一道阴影，接着一声脆响，随后，我脸上火辣辣的。阿妈扇了我一耳光，那是她第一次打我，在这之前，她从未打过我。

一向和善的阿妈生气了。她气得双手哆嗦。我怕她气出病来，就背着书包上学去了。那时候，我不知道自己的身世，我只当她是我的亲妈，不然谁会对自己的孩子这么在意？

我读初中后，弟弟已经能帮家里干很多活了，放牛、打草、下地播种、收割，他都会，家里日子慢慢好过了一些。但我总觉得自己在吃闲饭，心里还是不安，于是一放假，我就在家拼命地干活。

那个年代，没有考大学一说，上大学只是推荐。我对上大学没抱什么希望。初中毕业后，我觉得我的知识够用了，坚决回村务农。

我在大队工作了不到半年，上面来了一个推荐上大学的名额，我做梦都没想到，这辈子会有读大学的机会，天上真的掉馅饼了。当时，整个大队还有几个初中生，高中生也有一两个，还有农业高中生。投票选举，我得票最多，大队干部就让我去。

好人有好报啊！那几天，阿妈常常这么感叹。

保送入学，有两个志愿，第一志愿是四川大学，本科；第二志愿是重庆桥梁学校，大专。我选择了重庆桥梁学校。我当时想，我一个初中生，读大专都未必跟得上，更别说读本科。很多人不理解，四川大学名气多大，又是本科，大学嘛，去了，总会让你毕业的。阿妈说，对于学习的事，阿妈不懂，洛布，你自个儿选择吧，咱农民的孩子，一定要像土地一样朴实，不图那些虚幻的、遥远的东西，你觉得实用，能承担得起，你就选择。

　　事实证明，我的选择是对的。一进学校，学习太费劲了，英语、高数，简直像是听天书。底子差，只得多吃苦。我每天早晨四点钟起来读英语。怕影响别人，就在厕所里读。晚上大伙睡了，我把小凳子搬到厕所里做数学题。这样挣扎着，掉了十几斤肉，才勉强跟上，学习成绩不至于最差。睡在我上铺的一个大个子，根本听不懂课，课后也学不进，说一学习脑袋就痛，在这大学里睡了三个月，退学了。

　　我咬牙坚持。

　　第一学期结束，我回到古塔村，看见阿妈操劳的样子，心如刀割。我跑出屋去，坐在乞力河边，对着河水放声大哭。我哭了好长时间，哭得痛快淋漓。我想如果不是河水声，整个村子的人都会听到我的哭声。我一直哭，顿珠来到我身后。顿珠说，哥，你怎么了？学校很苦吗？我说，不是，我可怜阿妈。我说到了弟弟的伤心处，他也呜呜哭起来。他说，咱山里有积雪的日子多，晴天也常常有雾，阿妈得了严重的风湿病，关节肿得像树结巴，又粗又糙，夜里常常痛得睡不着。弟弟说，阿妈不让我告诉你，也不让我在信里说。

　　我说，顿珠，这学我不上了。虽然说毕业后能留在城里吃国家饭，可是，我不能这么自私。顿珠说，哥哥，你去吧，你不去上学，阿妈会生气的。你去吧，家里有我。我说，担子都落在你头上,我心里也不好受。我决心已定,不去了。

那天,阿妈在门前码晒干的牛粪,我走过去说,阿妈,我们那个学校不包分配了。其实,这是我的谎言。我说着,望着阿妈。阿妈平静地说,包不包分配是一回事,读不读完是另一回事。我说,不包分配,我读着还有什么用呢?我看见阿妈面露不快,她放下捡牛粪的叉子,走到茅棚前,拿起砍斧,朝着门前右侧那棵白杨树走去。那棵树又大又直,有碗口粗,是我和弟弟顿珠小时候栽的。那时候,顿珠还只有三岁,林子里拉回来一些树苗,我们听见拖拉机响,就跑过去看。队长拽出一棵最大的树苗给我们,说,洛布,栽到你家门口去吧。

这是我们最喜欢的一棵树,夏天的时候,树下阴凉清爽;冬天落雪,它披上银装,漂亮极了。它几乎成了我家的象征。我急忙去拽住阿妈的手,我说,阿妈,这树很快就成材了,砍了多可惜。

阿妈停下来,双眼瞪着我,树快成材了,砍了可惜,你也快成材了呀,不读书可惜不?阿妈说着,再次举起砍斧。我的眼泪陡地涌出来。我抱住阿妈,我说,我去,假期结束我就回学校去。

藏历新年一过,离开学还有几天,为了让阿妈宽心,我早早地就踏上了返校的路。我走的那天,弟弟顿珠送我。我们坐着生产队的拖拉机,冷风吹打着我们,我看到顿珠的脸冻得通红,几次让他下来,别送了,他却坚决要送。他说,送送嘛,送送嘛。他一直把我送到康定县城。他把我叫到一边,对我说,哥哥,你放心去学习吧,阿妈你放心,我早点娶个媳妇进门,我俩把农活和家里的活都接过来,啥也不让阿妈干,让阿妈享清福。我说,我家这么穷,谁能嫁给你呢?顿珠说,我不找条件太好的,只要心好,不缺胳膊不缺腿就行。我为人正派、勤劳,会有人嫁我的。我要求不高,只要她对阿妈好,对哥哥好,肯干活,什么样的女人我都同意,哪怕她是个丑女人。

顿珠这么说,我心里又温暖又酸痛。我是老大,重担应该落在我的肩上,顿珠为我付出了太多。我笑着对顿珠说,对阿妈好,又肯干活,这样的女人是不会丑的,你会娶一个好女人。

我坐着通往重庆的长途客车走了。我后来回家才知道,顿珠他们那天晚上走到半道,拖拉机坏了,他们冻了一夜,饿了一夜。回到家,阿妈给那个开拖拉机的人煮奶茶、做糌粑,还温酒,阿妈埋怨顿珠在路上没给拖拉机手买点吃的。途中经过乡里,还是能买得到东西的。她哪里知道,我们分别前,顿珠把他身上所有的钱都塞给我了。

泽仁顿珠(阿爸)

那时候不叫村,叫生产队。那时候外出做事,不叫打工,叫搞副业。能到外面搞副业,是很光荣的一件事,回来向村子里的人讲述外面的西洋景,把人给羡慕的。他们哪里知道,搞副业的人在外面受的罪,从来不说出来。

农闲的时候,我就同队长一起出外搞副业,在乡里修桥。晚上歇息的时候,我对队长说,队长,给我做媒,说个媳妇吧。队长哈哈大笑,说,年纪这么小,就熬不住了,想媳妇了。我脸上火辣辣的。当队长知道我是体谅阿妈时,他同意了。他说,等回去吧,我有个侄女,在折多乡不远的村子里,长得漂亮,我把她介绍给你。我说,不成,不成,我不要漂亮的。队长说,这就怪了,谁都想找个漂亮的媳妇,你倒好,不要漂亮的。我说，我家穷，漂亮的看不上我。队长说，你这么有孝心，是个好青年，怎么会看不上呢？一听队长这么说，我心里乐得像有只鸽子在扑腾。

我们修完桥，回到队里的时候，队长果然去给我说亲。队长去的那天，特地到我家，询问阿妈的意见，阿妈说，看我家这条件，像样的房子都没有，只要人家愿意，咱们哪还有意见嘛。

队长就去了，我忐忑不安地等了一天。晚上，队长回来，一脸欢喜，好像是他自己定了亲。队长说，人家没意见，同意见面。阿妈高兴，硬留队长在我家吃晚饭，她忙前忙后，脸上乐开了花。不久，我和姑娘见了面，人家真的没意见，同意年底嫁过来。

谁承想，在这节骨眼上，阿妈突然改变了主意，这源于那些红红绿绿的征兵标语，它们贴在藏族群众的墙上。阿妈虽然不识字，却知道标语是动员年轻人去当兵。

那天天空晴朗，阿妈朗色翁姆从旧箱子底下拿出我阿爸康珠泽旺的军功章，阿妈把它对着窗外射进来的阳光，对我说，娃儿，这是你阿爸的二等军功章，他在国家最需要的时候走上了前线。阿爸临走前对我说，如果他将来有了儿子，希望他做一个有用的人。现在，国家需要你，去吧，孩子，你阿爸说过，咱翻身农奴不能忘本。

我久久地立在窗外射进来的那束阳光里，心情却并不明朗。我走了，阿妈一个人在家，我怎放心得下？阿妈抚摸着我的头说，去吧，孩子，阿妈没事，阿妈会照顾好自己。再说，泽仁洛布放假会回来看我。去吧，孩子，阿妈还没老，阿妈干得动农活，还能照顾自己。

我穿上军装，时间是一九七七年十一月。两年后，局势白热化，我想起阿爸的英勇，想起阿妈的教诲，我写了一封血书，请求参战。之后，我扛起枪，奔赴前线。两年时间里，我住猫耳洞，搞侦察，杀敌人，表现英勇。在一个黄昏的遭遇战中，我本来已撤下来了，但发现一个战友还在阵地，他受伤了，伤在腿上，走不动了。我没有犹豫，冲进那片被枪弹封锁的死亡之地，背回了受伤的战友。当我把战友塞进猫耳洞，自己准备往洞里钻时，一枚炮弹落下来，我听见炮弹在空气里飞行的响声，飞身扑进猫耳洞。炮弹爆炸了，一枚弹片追上了我，它像一把锋利的刀，揳进我的左腿膝盖，我被强大的冲击力震晕过去。我醒来后，发现我躺在野战医院的病床上。医生从我的腿上取出了弹片，做了缝合手术。但那膝盖还是留下了伤，左腿用力，膝盖会很疼。此后一条腿长，一条腿短，但不明显，走路快才能看出来。

一九八二年底，我带着一枚三等军功章回到了古塔村。阿妈在村口那株百年老树下等我，她紧紧地拥抱我。阿妈更老了，更瘦了，她根本无法将她心爱的儿子拥进怀里，是我紧紧地、紧紧地拥抱阿妈。许久，阿妈抓紧我的手说，孩子，你回来了，你平安地回来了。我说，阿妈，我回来了，全身完好无损。但是，我在上门前的台阶时，因为用力过猛，膝盖剧痛，差点歪倒在地。什么也瞒不过阿妈的眼睛，我只得说了实情。阿妈让我坐下来，她蹲下身子抚摸着我的膝盖，眼泪滴在我的裤腿上。我说，阿妈，你后悔了吗？你后悔让娃儿去当兵了吗？阿妈说，阿妈不后悔，阿妈做事从不后悔。不过，还是要感谢神灵，让我儿子活着回来了。一定是神灵在保佑，一定是你阿爸在保佑你。

我说，是的，阿妈，我感到弹片飞过来时，有一股巨大的力量，像一只无形的手把我往洞里一推，于是我的胸脯、我的腰身就躲开了弹片。一定是阿爸，他在那一瞬间，用无形的手推了我一把。

我回乡务农，再也不提亲事，作为农民，一条腿不能用力，不能挑重担子，我不能害了人家姑娘，我打算就这么过一辈子。我万万没想到，队长的侄女居然主动提亲。他侄女说，我越是受过伤，她越是要早点嫁过来，好照顾我。我感动得跑到牲口棚里痛哭流涕。我以为我这辈子完了，没想到我还能成个家，还能娶一个漂亮的姑娘。

这年底，队长的侄女就嫁进了我家。一九八九年，扎西达娃，我的儿子，他诞生了。

泽仁洛布（大伯）

那年，泽仁顿珠还在部队。我大学毕业后，本来有机会留在重庆，可我没有。我想我的阿妈。当然，我不可能回到古塔村，我学的是桥梁建筑，村子里没有那么多桥要建。铁索桥被炸坏了，早就该加固，该翻修。可那得很多钢铁，很多水泥，还有上好的木板，不是一时一刻能修成的。但亲手修复铁索桥是我的梦想，那个时候没条件，我在等待时机。

我本来被分配在重庆一家桥梁建设单位，那可是同学们梦寐以求的地方，但我拒绝留在重庆。我要求回康定。最后我被分配在康定县交通局工作，搞道路桥梁设计。一个农家孩子，居然能搞道路桥梁设计，这是我做梦都没想到的。

参加工作后有工资，还分到一间宿舍，我想尽孝，把阿妈接到县城住。阿妈不同意，阿妈说，你也老大不小了，该成家了，这宿舍就做你的新房吧。

也算是缘分，工作后不久，有人给我介绍了城郊一位藏族女孩。那年底，我们结了婚。结婚后，我把媳妇带回来，阿妈乐得忍不住流了泪。全村子的人都为我们贺喜。媳妇到这古塔村，就爱上了这里。她帮阿妈干活，伺候阿妈，古塔村的人都说她好。媳妇身体瘦，体质弱。我们六年后才有了孩子，就是桑吉卓玛。那时候，刚开始改革开放，人们的日子好过了，可是天有不测风云，几年后，我善良的妻子突然得了重病，从发现到离开人世，不到半年的时间。

那时候，桑吉卓玛才两岁。我一个人带孩子，还要上班。我上班地点不固定，路修到哪儿，我就干到哪儿，桥修到哪儿，我就住在哪儿。这个时候，阿妈再次敞开她雪山一样的胸怀。她说，把孩子放我这儿吧，山里的鸟儿是饿不死的。我喜欢这孩子，正好做个伴。

我犹豫着。阿妈说，孩子，你还年轻，日子还得往前走，有适合的再找一个吧。阿妈的话，抚慰着我失去妻子的伤痛。我摇摇头，以后再说吧。

说是以后，人的悲伤，哪能这么快就忘记？卓玛的妈妈走了，我的心也就冷了。我那时只想工作稳定下来，可以正常地上下班，接送卓玛上学。可是，一直到我退休，生活才安稳下来。我也没再找女人，有我的宝贝女儿桑吉卓玛，我知足了。

丹珍卓玛（阿妈）

一九八九年二月一日那天，正是藏族人民吉祥的日子，藏历新年。那天阳光明媚，万里晴空飘着洁白的云朵，像是很多藏族同胞身披哈达在舞蹈。整个古塔村的人，都忙着迎接新年的到来，到处洋溢着过年的喜庆。我们家更多了一份喜悦，一个新生婴儿，正在我身边香甜地沉睡。他刚刚来到这个美丽的世界，他就是扎西达娃。

一般的孩子，走路之前要爬一段时间才能站立，扎西达娃从来没有爬过。在襁褓里睡了八个月后，一天，我把他抱出去晒太阳，我无意中把他放在地上歇歇脚，没想到手一松开，他竟摇摇晃晃地走起路来，我顿时愣住了。这时，我看见我家房屋前，一只又大又肥的狼，从不远处的山腰上下来，走到乞力河边喝水。它并没有因为我们的存在受到惊吓，更没冲过来攻击我们。我当时无比激动，眼泪从眼里流出来。因为藏族的经文记载，小孩子出门看见狼或者彩虹是吉祥的事，说明这个孩子将来一定有出息。这一情景我牢牢地记在心里，谁也没告诉。

时间过得飞快，后来，我们又有了一个男孩，取名曲让。因为地少，积雪掩埋的时间长，日子拮据，我们一家五口人相依为命。扎西的阿爸虽然干不了重活，却聪明巧干，砍木材、打石头，不比别的男人差。

桑吉卓玛是大孩子，很多重担落在她的肩上。每天我们在外面干活，她要看弟弟和家，我和顿珠回来后，她又抢着做她能干得动的活。转眼到了上学的年龄，可这里人受老一代人的影响，很多人家不让孩子去上学，更别说女娃。我和顿珠还是决定把桑吉卓玛送到学校。我们那时就想，供得起，就让三个孩子都读书；供不起，至少要让卓玛上学。卓玛学习很好。几年后，我们又把扎西达娃送到学校。扎西达娃也很努力，我记得他是学校里第一个戴红领巾的人。卓玛和扎西很懂事，没有辜负我们对他们的期望，每次考试，都是各自年级的第一名。

泽仁顿珠好面子，两个娃儿学习好，他特别高兴，我也觉得脸上有光。

学校离得远，得住校，星期六的下午才回来，星期天的晚上再去。每次孩子们从学校回来，我就围着锅台给他们弄好吃的，当娘的知道孩子们馋了。

桑吉卓玛小学毕业，考上了乡里的初中。泽仁洛布为了减轻我们的负担，坚决把她接到县城读书。初中毕业后，她考上了中专，一家人替她高兴。

桑吉卓玛（堂姐）

阿爸还有叔叔婶婶哪里懂得我的心？我根本就不满足于在这么个县城，也不满足于当一个兽医。我学的是兽医畜牧专业。说出来可能没人相信，我想当兵，这是我从小就有的愿望。这是受叔叔的影响，叔叔总是给我们讲他当兵时的故事。叔叔说，他技能好，曾经被选送到成都军区去比武。叔叔还说，他们营里每次紧急集合，他都是第一名。他告诉我们一个秘密，说，每次脱衣服睡下后，他就悄悄地把裤子穿上，紧急集合时，他就省去了穿裤子的时间。叔叔说得我们都笑了。他的故事使我们对部队充满向往。我和弟弟们按照叔叔的描述去玩"打仗"。我们爬树、上墙。记得一个下午，我和顿珠爬上房顶，在只有半米宽的墙上玩抓"敌人"，被叔叔吼下来，一顿收拾。这是叔叔第一次打我，也是最后一次。叔叔担心的样子我现在都记得。

叔叔就这样用军营故事，把当兵的愿望，像一颗种子一样播撒在我心里。那时我想，等我长大后，一定要当个女兵。我后来才知道，当个女兵太难，名额太少。

成为一名女兵，是我难以实现的一个梦。

命运使然，那天，我在县城里听说有招兵的，还有女兵，就去报了名，参加了体检，但名额有限，整个甘孜州就一个。想去的人特别多，一个姓王的军分区领导家的女儿也报了名。我当时就想，肯定没戏。但我从来就不是一个轻易服输的人，我决心试一试。

体检合格，接着是政治审查，之后面试。那天上午，我们几个胸怀从军梦的女孩，在县人民武装部里站成一排。我们前面是接兵干部，人武部的领导，还有甘孜州军分区的领导。那个姓王的领导也在主席台上，而他的女儿就在我身旁。我当时也不知怎么了，一看这情景，反倒来了一股力量，一定要与那个王姓女孩比试。我对那个接兵干部（后来才知道是接兵团团长）说，首长，我爷爷是当兵的，我叔叔也是当兵的，我特别想当兵。首长说，那很好，你有什么专长吗？我说，我会唱歌，会跳舞。我说着，唱了几首藏族歌曲，边歌边舞。那几个接兵干部看得直鼓掌。接兵团长说，好！好！我们武警支队有一支业余演出队，就需要你这样的人才。

我心里乐呵呵的，回家把这事告诉阿爸。阿爸说，你别太往心里去，免得太伤心。整个甘孜州，就一个女兵名额，能落在我们头上？卓玛，好好地去工作吧。

阿爸的话像一瓢冷水泼在我头上。我想，也是，太难了，希望越大，失望越大。我索性不想了。有一天，我突然接到通知，让我去领军装，我的眼泪奔涌而出。

我后来才知道，我能当成兵，全仗着那个接兵团长。他说，这样优秀的孩子，家庭背景又好，爷爷是烈士，叔叔是功臣，为什么不让她到部队去？在这批女孩子里，如果有一个能当兵，就是她，桑吉卓玛！

那一年，整个康定县就走了我一个女兵。我去部队前，武装部部长对我说，卓玛，到部队一定要好好干，否则对不起接兵团长。没有他，就一个名额，哪轮得到你？我点头。我感谢接兵团长，我连他姓什么叫什么都不知道，只喊他首长。

我到部队后，真的参加了业余演出队。我的专业是一名话务员。我喜欢我的专业，也喜欢演出。第一年，我被评为优秀士兵。第二年，我立了三等功。年底，我很荣幸地成为一名士官。我甚至还准备考军校，但我只是个中专生，考军官学校可能考不上，我就放弃了。我对自己说，当士官一样能体现我的价值。第五年秋天，我接到家里的电话，说阿爸重病了，住院了。阿爸的胃不好，又因为过度劳累，得了肺水肿，很严重。阿爸多年一个人生活，现在需要人照顾，我就申请退伍。我向连队交退伍申请时，哭得像个泪人，我是热爱部队的。指导员安慰我说，行，你回去吧，你阿爸一个人不容易。你也为祖国的国防事业奉献了五年，最美好的青春献给了部队，可以了。我们不留你，我们祝福你。

我回到了康定县。回来后我考上了公务员。当我选择工作的时候，有县政府办公室、县委宣传部，县工商局也向我抛出橄榄枝，我选择了工商局，但那天，康定县史志办公室的牌子，改变了我的选择。

扎西达娃（我）

自从那年姐姐回了县城，我就一个人上小学。因为家境困难，阿爸阿妈说，过几年再让弟弟曲让上学。但后来曲让一直没有走进学堂，这也让一家人觉得愧疚。

那时候，日子虽然清苦，但平静，我们都对美好的未来充满着企盼。奶奶说，现在日子虽然不富裕，但比起新中国成立前来，强了百倍千倍。有吃的，有穿的，有房住。日子嘛，不就是这么往前过嘛。阿爸泽仁顿珠也总是乐观地对待每一天，他相信靠自己的劳动能过上好日子。然而，在二〇〇四年，残酷的现实将他过上好日子的梦想击碎。原本就有肺水肿的阿妈不幸骨折，脚踝肿得像发面馍，躺在床上不能动弹，未等攒够阿妈上医院的钱，阿爸也出事了。那个夏天，阿爸忙完地里的活，去帮别人打石头，那家人准备盖房子，结果不小心被雷管炸去了右手。

我永远忘不了那个下午的情形。阿爸被人搀扶到家，他的右手缩进袖子里，全身都是血，袖管还在往外滴血。村子里的人急忙开来拖拉机，把阿爸往乡医院送。

阿妈看见阿爸的手，吓得往山里跑。阿爸看见了，呻吟着说，你走吧，你走吧，回你的娘家，去过你的好日子吧！

我们很快知道，阿爸误解了阿妈，阿妈并不是吓得逃跑，而是去找阿爸的手指。我后来听弟弟说，阿妈到家后，手里捧着一条哈达，那里包裹着两根血淋淋的手指头。她把手指头揣进怀里，骑着马一路狂奔。阿妈赶到康定医院时，不是从马上跳下来，而是累得从马背上滑下来。她已晕倒在地。众人把她扶进医院抢救，等她醒过来，她才知道，她找到的那两根手指头没有用，因为阿爸右手手掌被炸得稀烂，必须从手腕处截肢。

要动手术，却没钱。大伯泽仁洛布东拼西凑借来了两千块钱，凑够了手术费。我在手术单上签了字，等着第二天手术。

望着跪在病床前的阿妈，阿爸流了泪。阿爸对阿妈说，你走吧，回你的娘家去吧。你再找个好人家。我本来想通过我的努力让你过上好日子，可是你看，我腿脚不好，现在又没了一只手，你要是跟着我，还得过苦日子。阿妈哭了，阿妈说，你说的啥话？你的手这样，我要是走了，神灵都会怪罪我的。我不走，我要跟你一起过苦日子。

我是跟着送阿爸的拖拉机一起来的。我们先到乡卫生所，他们没有这个条件，让转院，拖拉机就又驶向县城。我们到县城时，已经是夜晚，天像塌下来一般，整个世界黑漆漆的。当阿妈出现在医院时，我惊呆了。阿妈骨折以来就没有出过屋，她是怎么骑上马，又跑那么远的路来到县城的，我难以想象。

阿爸自此成了一个残疾人，而阿妈的脚踝就那么一直骨折着。她拄着拐杖。我们多次让她到医院做手术，她舍不得钱，一直不去，其实我们家也真是拿不出那么多钱。大伯泽仁洛布一直在资助我们，但也只能给些小钱。他的身体不太好，长期吃药，还进了几次医院。

那年对于我家来说，是雪上加霜。阿妈脚病，阿爸残疾，我们一下子欠下了两万多元的外债，这对于土地少的藏区农民家庭来说，是一个大得难以填平的窟窿。那一年，家里的青稞差不多都卖光，一家人吃饭都成了问题。弟弟年龄还小。这年，我读初中二年级。我坚决退学，我要挑起家庭的重担。

二〇〇五年冬，我跟着村主任到折多乡打工。天还没亮，我就爬起来，自己弄点吃的，再把午饭带上。我坐在村主任的摩托车后座上，天本来就冷，车一跑动，冷风直往衣领袖子里钻，干活到天漆黑再往家赶。那一次，干了整整四十天，才挣四百块钱，如果不是自己带饭，恐怕连饭钱都挣不回来。拿到工资的那一天中午，我远离人群，在一块大石头上坐着，坐了很长时间，很失落，很伤心，有怨气。我一次次发问：为什么我出生在这么一个家庭，为什么这么穷？但一阵沉思之后，我明白一个道理：走出大山是梦想，最要紧的是解决家庭现实问题，让家里每个人都吃饱饭。我决心通过自己的努力，改变现实。

我改变现实的方式是帮家里干活，闲时出去打工，挣点现钱。

时光流逝，按照农村的习俗，我到了结婚的年龄，虽然还小，但我自己觉得我已经成熟了许多。姑娘选定了，过年准备结婚。阿妈三番五次去找亲家说话，把日子定下来。这个喜讯传遍了村里的每一个角落，可是，阿妈心里燃烧的那个享清福的希望再次破灭：阿爸决定让我去当兵。

听到这个消息，阿妈有些失落，但她并没有埋怨阿爸，她知道阿爸的心思，他早就说过，他的两个儿子，一定要有一个人去当兵。只是生活太窘迫，他没有过早决定，他寻思日子好过一些再去，所以他看到征兵的消息，就按捺不住了。

我要当兵了，这是特大喜讯。我们古塔村二十多年没人去当兵了。二十多年前，那个当兵的人正是阿爸。堂姐虽然是个军人，但堂姐是从县城走的兵。村子里没有人有那个文化，村子里有一个名额就应该是我。

除了阿爸，堂姐也想让我当兵。堂姐说，去吧，这将是你的光荣，也必定是你的梦想。

我实现梦想的时间是二〇〇六年初冬。

我报了名，在等待体检的时间里，阿爸带着我，来到离家四百多公里的荣成革命烈士公墓。阿爸指着爷爷的墓碑对我说，扎西，你爷爷说过，是解放军让咱们翻了身，有了自己的土地，人要知恩图报。现在，当着爷爷的面，我把你送到部队去，让你当一名解放军战士。

阿爸说着，跪在墓碑前，磕了三个头。他小声同我爷爷说着话，他说，阿爸，你听到了吗？你看到了吧？扎西就要穿上军装了……

阿爸站起来的时候，满脸泪水。我整理着装，朝爷爷敬了个军礼。我还没穿上军装，我还未到部队参加训练，这个军礼并不标准，却让我热血沸腾。

那一刻，面对爷爷的墓碑，我骤然明白，阿爸过去，不仅仅是在给我们讲述他和爷爷的战斗故事，追忆他那难忘的军旅时光，享受那份自豪和满足，他也是在传递一种信念，传递着一种军人的豪迈。他把军人的血性，揳入一个少年的心里。

我永远不会忘记入伍离开家时的情形，阿爸将摆放在爷爷灵位前的两枚军功章挪出一块位置，叮嘱我说：早入党、早立功，再添一枚军功章。这位置给你留着呢！

阿爸将两枚军功章用红布包裹起来，放进红木盒，装进我的行囊。

那几天，阿爸兴奋得睡不着觉，见着村子里的每一个人，都要传递这个喜讯。甚至面对自己家的牦牛，他都要唠叨几句：扎西要走了，要当兵去了。

看见阿爸这么高兴，听见他传递着我要当兵的消息，我觉得压力很大，肩上似乎挑起一副千斤重担。我轻声对阿爸说，我这还没体检呢，也不知身体会不会过关。阿爸自信地笑道，我的娃儿，身体没问题。我说，也不知道人家要不要我。阿爸依然自信地说，怎么不要？我家可是两代军人，你爷爷是烈士，我也是有军功章的人。要，部队会要你的。部队不要你这样的娃儿，要谁？

事实证明，我的阿爸过于自信，我的当兵之路并不顺利。体检时，我们离得远，当天体检完毕，在县人武部安排的招待所等结果。体检结果出来，我的血液呈阳性。体检医生怀疑我吸毒，我一听，气得几乎炸开，我连毒品是啥样的都没见过。我一屁股坐在冰冷的石板上，坐了很久，我沮丧地往家走。从县城到家，一百多公里，没有公共汽车，我徒步往家走。

我难过。为了让自己不至于那么难过，我安慰自己说，去不成就去不成吧，也不白跑，这不，到了一趟县城，见到了传说中的高楼。

我搭乘便车，路过乡政府时，被人拦了下来。拦我的那个人说，姐姐桑吉卓玛找我，找不到人，电话打到乡政府，求他们让我回去再体检一次。我往回走，到县武装部。姐姐在那里，正跟县武装部部长理论，请求他再给我一次机会。部长说，血液有问题，没的话说，不成！

桑吉卓玛（堂姐）

我对部长说，我拿人格担保，我弟弟绝对不会吸毒。我弟弟从小没离开过大山，他离家最远的地方，就是那个只有几间房屋的乡政府。他根本不知道毒品长什么样。

每年体检，武装部会成立临时体检站。部长被我缠得没办法，说，这样吧，我看如果医生还在，如果还有抽血的试管，就再给他一次机会。

经过这一折腾，扎西达娃没了情绪，他说，算了吧。我一把拽着他，我说，一定要试一试。我们跟在部长身后，到抽血室一看，女医生准备撤离。部长问，还有试管吗？她说，有，还剩最后一支。我当时一听，心里那个乐啊，真是谢天谢地。于是，我弟弟扎西达娃又被抽了一管血。

第二天下午，血检结果出来，一切正常。经医生追问，扎西说，第一次血检的前一天，他因为感冒，吃了几片去痛片，还喝了一大瓶可乐。医生明白了，去痛片里有吗啡，可乐里也包含影响血液检查指数的东西。

接着是心理测试，用计算机考。这是扎西第一次见计算机，他哪会？就算题的内容会，他也不会操作。我再次请求部长。我说，你们就在旁边监督，让我弟弟答题，我帮他操作，所有答案，他说是啥就是啥。部长说，新鲜，从未听说过。我说，你看，国家对少数民族是有照顾的，他在那么偏远的地方，从没见过电脑，怎么可能会？但是，我保证他若能到部队，肯定行。不，不用到部队，我这就去给他买电脑，一个星期后他来复考。如果他还不会操作，这兵，你就不让他当。

扎西达娃（我）

部长同意了。第二天，姐姐买来一台二手笔记本电脑，她让我在县城住几天，她教我使用。复考那天，我自己操作，完成了心理测试。

现在回想起来，如果不是姐姐，我真的就放弃了当兵，我的人生将是另一个样子。

入伍通知书下来，家里高兴，请喇嘛念经。喇嘛绕着锅台转着圈，说着吉祥的话。村民给我献哈达。我领到军装。我觉得每一件军装都特别神圣，从内到外，把所有的军装都穿上，像个熊一样。

全家人送我去当兵,一直送到村口。爷爷是从这个村口,从这株老树下开始他的远行的,他没有再回来。阿爸也是从这个村口,这株老树下离开这个村庄的。阿爸回来了,现在,却是一个残疾人。如今,也是这个村口,也是这株老树下,我,将开始我的军旅生涯。离别前,我回头,深情地望了一眼这个生我养我的村庄。的确,这是一个美丽的村庄,被包裹在层层的山里,虽是初冬,却依然葱绿一片。山顶白雪未化,而清澈的水,一年四季,从村头流到村尾,一直流到远方。但这里并不富饶。这里地少、山高,海拔三千多米。

好男儿背上了行囊就不回头,向前看。我对自己说。前面就是通向军营的路,我不知道那里等待我的将是什么。我其实也是懵懂的,甚至很迷茫,却又满怀信心,满心期待。

坐上乡里去县城的车。全天唯一的一趟车。车主看着一家人送我去当兵,全部免费。这件小事,让第一次走出家门的我感到特别自豪。

朗色翁姆(奶奶)

我执意要去送扎西达娃。那是我离开康定县城后,第一次回去。送走扎西,我在折多河边站立了很久。我的身后,就是李家锅庄的位置,现在改成了商业街,虽然叫康定老街,但已没有一点老街的模样,是一个现代化的商业街,只不过是新建的仿古建筑。

那个把泽仁洛布交给我的解放军,这么多年,不知道是否来找过孩子。我不在康定城,他找也找不到。时间过去这么多年，我不抱别的希望，我只祈愿他还活着。

　　我坐在石头桥上，望着河水流淌。往事就像这奔涌的河水，逝去了，回不来了。我已老眼昏花，耳聋鼻塞。我想哭，没有眼泪。你说，这么多年过去了，就过去了，临到要入土了，倒越来越想他们，想那个康珠泽旺，想那个解放军。我爱着他。我知道你们在笑我，我自己都感到脸上发烫呢。我可以瞒过别人，但瞒不了自己的心，我对那个当兵的真是一见钟情。我带着他的孩子，就像是我亲生的孩子。我带着孩子一路乞讨，每到一个地方，他们都以为是我的孩子，以为我是一个不干净的女人。我从不解释，只默默地抱着孩子，一口一口地喂他。即使到了古塔村，遇到了康珠泽旺，我也不解释。我把泽仁洛布接到手的那一刻，我心里就有感觉，就觉得亲，就觉得他就是我自己的孩子。

桑吉卓玛（堂姐）

　　奶奶很老了，老得像一只影子。你很难想象这样一个女人，年轻时，会有那么深的爱。他爱那个解放军，她把对他的爱，倾注在他的孩子身上。

　　那么，康珠泽旺呢？奶奶对他是怎样的一种情感？我试着问奶奶，奶奶说，我对他，更多的是感恩，当然，也是爱。奶奶说，爱一个人，并不妨碍我爱另一个人。奶奶的话，让我震撼。我没想到大字不识的奶奶说出的话竟然充满哲学意味。

　　奶奶说的那个解放军牺牲了。我们康定县志上没有记载，他的名字写在荣城史志里。他叫张向阳，汉族人。我在荣城烈士博物馆里看见了他的遗物，是一个小银手镯，与爷爷留下的一模一样。他们死于同一场战斗。这么说来，如果不是那场战斗，他们可能很快就会相认。我不告诉奶奶他的死讯，我得让奶奶有着一个美好的愿望。我对奶奶说，那个解放军一定没死，他一定来找过他的孩子，只是你跑到那么远的地方，他怎么能找得到呢？我说，奶奶，您放心，我帮您找，现在科技发达，我在网上帮您找。您好好活着，一定能等到那一天。

泽仁洛布（大伯）

篝火正旺，映照着古塔，那是我们古塔村的寺庙。那里有一个活佛，他在清晨的时候诵经，做佛事。

古塔往前，就是铁索桥，如今它整修一新。我倾尽我一生的积蓄，买了钢铁，铸成铁链子，粗细与原来铁索桥的一样。我按照它原有的残骸和我儿时的记忆，恢复了它的原样。比起那个旧桥，它除了更新一些，没有别的区别。

我动工修桥时，很多人劝我，让我给自己留点养老钱，我说，没有我的阿妈，没有古塔村，我的命早没了，哪还谈得上养老？再说，养老也不是问题，我有女儿卓玛，我有侄子扎西达娃，还有小侄子曲让。我说，这不仅仅是一座桥的问题。桥通了，古塔村的人可以上河对面去种地了，那边的地，占整个村子的三分之一，那边地肥啊。那边的山坡下还可以建房呢。

我自己带头，在桥那边的山坡下修建了一座房子，我告诉他们，我要回到这里来养老。这里风景美，空气好。咱古塔村养人啊。你看我阿妈，这么大岁数了，身体还很硬朗呢。

在桑吉卓玛的帮助下，我查阅大量资料，查清这座桥的历史，它建于明太祖时期，后来被大农庄主顿珠德仁炸毁；某年，解放军带领翻身农奴将顿珠德仁抓获，在这桥头正法。我把这些历史刻上桥身。我要告诉卓玛和扎西，告诉古塔村的每一个后人，不要忘记历史。

扎西达娃（我）

  那年我当兵，从缺氧的高原，到氧气充足的东北大地，出现"醉氧"，成天像患了感冒，昏沉沉的，踏上冰冻坚硬的大地，却像踩在棉花上一般。一米八的康巴汉子，干活不如广西兵，吃饭也不习惯。我几乎挺不住了。这军营生活，与我想象的太不一样，与其这么苦，我还不如在家种地哩。咋活不是活？非要跑这么远来遭这罪？我准备以身体不适为由，打个报告回家。我正在为我实现这一计划积攒勇气时，接到姐姐的电话。那是一个星期天的午后，窗外飘着雪花，天特别冷。我们午休，因为冷，睡不着，大家都呆坐在马扎上，这时，值班员喊我接电话，是姐姐。我终于找到倾诉对象，我诉说我的艰难。姐姐叮嘱我，坚持，一定要坚持，过几天就好了。姐姐说，你是革命烈士的后代，是功臣的后代，你要是打退堂鼓，当逃兵，会带动更多的逃兵，咱们家之前所有的荣誉都将被你抹杀。你要是做一个好榜样，会带动更多的兵干得更好。弟弟，坚持，我相信你，你能行！

  第二天上午，姐姐就出现在我的训练场，这让我觉得太神奇，太不可思议，像做梦一般。看见姐姐的那一刻，我热泪双流，一股强大的力量，一脉亲情化作的暖流，传遍我的全身。原来姐姐放下电话就赶往机场，从康定飞往成都，又连夜从成都飞到沈阳，再打出租车直到通化。姐姐担心我挺不住当逃兵，她一刻也不敢耽误。她说，年轻人很容易冲动，冲动就会犯错误。有些错误，犯下了，可以弥补；有些错误，犯下了，就悔恨终生，比如当逃兵。

姐姐给我买了很多吃的。见到姐姐，我像一个受了委屈的孩子于绝望中见到了亲人，眼泪一次又一次涌出。我不断地用手去抹眼泪，在姐姐面前毫不顾忌。说来奇怪，眼泪一流，浑身竟然轻松了。

姐姐向新兵营请假，让我陪她待一下午。那个下午，姐姐跟我说了很多，她又讲了一遍我爷爷和阿爸的故事，也讲她在部队当兵带兵的事。姐姐说，如果不是我的大伯病了，她留在部队肯定能提干。姐姐说，弟弟，我没能实现我的军官梦，现在由你替姐姐完成，你替姐姐实现咱们共同的光荣与梦想。记住，千万别打退堂鼓。当逃兵，别说你自个儿的前途毁了，也会毁了你阿爸，他好面子，他下半辈子都会抬不起头。那样的话，你无异于在他胸口捅上一刀。

谁能忍心往自己阿爸的胸口捅刀子？我拍拍胸膛，对姐姐说，姐姐，你工作忙，回去吧，你放心，我一定能挺住。

姐姐走了，我留了下来。后来，姐姐每两个月，最多三个月，就会飞到东北来看我。几年之后，我成为一个很厉害的兵，参加军区特种兵比武，夺得冠军，随后破格提干，保送军校。在欢送会上，旅长亲自给我佩戴大红花。他说，扎西，你不但是我们旅的骄傲，也是咱们集团军，甚至整个军区的骄傲，真了不起！旅长哪里知道，了不起的是我的爷爷、奶奶，我的阿爸，还有我的姐姐。他们是我前进的力量。

现在，我凝望着姐姐桑吉卓玛。姐姐漂亮，她有一颗美丽的心灵。姐姐在我眼里是最完美的人。格桑花在她头上围成一圈，黄的粉的红的，没有两朵相同的颜色。在篝火的映照下，姐姐简直就像一位仙女，那么美丽、轻盈，像是从雪山顶上飘然而至；那么圣洁，像是从跑马山旁的海子里缓缓而起。

我骑上马背，带着姐姐。我们在马背上奔跑时，村主任用他的胡琴拉响《康定情歌》。优美动听的《康定情歌》就诞生于我的家乡。有人传说，当年那个解放军带着我的奶奶，骑在马背在坡地上奔跑时，被来采风的音乐人撞见，那美好的场面激起他灵感的火花，他脱口而出，根据民间既有的"跑马调"，改编创作出这首脍炙人口的歌。

现在，我要同我的姐姐一起，将我们家族的故事，在康定、在我的家乡古塔村继续上演。我们策马在跑马山上，而此刻，我们并不知道，奶奶已静静地离我们而去。

那天的奶奶，穿着她亲手织的七彩裙，艳丽无比。在生命的最后时刻，奶奶脸上存留着笑。我猜想，她一定是在那边，找到了我的爷爷康珠泽旺，还有那个年轻俊朗的解放军排长。

太平桥

1

一个秋日正午,母亲让我去把太平舅牵来。母亲说"牵",而不是"接",因为太平舅眼盲。太平舅以说书为生。

母亲让我早点去,说去晚了,怕是给别的塆接走了。太平舅每到一个塆子,都得三五天。逢好年景,一个小塆子,会留他十天半月,把整部书说完。

我喜欢太平舅,他一来,整个竹林湾就热闹了。

太平舅不是我的亲舅。

这年我六岁。人生第一次独自到外塆去。是去我外公家,跟母亲和哥哥们去过,路我熟悉。外公家在王家田。

路上有水塘,有河,要上桥,有山和树,有很深的巴茅草,我一个人去,有些害怕。母亲说,去吧,别玩水,哪怕一个小水凼,都不要下。我就往门口走。母亲追上我说,莫怕,路过坟地,要是害怕,就往手心吐口痰,双手把掌心搓热,再用手把头发从前往后地抹,使劲抹七下,百么事都不敢碰你。母亲不这么说,我倒忘记路上要过坟地。我头皮紧了一下,像勒了一道橡皮筋。我立在那里不动。母亲说,去吧。她的语气那么坚定。

母亲和父亲要下地干活,哥哥们上学去了。若带上三岁的大弟,也能壮个胆。大弟没空,小弟还在摇篮里,小弟哭时,他要摇摇篮。牵太平舅,只能是我去。

我踏上石拱桥,过了石桥河。田畈里寂静无人。过了田畈,就是山路。路在松树间向前延伸。每座山都有一片坟地,那些坟地离路都很近,就一两丈远。头顶一阵扑腾,我惊出一身冷汗，是一只斑鸠飞腾而去。行了数十步，坟里突地钻出一个毛茸茸的东西，我的心突地一下，差点从嗓子眼蹦出来。是一只野兔。我想起电影里的那些孤胆英雄，我不让自己害怕。

走过一片水田。稻谷都割了，田里只剩下稻茬支棱巴翘，指向天空。过了那片水田，就是旱地，地边都有巴茅草，这使得路像是一条深沟。巴茅草在头顶弯成弧形，我走在路上，像走在阴森森的洞里。

王家田的后山浮现在眼前，我只需走过一片田畈，就能到那个山脚。山脚有一汪水塘，水塘里有荷，荷花已谢，荷叶繁茂，装点着水塘，也带给我恐惧。我怀疑那荷叶后面藏着一个女人的魂。

一年前，这个水塘里淹死一个女人，是王家田王福来的女人。王福来娶进的这个女人，三年了，肚子没有动静，这让王福来在塆子里抬不起头。那天，他干了半天活儿，回家，女人的饭还没做好。他饿急了眼，骂了女人，还打了女人。女人跑了出去，他没管她。他从来不惯着女人。他说，跑吧，女人就那么三招：一哭，二闹，三往娘家跑。他想他的女人是到娘家去了，谁知她跳了水。就是这汪水塘。

我走在塘埂上，心里虚。

我管王福来也叫舅，转了好几个弯儿的舅。王福来的女人死后，他精神受到刺激，疯了一段时间，不做饭，不洗脸，不下地干活，他的惊人之举，是抓地上的牛粪往嘴里塞。但我二哥说他是装的，他逼死了女人，怕他的两个舅哥收拾他。他的两个舅哥说，他是哪只手动了他们的姐姐，他们就要剁掉他的哪只手。当他们发现他用打他姐姐的那只手抓牛粪吃时，他们决定把那只手给他留下。

王福来后来就好了，但毕竟是吃过牛粪的人，王家田人嫌弃他，不让他串门。他往别人家进，人家往外出，他一气之下，反过来抛弃全塆人。他搬到村子东南角，与王刘秀地界相邻。他在那片坡地上搭了个茅棚，住了进去。他说，全塆没个好东西，就他的女人是个好女人，他要跟他的女人在一起。他的女人在水塘里。他的女人在坟里。他女人的坟，就在水塘边接近山林的坡地上。他的女人因为是野死，塆里人不让她入祖坟，他就将她埋在这水塘边的坡地。他说他守着她，她就不是孤魂野鬼。

　　塆子里的人，对他这种做法嗤之以鼻：早这么痴情，女人就不会死！

　　王福来是有名的懒汉，但每天到底还是会做些事。突然有一天，王家田的人看见后山的东南角辟出了一块地，还挖了一口窑。那片荒地上的废土，都被他利用上了。他做砖坯瓦坯，自烧砖瓦。一年时间，他在那里盖起两间红砖瓦房，外加一间小屋。他本想盖青砖瓦屋，那砖没烧好，成了红面黑心。

　　满塆人都嫌他，巴不得他离得远些，他占用的这块地，就轻松地批给他了。

　　王福来的事，我是听我二哥说的。二哥说王福来是能人，将来能成大事。你想想，能把牛屎往自己嘴里塞，那得多狠的心。二哥是当笑话讲的，那语气也是嫌弃的。我跟母亲或哥哥到王家田，常会遇到王福来。尽管他是吃过牛粪的人，我们依然管他叫舅，他笑着回应我们。有时让我们进屋坐，喝口茶。哪个敢端他家的茶碗？想起他吞牛粪的样子，肝都得吐出来。

　　我是嫌恶他的，但此刻，我是那么渴望他出现。我担心他那个女人就躲在那些荷叶后面。微风轻拂，荷叶发出窸窣之声，像一个女人正在荷叶后抚弄裙纱。

福来舅!我大声喊。没有回音。

那个女人的孤坟,就在王福来房屋的东侧。如果不是那座孤坟,且没人知道这个水塘里淹死过妇人,这里入眼的,倒是一处好的所在。

经过孤坟那一刻,一阵恐惧袭来。我想起母亲的话,往手心吐口痰,把额前的头发往后脑勺抹去。我这么做了,绷紧的头皮松下来,恐惧感减轻了,但它依然存在。

我走过了那座孤坟,进入林子,把整个山甩在身后。下了坡就是王家田,房屋依山而建,一家挨着一家。

外公的家在前排,挨着水塘。太平舅家在外公家的屋后,两家隔着一条幽深的巷道,宽不足十步。我走过去,一股阴凉穿透脊背。

太平舅坐在阴影里。这时候应该有西晒的,但他家门口被我外公的房子挡着,没有阳光。在他家门前,能看见我外公家的后门,但那后门长年不开。老人说,有后门的屋,是有钱人的屋。外公有没有钱,我看不出来。他睡着的时候比醒着的时候多,我来接太平舅,不想去见他。外婆早年死了,我都没与她打个照面。外公的两个女儿出嫁后,他就一个人过日子,把日子过得一团糟。人家都盼着上外公家好吃好喝,我们可怜,到外公家,锅凉灶冷。春天的时候,二哥带我到外公家来过。我们坐在外公家堂屋里,太平舅的娘在门前水塘洗菜,同我们打招呼,外公听见她的声音,骂起来,老女人了,年轻时是怎么惦记我的,现在嫌我了,不给我送吃的送喝的咧。我不懂外公的话,太平舅的娘说,你外公老糊涂了,瞎骂人呢,他这是要死呢。

外公硬是挺了十年才死。

2

  我扫一眼外公家那个后门，外公酣睡的样子在我脑子里出现，我不去打搅他。我走过那扇后门，紧步往阴影处的那个影子走去。我喊一声，太平舅。太平舅听出了我的声音，说，见亮来了。他穿戴整齐，坐在门前的木头椅上，阴影里的太平舅额头饱满，方脸。若不是眼盲，他是一个排场人呢。

  那只不离手的竹竿靠在他身上，腿旁是一把二胡。一面红身黄皮的鼓，紫红的夹板，都在他脚旁的那个大帆布包里，帆布包的拉链没有拉上，像是让它们透气。一个黄挂包张着嘴，里面有他换洗的衣服。

  我扑到太平舅怀里哭。他说，吓着了吧？他说着，抽出一只手送到嘴前，往手心哈了口气，手掌顺着我的额头往后捋，说，好了，不怕。我知道你们要来接我，我都准备好了。

  荷香姐也真是的，怎么让一个细伢来接我？

  太平舅的娘听见我们说话，从屋里往外走。她说，外孙来了。我急忙伸袖抹了眼泪，抹了眼泪又抹脸，装作是擦汗。我不想让她知道我吓哭了。太平舅的娘说，外孙，进屋喝口水。我说，家婆，我不渴。

  太平舅的娘穿着一身黑，站在黑洞洞的门口，只有头发是白的。若不是太平舅在这儿，我会骇一跳。

  太平舅一个人行走时，要借助竹竿，敲敲打打地探路。与我一起走时，他把竹竿递给我。我抓着竹竿一端，他抓着另一端，我牵着他走。虽然有我牵着，太平舅好像还是不放心。他看不见的双眼不断地翻动，好像在看路。他的头略歪着，一只耳朵前探，在认真听动静。和着他的节奏，我也深一脚浅一脚，像踏在棉花上，总也不实沉。

王福来站在家门口，露着两颗大门牙朝我们笑。他说，见亮一个人来接你太平舅？我说，嗯。他说，挺能耐的呀。我本不想理他，被他表扬，话就多了。我说，福来舅，刚才我从这儿走，没见到你咧。他说，我刚才到青草坡捡牛粪去了，那东西晒干，火才旺呢。

又是牛粪，莫非他这辈子离不开牛粪！

我们走过他家门口，朝向塘埂。王福来说，见亮慢走啊，我回屋睡觉去了。他说着，打了个很响的哈欠。我说，大白天睡瞌睡？太平舅笑道，他一个老光棍儿，不睡瞌睡干什么？王福来说，笑我呢，你不也是光棍儿？

我扭过头去，看见太平舅的笑僵在脸上，像是有一道阴影遮住了他脸上的光。而王福来的两只大板牙亮得刺眼。他笑得真开心。

王福来的大板牙并不难看，反倒使他面部更有层次感，饱满、棱角分明。当然，这个感觉是我多年以后回想起来的，我当时不知怎么形容他。

晚饭后，乡邻拥到我家，太平舅受到明星般的欢迎。他准备说书，二哥把他的三脚架支开，把他那只鼓架上。

太平舅此时并不敲鼓，他拉二胡，《东方红》和《二泉映月》。《东方红》曲调简单，我们小孩子都会哼。《二泉映月》听起来很忧伤，很美妙，好几个人闭了眼，陶醉在这乐声里，光棍儿麻球会跟着节奏摇头晃脑。有两位妇人竟然陪着落了几滴眼泪。这样的人常遭哥哥们的耻笑，说他们不懂装懂。太平舅的二胡曾影响过二哥，二哥向太平舅学拉二胡。他起先拉出的动静像驴叫，学了数次，那动静还是像驴叫，二哥的二胡梦断了。二哥认为敲鼓简单，他说他干脆当一名鼓手，把鼓敲成疾风骤雨。母亲说，莫敲咧，吵死了！二哥后来多次埋怨母亲，说他的鼓手梦是母亲给毁灭的，但二哥没有白练，向太平舅学习敲鼓之后，与人打斗，他出拳速度快了许多，以致他在报纸上看到拳王阿里的故事后，又想当一个拳击手，但现实让他最终成为一个乡村木匠。

两曲二胡独奏完毕，太平舅背向我家中堂，面朝大门，敲鼓、打夹板。太平舅左手拇指挑着夹板，右手拿鼓槌。左手腕翻转，右手腕扬起，落下。咚咚嗒，咚咚嗒，咚咚咚咚咚嗒，咚嗒咚嗒咚咚嗒……

打上好半天，这是让人注意，他马上就要开始说书。那鼓和紫檀夹板敲得特别响，整个竹林湾都能听到。越来越多的人挤到我家来，坐不下的，站着，一直站到门外。

> 天怕乌云地怕荒，
> 人怕老弱树怕伤。
> 忠臣就怕君不正，
> 子孝最怕父不良。
> 草怕严霜霜怕日，
> 恶人自有恶人挡。
> ……

这是引子。喘口气，喝口茶，太平舅用手背擦一下嘴，接着唱：

居家一本教儿经,
万古长流到如今。
若是人家有一本,
兴家创业人上人。
桩桩事儿说得好,
句句言语句句真。
有用儿孙听此教,
无用儿孙莫留心。
……

他是在唱。他嗓音沙哑、低沉。多年以后,我那么爱听刀郎的歌,就因为他的歌声,让我回想起太平舅的唱腔,声音透着生命的沧桑。太平舅还有一绝,那就是唱悲歌,书说到悲伤之处,他会哭,像哭丧一样,那场景震撼到我们。有一回,戏里的主角死了爹,太平舅说着、唱着,就流下了眼泪。大伙儿这才想起,他很小的时候就死了爹,他是借戏文哭自己的爹呢。那唱声凄凉婉转,让人伤心欲绝。

3

太平舅开始说书。这天晚上,他说的是《红绸铁骨兰天鹏》,讲的是一个叫兰天鹏的大侠,力大无比,性格豪爽,好杀富济贫,因为这样,常惹些麻烦。当母亲的很是着急,趁他熟睡时,与孩他爹一起,将他捆将起来。什么样的绳索,他吸口气,一用力,就挣脱开了。当娘的找来习武高人,用铁丝将他捆了,他照样挣开。当娘的成天提心吊胆。一日,娘在村外的溪沟边浣衣，想到儿子这么大了，还恁不成气，于是唉声叹气。这时来了两位女子，富有人家装扮，一个像是小姐，另一个像是丫头。那小姐问老人，为何浣衣心不在焉？是不是有什么难处？老人就说她的儿子，管不了呢，用铁丝都捆不住，一挣就开。那个小姐，生在官宦人家，喜读诗书，书中很多奇谈怪事，像老人儿子这等奇事，在现实中倒是不多见。她就想去见见这个怪人。或许小女子有办法呢。那个小姐说。

那个小姐叫颜如玉。

当娘的也是"有病乱投医"，就想让这位小姐试试。她们约定几月几日，当娘的故意把浣洗过的衣服忘记在溪沟边，让儿子到溪沟边取。这女子按老太太的吩咐，到溪沟边游玩，制造一场"偶遇"。颜如玉幼时跟随父亲征战，学过一些拳脚，也是好斗之人。

见了兰天鹏，女子拿话逗他，惹他生气，两人在溪边坡地打斗起来。兰天鹏果然力大无穷，他不忍心伤害女子，一掌拍在溪沟的沟壁上，顿时飞沙走石。女子手握一根铁棍，学着烧火丫头杨排风，舞将起来。她用铁棍去敲他的脊背，兰天鹏也不躲让，任她夯下去。如玉震得手麻腕痛。硬的不行，来软的。如玉抽出腰间缠的红绸带，扬手甩开，红绸带在空中飞舞，像一绺红色的霞，从兰天鹏头顶飘落，将他的两只手缚在腰间，他动弹不得。

一段姻缘就这么成了。

太平舅虽然是个盲人，动作却很夸张，在讲两人打斗时，声音忽高忽低，情绪一会儿饱满，一会儿低落，那手的伸展，脚的飞踢，都特别像模像样。倘是在夏日的夜晚，在月光下的碾场，他会跳将起来。太平舅的声音能男能女，或掩鼻哭泣，或仰天而歌。他哭时热泪双流，笑时声如响雷。

太平舅带给我们的快乐是真实的、持续的。他好像就是为说书而生的。不说书时，他喜欢独坐屋子一角，像一尊雕像，可一旦说书，他整个人就活了，甚至有些疯癫。

太平舅书说完了，余音难散，那书里的人物，在很长一段时间里，与我们相伴着。他书里的不少语气和说词，成为我们现实中模仿的对象，比如我的小伙伴红船，说了句不受听的话，我会喷他："呀呀呀呀呀呀呀呀——呸！"或曰："气死老夫也！"

太平舅住在我家的那几天，父亲面无表情。他嫌太闹，他喜欢静。母亲说他是小气。在我家说书，不但要供太平舅吃喝，还要招待听书人，开销大。要烧水沏茶，要散烟。那么多人，一圈下来，一包烟不够，整个晚上，烟得散几圈，那都是钱哩。

太平舅接着说《水浒传》，原来《红绸铁骨兰天鹏》依然只是个引子。

《水浒传》太长，一两晚讲不完，他将书本里的人物撇出来单独讲。那天话武松，那场书说得好，只是略去了西门庆与潘金莲偷情的细节，光棍儿麻球大概看过《金瓶梅》盗本，直喊，王师傅，讲讲西门庆怎么勾引潘金莲的，讲细些哈。有女人就骂他，嚼舌！不要脸。却是满脸期待。

太平舅窘迫地立在那里，他不讲，或许是不愿讲，或许他师父就没教他这一段，他根本讲不了。总之，他是尴尬了。

那天晚上，留给我印象最深的戏文，还是《红绸铁骨兰天鹏》，我喜欢听这样才子佳人的故事。

那时候的太平舅，能抬高我家在塆子里的地位，母亲可以靠太平舅说书笼络一些人，也挤对少数人，比如那个叫金花的女人，同母亲吵了架，两人多日不搭腔，在路上碰见了，必定有一人绕道或趑身而返。这次太平舅来我家说书，一垱子的人都可以上我家，她男人可以来，她儿子女儿可以来，唯独她不能来。我甚至想，母亲那次叫太平舅来唱戏，似乎仅仅是为了气金花。

红船嫁到镇上的姑来竹林湾，给红船带了软糖。红船拿了软糖，不给我吃，馋我。我生气了，威胁他，我太平舅再来说书，不让你听。他说，太平不是你亲舅，你管不着。我说，太平舅在我家说书，我不让你进我家的屋。红船想听说书，就给了我一颗软糖。

4

太平舅说书，影响着哥哥们。他们那些十几岁的孩子，会在第二天，把太平舅说的书，在山林里，在河水畔，演义一遍，特别是那些杀富济贫的戏。他们有时入戏太深，弄得头破血流。太平舅也影响着我，多年以后，我成为一名讲故事的人，潜心写小说，与太平舅不无关系。

天晚，都快转点了，大伙还不离开。有人给些零钱，都是三角五角的。有人没给，没给也没人说啥，总得有人捧场。如果没给钱的都不让听，那书场就没氛围，怕是说不成。

太平舅一连在我家待了三天，跟我睡一张大床，哥哥们到他们各自的同伴家借住。三天后的那个下午，太平舅要走，同母亲告别时，欲言又止，像是恋恋不舍。母亲以为他不想走，说，那就再待一天。他转着头，用耳朵听了听，知道身边人不多。他说，姐啊，这三天都是见亮照顾我，见亮这孩子好，可爱。我也想要个儿呢。我的母亲后来告诉我，说她当时心哆嗦了一下,怕他是要把我过继给他当儿。母亲说,那我可不干,他的眼睛那样。幸而他说的是另一件事。他说,姐,你给我说个媳妇吧。母亲吁了口气,说,可不,你二十五六了吧?太平舅说,二十八呢。母亲说话直接,她说,全乎人怕是找不着。太平舅说,全乎人我倒没想呢。母亲说,过花嫂怕也不好找。太平舅说,过花嫂我也没想呢。母亲心里倒是有个人,她曾想过,也在家说过,但到底没忍心介绍给他。那是我姨家那边的,在沙河,有十五六里地,那是个哑女,与我姨一个塆子。母亲曾动过这个心思,我姨不让她多管闲事。我姨说,一个瞎子,一个哑巴,那日子怎么过?还不得憋出病来?母亲就放下了。现在,太平舅自己提出来了,母亲说,我说说看。

我按太平舅的意思,送他到下河景去。下河景建塆历史不长,先前是一片河边滩地,后来,镇上把我们整个石桥河大队的地主富农迁到那里,垦荒盖房。有几家是王家田迁过去的,是太平舅的本家。他们到那儿定居不久,地主富农的帽子就摘了。他们当时每家轮流请皮影戏热闹,皮影戏热闹庆贺过后,他们请太平舅过去说书。太平舅连续去了好几年,都是这时节。

下河景路好走,站在石拱桥上,朝着石桥河放眼望,下河景就在远处。我们出发时,红船要一起去。他这几天一直跟着我,当然是因为太平舅。他妈是一个知识分子,只因成分不好,才嫁到我们竹林湾当农民。她妈嫁到我们竹林湾后,不爱跟人说话,与乡村的妇人格格不入,我们都管母亲叫娘,她非让儿子管她叫妈。红船每次出来玩,都得他妈同意。我们俩家住得近,我却很少上他家去。他家有个院子,院子里有天井,进了天井,转个弯才是他们的住处。他们的屋子总是幽暗的,而他妈又很少出来,无论外面怎么热闹,似乎都与她无关。她家的门长年关着，红船出来玩，喊妈，她就开门，站在天井里迎红船。天井里射入的阳光不明不暗，她站在那道光里，有着特殊的韵味，如果是别的女人站在那样的光里，我会被吓着的。她是一个美丽的女人，穿戴总是那么整洁，头发绾起，脖子修长，白净的脸庞像一轮明月。也只有这样的女人，才可以不下地干活，她的男人是县城的建筑工人，养活着一家人。她最多也只是上菜园，弄些干净的菜回来的。她把她家的菜园弄得像花园一样。她在我们竹林湾，是一个神秘的存在。

几年后，红船的伯死了，他妈仅三个月后，就嫁给了县城的一个干部，红船跟了过去，还改姓后爸的姓，吃商品粮。我特别羡慕，为他的离去伤心了好长时间。母亲安慰我说，莫眼馋人家，亲老子死了，日子再好，心里也不快活。这个女人，我早看出她在我们这山沟野畈待不住。这不，一个寡妇，嫁了个城里人，还是个干部，家里睡席梦思，坐沙发，红船长大了还能接后爸的班。母亲自说自话："不羡慕人家，死了男人那阵，哭得像被雨淋。"母亲说一次也就罢了，常说，就让人觉得，她还是羡慕人家。

红船走后，我再没见过红船。红船走了，太平舅就这么失去了一个粉丝。

我喜欢太平舅。太平舅如果不是眼盲，我们两家会走得更近，他也会像毛刺的舅舅一样，当毛刺一家在塆子里遭人欺负时，就会过来帮他们撑腰。

那天我和红船送太平舅，走到半道，太平舅停下来想撒尿，问我们周边有人没有，我说没有，他就叫我们转过身去，他解裤子撒尿。我和红船都转过身，红船转过身去后，悄然回头。太平舅朝他说，回过头去，看个么东西？我头皮一紧，吓着了。

红船脸红了。我们等了很长时间,等太平舅说走吧,我们才转过身去。回来的路上,我们还在说这件事。红船说,他不是瞎子吗,怎么看得到?我说,我听我二哥说,瞎子的眼睛看不见,但耳朵特别灵,有一点动静,就能听见。红船说,可我没动静呀,我又没挪脚,我只是转动了一下脖子。他真是太厉害了。

5

送太平舅去下河景那天下午,母亲去了我姨家,第二天午饭后,她带回一个姑娘。那个姑娘,我们一看就不正常,母亲说,她是哑巴,是你太平舅的媳妇,你们得管她叫舅娘。

我们一看,她不但是哑巴,还有些苕。她就坐在我家靠鸡窝的那张椅子上,朝着我们傻笑。她的脖子很粗。

母亲的意思是,让哑女在我家住一晚,第二天让人去把太平舅牵来,她给哑女头上缠上红头绳,再让人牵着太平舅,让她跟太平舅走,这样,好像我家是哑女的娘家,把哑女就这么嫁过去。好像这样,太平舅就是明媒正娶。母亲话一出口,一家人都像一锅黄豆炸开了。父亲责怪她的,你没的事做。大哥一贯是走为上策,以示不满。二哥虽然年少,却一直是家庭"正义"的捍卫者,他让母亲必须把她送走。那时候,我十二岁的二哥知道很多事,他说,他们的下一代,也许同样是哑巴或苕,将来也是麻烦。

母亲骂二哥不讲良心,你太平舅说书,你听得多开心。二哥说,既然她是太平舅的媳妇,你就直接把她送到太平舅家,不要在我家过夜。这是我们最起码的要求。

二哥把他的想法强加于我们,事实上,我也是这么想的。

母亲无奈。她倒了一杯凉茶递给哑女，二哥手快，一下子抢了过来。母亲骂二哥心狠。

母亲带着哑女继续前行。母亲走到门口，说，莫说我呢，我劳苦功高，我帮了两家人呢，哑女的一家人不晓得多高兴，非要请我在她家吃顿饭。这个女儿，终于嫁出去了。我听说母亲在她家吃饭，刚轻松下来的心情又紧张了。二哥的心情跟我一样，他问，你在她家吃饭？你也张得开嘴？母亲说，没呢，我在你姨家吃的。我们同时长吁一口气。

母亲作为媒人，得到了一块蓝的确良布，六尺，她想给大哥二哥一人做一件上衣，大哥二哥不要。母亲骂了两句，就说要给三哥和我做，我见大哥二哥他们不要，我和三哥也不要。我说，给小弟做衣服吧。整块的布要剪碎了，可惜了，母亲就给她自己做了一身蓝的确良的衣服，她成套穿着，像石桥镇汽水厂的女工。

母亲把哑女送到太平舅家后，整日沉浸在喜悦之中，似乎她做了一件惊天动地的大事。她时常自我表扬："你那个太平舅家是个么人家？一个老娘，带着瞎儿子。不给他找个媳妇行吗？虽说是个哑巴，可也能传个后。哑巴家也是高兴呢，他们想甩包袱呢。在人家那里是包袱，可在太平舅那里，就是个宝呢，一家好两家好，大家都好。"父亲和我们，对母亲的话嗤之以鼻。母亲不管我们咋想，自顾自地喜悦。然而，她这种喜悦只持续了三天，第四天早饭后，太平舅的娘来到我家，她前面是哑女，哑女不知咋走，她用两只手架着，像赶一只鸡。她满脸愁苦。母亲正在灶屋烧火，她熄了火迎出来。太平娘说，荷香啊，不行呀，她死也不跟太平同房呀。可怜的太平，脸上深一道浅一道，红一道白一道，都是这个女人挠的。解铃还须系铃人,你把她送回去吧。

二哥当着太平娘的面念叨,活该!母亲拿起笤帚就要去揩他的嘴,说他的嘴像屁股,二哥逃出屋去。母亲朝太平娘说,婶啊,我以为多大个事儿,这点事儿,犯得着把她送回去?你把她送回去,你们轻松了,她怎么办?她再回去,就是嫁过一次的人了,就不是黄花闺女了。母亲突然看我一眼,对我说,你出去。我就走出屋,在门口,我回望,我见母亲凑到太平娘跟前,咬着她的耳朵说着什么。我看见太平娘的嘴突然咧开,露出残缺不全的牙。那牙都黑了。我才想起太平娘是抽烟的。我有一次问她,家婆,你么样抽烟?太平娘说,你还小,不晓得做人的难,你家婆抽的是愁咧。这次,她脸上的愁云瞬间没了。她当即带着哑女回去了。她不再像赶鸡一样,而是牵着哑女的手。

四年时间,哑女为太平舅生了两个女儿。

6

我读小学三年级时的那个暑假,太平舅来了。这次,是他娘把他送过来的。这时候,双抢也快完事了,农活不是特别紧。待了两三天,他要走。他想去山里,老君山。老君山好远,一百多里地。以前每年天正热时,他会到山里,山里有人来接他。山里凉快,他像是去避暑,一待就是一个月。往年山里都有人来接他,今年接他那人有事,没来。太平舅想让我陪他去。我都满十岁了,暑假结束,就是四年级的学生了。我可以牵着他走,可以帮太平舅买车票,扶他上车。太平舅以前给我讲过老君山,那里有野猪,有鹿,我特别想去。母亲不放心,说我还小。太平舅说，没事儿，山里的人，可实在呢。母亲点头说，行。一张嘴带出去了，母亲挺高兴。母亲让我把书包里的书拿出来，装上我的换洗衣服，还有一只牙刷。母亲没给我牙膏，说，山里人家有呢。

坐在车上，我吓出一身冷汗。那山道弯弯转转，弯的前面，必定是悬崖。我第一次坐汽车，颠簸得几次要吐，我怕司机说我，努力地忍住了。

山里人没有牙膏，他们竟然很少刷牙，可牙都是那么白，说是吃山泉水，水质好。我用盐水漱口，嘴里倒也清爽。

我与太平舅搭腿睡。山里的夜晚阴凉，一点也不热。山里的村庄不像我们那儿那么紧密，好远才有一户人家，每次说书，三两户人家凑在一起，十来个人。他们喜欢听书。我们在山里，很容易就把时间打发了。

太平舅肚子里的戏多，每晚说的书都不一样。山里人实在，用炒花生、炒地瓜片、炒黄豆招待我们。

在山里，我认识了一个叫翟天明的人，他欣赏太平舅，说太平舅上知天文，下知地理。往年就是他到王家田接太平舅进山。近两年，他不想在山里待了，想往外走，又怕外面不好干，人财两空，说太平舅会说书，书中有大道理，想太平舅给他指出一条道。太平舅告诉翟天明，他出外闯荡，可能成功，但也存在风险，不如在家，在山里。翟天明有些不信，这山里怎么会发财？日子永远过得紧巴巴的。太平舅说，书里说得好，靠山吃山，靠水吃水。

也就在这年，改革开放之风吹到这深山老林。很多人到山里搞山货，到汉口去卖。很多人来旅游，再后来，翟天明在门前的对天河搞漂流，坐在家里就把钱挣了。翟天明就特别信太平舅，器重他。投资新项目，哪天开业，他都会来问太平舅，先前是坐长途汽车，转三轮车，后来骑摩托，风尘仆仆。

翟天明还养黑猪。黑猪几乎没有肥肉，只有精肉，黑猪肉人吃了不发胖，深得汉口人喜欢。汉口有钱人，周末就开车到山里采购。

十几天眨眼就过去了，而我还没待够，要回去上学。太平舅知道我不想回，说，明年再来。第二年暑假，我再次跟太平舅进山。这次进山，太平舅格外快乐，因为此时他有了一个儿子，两个多月了。

太平舅说是我带给他的好运，孩子是他去年与我一起，从老君山回去后怀上的。他说去年在山里的那些天，他特别开心。他说，那些日子，你是我的眼睛呢。我觉得太平舅说话有水平，像作诗一样。

第二年那个暑假之后，我再也没去老君山。我大了，快十二岁了，该下水田帮家里干活了。

太平舅眼睛看不见，他要想知道别人长的啥样，就用手摸。当然，这仅限于孩子。他每次到我家，都要摸我的脸，而且是当着别人的面摸。然后他说，瞧这额，宽宽的，光光的，前途远大着呢；这鼻子高，好看；再看这牙，没有一颗龅牙，很整齐地排着呢。这孩子俊啦！这孩子顽气！太平舅总是这么说。他的话让我喜悦，谁不喜欢听好话？我十二岁那年，是太平舅最后一次摸我的脸，他说，长这么高了，来，让舅看看。然后，他的手就在我脸上摸。那次摸我的脸，他没夸我俊，他突然惊讶道，哎呀，见亮的脸是受风了吧？父亲母亲还有哥哥们说，不知道呢。太平舅说，一边脸松软，一边脸僵硬呢。他们就让我笑，我就笑了。二哥说，果然呢，嘴巴歪了。母亲就让二哥带我去见乡村医生，医生给我开了三服药，虽然后来没有彻底好，但也算是及时制止了嘴继续歪下去，它不太明显，并没影响我多年以后走进军营。

我初中是住读，见太平舅就少了。有个周末我回家，太平舅也在，他还把他的儿子带着。他的儿子叫王长根，两岁多了，能满地跑，很可爱的孩子，眼睛黑亮黑亮的，有两颗大板牙，但并不难看，反倒使他看上去多了几分淘气。这么好的孩子，可惜太平舅看不见。我想让太平舅好好"看看"他的儿子。我抱起王长根，让太平舅摸。太平舅就一手扶着孩子，一手在他脸上摸着。他满脸堆笑，荡漾着幸福的喜悦。我说，太平舅，你看，像不像你？他说，像呢，像呢。我说，你摸摸他的嘴，两颗门牙，有那么一点点龅，可好玩呢。我说着，就抓住太平舅的那只手往王长根嘴上送。太平舅的手碰到王长根的那两颗门牙时，像遭了蛇咬，倏地缩回来。我笑了，说，这孩子，咋还咬人呢？

孩子第一次到我家来，母亲给他一双新布鞋，略大一点，明年还能穿。这是母亲亲手纳的鞋，想来她是早有准备。

7

风吹拂着我的记忆，像吹开一层薄雾，我看到我的少年时光重现。那是我家最困难的时候。大哥去了部队，还是个兵，没开始挣工资；二哥在别人家当学徒，不拿工钱，还要带一日三餐的口粮；三哥才比我大两岁，就去深圳打工，杳无音信。春节已过，乡村静下来，我该去上学了，我却并不走向校园。我整日不出屋，坐在床头，等待父亲的脚步声。我常常是从清晨等到深夜，在风吹松枝的瑟瑟声里，慢慢睡去。

父亲每天都出门，与其说是给我借学费，不如说是逃避。他心里清楚，正月里，山里人讲禁忌，不愿拿钱借给人。

先到学校去吧，我借到了，就给你送去。那天早晨，父亲说，是一种商量的语气。他目光躲闪，一直不敢面对我。偶尔我们目光相撞，我捕捉到的，是他满眼的愧疚。

我眼前浮现出开学时教室里的情景：交了学费领到书的同学，满脸喜悦，有的拿着新书，在课桌间追逐嬉闹，或坐在座位上，把书翻得哗哗直响。而我，独在教室一角，鸵鸟一样将头埋在手臂间，不敢看别人，却分明能感知同学们的目光射了过来，尤其是女同学，目光如针，将我那点可怜的自尊一点点刺破。从小学到初中，开学时的状况大都如此，我挺过来了。但现在，我突然对教室充满着惶惑与恐惧。我已经是一名初中二年级的学生了，人大了，自尊心强。拿不着学费，我选择逃避。

我没有回应父亲，他就又出去了。他的脚迈过门槛那一刻，回过头，眼睛却并没看我，而是盯着堂屋的墙角，仿佛是在同墙说话。他说，你等着，今天应该能借得到。父亲的声音很小，不像说给我听，像是在安慰他自己。

那天晚上，父亲依然空手而归。

十五的月亮十六圆，父亲说。我明白父亲为什么说这句话，他是在暗示我，明天一切都会好起来，但是，我已经不相信明天了。父亲每次空手而归时，那副可怜的样子刺痛了我，我要走了，打工去。

夜在黎明中醒来。我像村子里别的打工仔一样，一个蛇皮袋，塞着我的铺盖，我向镇上走。在那里，我将坐上去汉口的车。

　　父亲送我,他在前面走。出了村口,他没走大路,选择了一条田间小道。我懂父亲的心思,他怕碰见熟人,怕熟人看见我上不起学。

　　过了田埂,是山,山间是细石子马路。踏上马路,我看到了太平舅。他正在山道上。竹竿敲打路面,发出清脆的声音。他的大女儿翠花牵着他,她六七岁的样子,与我最初牵着太平舅时差不多大。不同的是,我那时是牵着太平舅的竹竿,而她,是牵着太平舅的手。

　　父亲本来不想与太平舅打招呼的,反正他又看不见,而他的女儿,对我们印象也不深。但我还是忍不住喊了声太平舅。他听出我的声音了。他说,是见亮啊。他显然感觉到了我身边还有一个人,他问,你们到哪里去?父亲再不吱声就说不过去了。父亲说,去上学。我不喜欢父亲这一点,他虚荣心太强,怕别人说我家上不起学,他就撒谎。我说,太平舅,我不上学了。我跟你学说书吧?他说,哪有全乎人学说书的?说书有个么出息?他问,你为么事不读书?你这么有灵性。我和父亲都沉默不语。他问,是不是没筹到学费?他的话触到我的痛处,我抽泣起来。

　　太平舅就明白了。他说,这样吧,大志哥,你带见亮到我家,让我娘给你们拿钱。我那儿还有点钱,是准备这几天抓两头猪养的,我家就先不抓了。春天的猪太能吃,过阵子再抓。你们去吧,就说是我说的。我就不跟你们一起回去了。我这一路走去,得走到何年何月,再说,人家定好的日子。

　　我心里一阵狂喜。父亲急忙说多谢。太平舅说,谢个么东西?是借见亮,又不是给他。照说,当舅的替外甥交学费,也交得。父亲说，你有你的难处，这就很好了。

我们先把行李送回家，再去王家田。太平娘有些舍不得，犹豫着，但她最终还是把钱给我了，可能看我儿时多次接送太平舅吧。

那年过后，我就再没有为学费发愁。大哥这年提了干，拿工资了，每年的学费都是他提前给我准备的。

回来的路上，父亲说，其实他想到过向太平舅借钱，但想到他瞎着一双眼，走村串巷，像要饭似的，他的钱来得太辛苦，就打消了这个念头。我问父亲，太平舅眼睛看不见，别人为何总让他去看风水？父亲说，他眼睛看不见，心里明亮。父亲说太平舅了不起，借看风水之名，阻止了周边几家污染企业建厂，也让不少人家打消了乱建住房的念头。有些人信这个，其实哪里是看风水，按我说，他就是一个乡村心理医生。既然有人信风水，他就利用别人这种心理，做些造福后人的善事。

我听着心里暖暖的，觉得太平舅了不起。

8

我重回石桥镇中学后，认识了王胜利，他是插班生，以前在觅儿镇上初中，嫌觅儿镇太远，来到我们班。我返校晚，自然只剩下后排的座位。王胜利来了，只有我身边有空座，我们就成了朋友。听说他是王家田的，我觉得特别亲。我说我家公是王家田的呢。我告诉他我家公的名字。他太高兴了，给了我一个拥抱。

为什么从没见过你？我问。

我从小跟着我姐在觅儿读书。我姐长得好看，嫁给觅儿镇邮电的一个邮电员。他不无自豪地说。我直着脖子看他一眼，他长得白，脸白，牙也白，就是有些瘦，像白面书生。他姐长得好看，应该不是吹牛。

我特别佩服王胜利，他天南地北，好像什么都知道。他后来考上了邮电系统中专，找了个城里女孩当老婆，让人羡慕，只可惜天妒英才，他三十五岁得了喉癌，死了。

王胜利嘴大，特别能白话。他牙白，嘴唇略厚。他笑的时候，白牙露出来，那略显厚的嘴唇铺展开，这个时候，他是最好看的。他可能知道这一点，总爱说笑话，把别人逗乐，自己也乐。

每周六下午放学，我与王胜利一起回家。我们在白虎山分手，他往西北，去王家田，我沿着石桥河继续北上，回我的竹林湾。在此之前，我们一路同行。王胜利滔滔不绝，向我讲着故事。他不像太平舅，说的都是书里的人物，是历史故事，他说的是他们塆子里的真人真事，有趣得很。在王胜利的讲说中，我忘却了在山地和田埂上行走的疲惫。

但有一天，他的话题让我不快。他说，见亮，我告诉你，王长根不是太平的儿。我说，王长根是哑巴生的，哑巴是我太平舅的媳妇。哑巴生的儿子，当然是他的儿子。他说，错，王长根是王福来的儿。

我说，莫瞎说。

王胜利说，你听我讲。他说话前，喜欢说"你听我讲"，好像要开始长篇大论。事实上，他常常是长篇大论，而且是带着情绪。他说，太平不是结扎了吗？可太平的娘想要个儿，把香火延续下去。瞎子是后天瞎的，不会遗传。哑巴生的孩子，也不会是哑巴，两个女儿就是证明。太平娘就趁太平到老君山讲书那些天，把村南头的王福来找到他家，跟太平的哑巴女人睡觉，太平这才有了儿子王长根。

我说，你莫放屁！

王长根说，儿骗你！

我还是不信。我说，你怎么知道？王长根说，没有不透风的墙，太平不在家时，我们塆有人半夜撞见王福来去他家。从王长根长出牙开始，就有人断定，王长根是王福来的种。

我回想王福来的模样，回想无数次路过他的窑场，他除了两颗门牙有些突出，模样倒也过得去。他怎么会看上哑女，怎么就睡得下？王胜利说，这叫饥不择食。

王胜利说，王福来不但饥不择食，还吃个没够，完成了传宗接代的任务，还去，三天两头儿地去。王胜利说，太平娘以王福来帮他家水稻田看水为由，请他吃饭、喝酒，算是酬谢，这事儿也就过去了。可他不，还要说，不让他说，他就要把这事说出去。可怜太平娘也没办法。好在太平常在外，好应对。

我想起我让太平舅摸王长根脸的情形，心里像塞了一块铅，有些沉重。

9

我家弟兄多，总是没有钱，一到要用大钱，就得东挪西借。我无数次目睹父亲因借钱而碰壁，这让我对未来很悲观，我最怕的不是穷，是穷导致的结果——打光棍儿。光棍儿的生活，王福来就是参照，我害怕成为他那样的人。这种害怕，让我对未来很担忧，甚至有一丝恐惧。那年我十五岁。有一天，我倚着石拱桥上的石头狮子，凝望着石桥河水缓缓而流，一种惆怅的情绪缠绕着我，我突然想到了太平舅，就去了王家田。那是一个寂静的午后。穿过了太平舅家的后山坡，我听见悠扬的胡琴声，是太平舅呢。他拉的二胡曲调我熟悉。

下了坡，循着琴声，踏上外公家门前的塘埂，我看到了太平舅，他在塘埂的另一端。我走到他身边，不想打断他拉二胡。他可能是听见了脚步声，停止拉二胡，说了句，坐。他身旁有一只小凳，是专门给听众准备的。我喊了一声太平舅，太平舅听出我的声音，满脸高兴。他伸出手来拉了一下我的手。我坐下。他问我，看你家公来了？我嗯了一声。

太平舅与我唠起家常，问我父亲怎样，母亲好不好。这都是礼节而已，两家相隔三五里地，信息是通的，我回答得心不在焉。他就问我的学习，我说，不像小学时那么拔尖。太平舅说，莫急，慢慢来。然后就无话。我们在沉默中听到了溪水声，还有水塘里鱼翻着浪的声音。静默中，我闻到了一股香味。我说，好香呢。太平舅说，是的，过了这个石板桥，就是油茶岭。我抬眼望去，溪边的一棵油茶花开得正艳，粉的、红的。那种纯白中间带着暗红的道道，像极了一个有着抓痕的美女脸庞，让人怜爱。

太平舅说，油茶岭是周围一带最好的坟地，有水塘，有溪流，有茶树，还有松树、柞木、橡树。我问，太平舅，你咋都知道呢？他说，知道，我小时候见过。我才想起，太平舅是后天失明的，但他失明时，也就五六岁，记忆应该不会深刻，可能有想象的成分。

我的伯就埋在那片坟地，将来我娘也会埋在那里，太平舅说，我们王家田的人死了之后，都埋在油茶岭，包括我。

太平舅坐的位置，在一个石桥的尽头，石桥与塘硬的连接处。他说，见亮，你知道这个桥叫啥名吗？我说，知道，叫太平桥。他说是的，我们王家田的人死了，八人抬着棺材，从这塘埂走，过这太平桥上山。人啊，过了这太平桥，就太平了。

我不知道太平舅那天为什么那么伤感，活着多好。他说，是的，活着好，但总有那么一天。我后来才知道，可能是预感吧。一年后的夏天，太平舅的娘就去世了，埋在了油茶岭。

太平舅起身，让我牵着他的手，站到太平桥上。他用竹竿敲着太平桥。那是一整块石桥，长约一丈，宽足可以过一辆牛车。太平桥在阳光下闪着青幽幽的光，像是诉说古老的岁月。我说，太平舅，这桥应该很老了吧？太平舅说，比茶树古老，比山年轻。他的话有哲学味道。他肚子里有货，只是不能写。我说，应该有好多年了，那时没有吊车，这么大一块石头，怎么弄到架上的呢？太平舅说，旧时人的智慧，不可低估。

既然塆子里死去的人都要从这桥上过，而这桥又叫太平桥，他这名字，应该是不吉利的。我问，太平舅，你为何叫太平呢？他显然明白我的疑惑，他说，这个太平与那个太平，意思是不一样的。我伯给我起这个名，是希望我的人生没有波折，可你看我这命。

清风吹来，柳枝轻拂，这里的确是一个美丽的所在，太平舅虽然看不见，但他能感知得到，所以他常到这里坐。他今天谈的话题是死亡，这增加了我的惆怅。太平舅好像猜测出我的心思，他说，见亮机灵，心眼也好。这么多外甥，就你像亲外甥那么待我，牵着我到这儿到那儿。我说，只是我现在在镇上上学，帮不了太平舅呢。太平舅说，上学是主要的，你将来错不了。太平舅这么说，我的胆子就大了，鼓起勇气说，我家这么穷，弟兄多，我将来怕是很孤独吧？我会不会孤孤单单一个人?太平舅笑了,他让我把他牵回椅子上坐着。他笑着说,你这么聪明,心地善良,将来肯定能讨个好媳妇。

我内心窃喜,塆子里那些光棍儿不像日子的日子,让我不寒而栗。

太平舅拉起二胡,是一曲《梁祝》,那优美的旋律,和着溪流、水浪、细微的风声,真是天籁。我陶醉在这美妙的世界。可惜我没有音乐细胞,总是学不会一门乐器。

我记得那天,我落泪了。太平舅的哑巴女人,只是他为了延续香火娶来的,那一定不是他的爱情,他内心深处是否也渴望属于他自己的爱情?我不知道。太平舅的《梁祝》,让我想起我们班上的某个女生,我与她在校园的槐树下,捧着一本小说,随后,我与她化作两只蝴蝶,翩翩起舞。

这自然是我脑子里的幻影。

数年后,我穿上军装,去了东北,后来入了军校。军校毕业后的第三年,我带回一个东北女子,她是我的妻子。我特地去看太平舅,这时候,他的身体已经很不好,在卧房里躺着,听见我的声音,硬要支撑着起来。媳妇把礼物塞到他手里,叫了一声舅,他乐得合不拢嘴,露出满嘴的黑牙笑着。他说,见亮有福啊,这媳妇俊。我知道,太平舅"看"人是要用手摸的,我很想让他摸一下我的漂亮媳妇,但那似乎不合情理。

10

关于太平舅的悲苦,我听母亲说过。太平舅六岁时得了一场病,高烧不退。那时家里穷,也没钱送医院,吃了江湖医生的药,昏睡了三天,再醒来,烧是退了,眼睛却不明了,但没全盲，有一只眼还能看见些光亮。小孩子淘气，好玩耍，又因眼神不好，容易摔跤。有一次摔倒了，那只能见微光的眼，碰巧磕在石子上，流了很多血，那只眼也完全盲了。

六岁的孩子是有记忆的，他比先天性眼盲者要痛苦，因为他曾经见过的世间美好突然失去了。不像先天性盲眼人，他从未见过，不可能把世间的色彩想象得那么美丽。

我听着母亲的讲述，一阵战栗，感到有冷风扑来，我不敢想象那种情形。母亲说，你太平舅总是不顺。太平舅的伯，就想着新选个地儿重新盖房。你太平舅八岁那年，他伯去山上砍树，被树砸断了腰，瘫了，在家躺了半个月，死了。你太平舅的伯，不晓得多好的一个人，长得排场，还没脾气，就知道闷头做事。你太平舅眼瞎了，他一点没嫌他是拖累，对他更好，只要他不做事，走到哪儿，都把你太平舅牵着，可惜了这么好的一个人。可怜你太平舅家，从此孤儿寡母，你太平舅的娘不知流了多少眼泪。为了让你太平舅将来有口饭吃，就给他找了个师父，也是盲眼。那师父教他说书、算命。那师父心狠，下手也狠，打起你太平舅来，一只手死死地抓着他，另一只手扇他的耳刮子。把你太平舅的脸打肿了，鼻子打出血了，也不撒开，你太平舅去掰他的手，怎么也掰不开，他像老鹰抓小鸡一样，死死地抓住。可怜你太平舅就不想活了。他说娘身体不好，想回来看娘，师父隔了好多天才给了他假。他回来与娘见了面，说了话，趁娘在厨房给他煮鸡蛋的工夫，就往水塘边摸。当娘的看他脸上有伤，有愁苦，就盯上了他。当娘的看他到了水塘边，一把把他薅住。当娘的说，儿啊，你要死，娘就跟你一块死吧。

你太平舅扑在娘的怀里，号啕大哭。他说，娘，你就不该把我生下来。当娘的说，儿啊，你莫这么说，你这么说，是拿刀捅娘的心。娘也不知道你会眼盲，儿啊，这都是命。儿啊，你要是不想去学，就不学，咱要饭也能活个命。

第二天，太平舅回了师父家。

我打断母亲的讲述。我说，娘，你别说了，我受不了。母亲就不再说了，只顾坐在椅子上抹眼泪。她也曾想帮帮太平舅，可我们自己有难处，何况"隔层纱，隔重山"。不是亲舅，自己家的事又多。我们兄弟当兵的、做工的、读书的，都奔自己的前程。父亲母亲成天在田里，用光棍儿王福来的话说，两个人搞得像泥巴狗似的，成天在水田里忙，也就够个吃喝。真是顾不上他。

太平舅好歹学会了说书，但他没学会算命。有人说他学不会，也有人说，他不信算命，不愿忽悠人。

太平舅靠说书，好歹能挣几个零钱花，还把自己的一张嘴带出去了。

军校时的第一个暑假，我是去看过太平舅的，太平舅的身体大不如前。太平舅的那个哑巴女人，身体也很虚弱，见谁都没有表情，喉咙里像有一台风箱在拉拽。

我本想与太平舅长谈，但他那黑漆漆、无声的世界，我一刻也待不了。我走出他们的土墙瓦屋。

我刚到家，王长根就来了，他满十一岁了。四表哥，他喊我，露着两颗大板牙笑。他算得上一个可爱的孩子。他说，他刚才跟同伴玩去了，听说我去了，就撵了过来。那几天，他像我的影子。他的嘴，像蜜蜂一样嗡嗡的，总有话说。我倒乐意。我离家这么多年，家乡对于我来说已经很陌生，小孩嘴里吐真言，他的话，让我知道一个真实的故乡。

母亲说，吵死了，吵死了，见亮，你带长根出去玩吧。我就带着长根，上石拱桥，上观音寨，到处走。王长根在我后身，不断地说着话，说他们村子里的事、学校里的事。他让我想起王胜利，我暗自笑了，觉得他们王家田出这种能说会道的人。我问，你们塆的王胜利呢？他说，他读黄冈师范。他笑道，他倒挺适合教书。王长根说，他上次回来说你们是初中同学呢。他下次回来，我让他来看你。我说，他下次回来，我就回军校了。他说，那就下下次，你们总会碰到一起的。我说是的。但后来，我们真的没碰着，直到他离世。

王长根在我家住着不走。我二哥那时在县建筑队当合同工，隔三岔五回来。他看见王长根，有些不喜欢，背着王长根说，瞧他那双骨碌碌转着的眼睛，还有那两颗大板牙，一看就滑，将来怕不会是个好东西。母亲骂二哥，你莫放屁！

母亲心里，到底还是有娘家人的。

住了几天，太平舅可能想儿子了，也可能是觉得王长根在我家待的时间太长，不好意思，托人捎口信，让他回。走之前，王长根向我要军用水壶，还有军用挂包。我说，我还要用两天，回军校前我给你。我的军用水壶我没带回来，我怕他失望，到县城军人服务社买了一个给他。

11

我入军校后，喜欢写小说。但我写作仅出于爱好，写出的东西平淡无味。我写小说的兴趣，应该是受太平舅的影响，我希望像他那样会编故事。小时候，是无意识地听，现在，我想重听他说书，带着目的去听，看能否学到他的精髓。那是军校的最后一个假期，我对母亲说，想去把太平舅接到家住几天。母亲说，接他做么事？我说，我想听他说书。母亲说，现在都猫在家里看电视，哪个还听说书？你太平舅已有两年不说书了。我说，我想听，两年，他应该不会忘了吧？母亲说，那倒没有。去年老君山里还有人接他去，今年听说山里也有了电视，就没人来接。

我说，我想听。母亲说，那你就去接吧，只怕会塌火。我说，我试试。

我把话放出去了，希望我们竹林湾的人晚上都到我家听太平舅说书，就像我小时候那样。

那天晚上，家里来了十几个人，都是年龄大一些的，而且好像都是给我面子，毕竟我回来了。家里备了好烟好茶。

太平舅果然不在状态，这不仅仅是他的说唱生疏了，他竟然有些害羞。一个说书人害羞，怎么能说好书？我知道他是觉得人少，没有氛围。我说，太平舅，你就想象有很多人在听。他就打了一阵鼓和夹板，说了一段《水浒传》，而此时，《水浒传》已经在几个电视台翻来覆去地播过，众人对那些故事烂熟于心，孩子们扯着嗓子，满村满巷地唱"大河向东流啊，天上的星星参北斗啊……"那个晚上，无人喝彩。我也没有听出小时候的味道。没那个气势，也没那个氛围。

太平舅讲了一会儿，就停下来，阴影在他脸上铺陈开，越来越重。他喝了口茶，拉了一段二胡。家里来的那十几个人，抽了烟，喝了茶，慢慢地走了。

军校毕业，我回了东北，路途遥远，加之军营忙，我很少回老家，偶尔回去，太匆忙，一晃七八年，除了那次带媳妇回家，我没再见到太平舅。关于太平舅的消息，主要是从电话里得来的。很长一段时间，我问太平舅怎样。母亲说，能么样？还那样。母亲似乎不耐烦说太平舅家的事，我后来也就不再问。突然有一天，母亲给我来电话，专门说太平舅，她说，你太平舅太可怜了，好像老天派他到世上，就是让他来受罪的。周围十里八乡，也有苦人，怕没哪个人像他那么苦。我问，出了么事？她说，杏花死了。我只觉得浑身的血涌上心房，脑瓜子也感到血之冲撞。杏花是太平舅的小女儿，才十六七吧。我说，么样死了？得了么病？母亲说，不是病，淹死了。

　　杏花小时候，我对她印象极好。她学习好，自尊心强。母亲说，坏就坏在她这争强好胜上。你太平舅的娘死后，她姐翠花就不再读书，在家烧火做饭种田地，供弟弟妹妹们读书。这杏花也真是争气，考到县城读高中。这孩子，自从到县城读高中，星期天就没在家住过，回家拿点米拿点菜，就匆忙返回学校学习。那天上午下了一场暴雨，到下午，虽说雨停了，但到处是泥，满塘满堰都是水，溪沟里的流水像雷轰。杏花非要回学校，你太平舅留不住，杏花硬是背着米和菜走了。

　　杏花到了堰家塘塆，发现石桥桥面被淹，水在石桥上流，齐膝深的水。一个看水的老人对她说，孩子，过不去，回去吧，明天再来。杏花挽起裤腿非要过，结果被水冲到河沟里，第二天，在十里外的下水处才找到人，死了。

　　我能想象杏花的样子，也能揣摩她的心理。她周六周日不休息，是努力学习，也是在逃避这个家。

　　我长时间沉默。母亲问，见亮，你在听吗？我说，在听。她说，翠花还成了"神经"（抑郁症）。我的心被母亲的话刺痛。我说，这又是么样搞的？母亲说，翠花总得有自己的生活吧，她总不能一辈子在屋里烧火。她将来是要嫁人的。她到广州打工,谈了个对象。过年时,对象非要到家里来看看,拦不住,见这样个家庭,就不可(同意)这门亲。翠花受了刺激,就不再出去打工,成天闷在屋里不愿见人,谁到她家,她就往里屋躲。妹子杏花一死,她抱着妹子的身体不让下葬。众人拽开她,强行把妹子入了棺,翠花就"神经"了。

我听见母亲在抽泣。我安慰她,我说,太平舅好歹有个王长根。母亲说,不提他还好一些,一提他就来气,成天在外面游荡、打架、借钱。那伢子,废了咧。

我叹口气。我说,再回去,我去看看太平舅。母亲说,你干你的工作,莫操心家里的事,破事烂事太多,你操心不过来。

这年年底,我请假回了家。

回想十五岁那年,我害怕自己将来打光棍儿,于是找太平舅聊天。他说我能找个好媳妇。现在想来,太平舅那时的话,是一个美好的祝愿,那祝愿,在当时驱走了我对未来的担忧,点燃了我内心的希望。我想到太平舅对我的好,想把他接来住几天,享几天福。看他那阴暗的房子,成日不见太阳。

时位移人,再让我像小时候那样与他同床共榻,已是不可能了。我家门前有个小屋,是父亲建来用于烤烟叶的,几年前,父亲身体差下来,不再烤烟叶,小屋留下来。小屋是土筑的墙,冬暖夏凉。我把小屋清扫干净,在里面架了一张单人床。太平舅眼盲,上厕所不方便,我怕他摔着,给他准备了个马桶。太平舅不好意思,说,怎么能让一个大军官给我倒马桶?我说,没事的,让我老父亲倒。我已跟父亲说好了,白天太平舅上厕所,我牵着他去,晚上,就让他用马桶,清晨父亲负责倒。父亲平时种菜,常担着马桶给菜施肥,习惯了。

头两天,待得挺好的。没事的时候,我会把太平舅牵到我家堂屋,同他说说话。第三天头上,出了事。中午该给他送饭,我没在,我那天去了县城,同学聚会。父亲在田畈剩下一点活儿,想一气儿干完,回来得晚。我在家,或者父亲在家,是牵着太平舅过来,同桌用餐。那天只有母亲一人在家。母亲给他送饭。母亲端着夹了菜的一碗饭送到烤烟小屋时,正看见太平舅蹲在马桶上,母亲愤怒了,嗓子炸开:"见亮搞的个么名堂?非要把他接来住,自个儿有儿有女,跑到这儿来折磨我。"

母亲把那碗饭端回来,重重地磕在我家的饭桌上。等父亲回来,再去牵太平舅过来吃饭时,他说他不饿。他说他要回家。父亲说,你要回,也得等见亮回来再说。

我回来了,但我留不住太平舅,他说什么也要走,我们都说没时间送他,他说他自己走,我只得去牵着他。不送是不行的,怕他摸到水塘里,或掉到河里。

走到半道,他转过身来,嘴唇抽搐成微笑的样子。他说,你妈人挺热心,也善良,就是脾气太暴,说来就来。我说,是的。我们都怕她,她骂起人来,往死里咒。

太平舅安慰我,这么大岁数了,几十年的脾气,是改不了的,你们多让着她,毕竟是你们的娘。我说,知道呢太平舅,我们都躲着她。太平舅又说,这是我最后一次到你家,我不会再来了。我说,太平舅,你别这么说。

我就落了泪。

我也是心有余而力不足。我的亲爹亲娘,我都没接到东北去过,何况是舅,更何况是叔伯舅。

我回家,天已完全黑了,父亲等我吃夜饭。母亲在灶屋忙活时,父亲对我说,你妈呀,性子太烈,脾气说来就来。这一发脾气,人家走了,怕再也不会来。别说是自己的兄弟,就是个外人,瞎着个眼睛,在这儿住几天,吃几顿,算得个么事?

以前,父亲不喜欢太平舅上我家,母亲却常让他来。现在,母亲不待见太平舅,父亲的态度却变了。

第二天,母亲消了气,便后悔起来,说太平舅在这儿住几天,都没把他当客人,没单独给他弄点吃的,鸡蛋都没给他煎几个。她拿出十来个鸡蛋,用手帕包了,系成十字花,让我给太平舅送去,我赌气,没给送。

12

一晃,王长根二十五六岁了。这么大的人,还没定性,说是在外面打工,其实是在外游荡。干什么都没长性,这儿干两天,那儿跑几趟,挂在嘴边的词语,都是"发展""前途""出息""命运",这事儿没发展,那事儿没前途,打工没出息,满嘴跑火车,脚落不到实处。挣点小钱,就买身衣服。不像农民,也不像工人,像个老板,穿戴干净,背着个假鳄鱼牌的小皮包,东游西荡。我的父亲、母亲和哥哥他们都看不上他,说这孩子丢了,成不了人。

说起来,我的名字"见亮",还是太平舅给我起的呢。这个名字,把一个盲人对光的渴望表现得那么强烈,也是对我有一个光明前途的寓意与祝福。这个名字再次让我想起太平舅,并为之动容。

正当我们替王长根的未来担忧时,他来了财运。这财运其实不是他的,是王福来的。一条高铁从王家塆路过。也是王福来运气好,整个塆子,那么些人家,谁家的地没占,独占了他的。他的窑场、他承包的水塘、他的那片山地,还有他的那两间半砖墙瓦屋都被占了。

王福来有心计,早听说高铁要从王家秀塆过。他说,王家秀塆与王家田挨着呢,未必一点也不压我们王家田的土地。他的窑场,正在王家秀与王家田搭界处。房屋旁的水塘,他是承包了的,他特地放了一些鱼苗,浅水处还有藕。他那窑场,几年弃之不用,他赶紧做起砖瓦,拿出一副要烧窑的架势。

也不知怎么算的,就给了他九十多万补偿金。一塆子的人感叹:懒人有懒福。

这几年,农村人都时兴到城里买房,尤其是年轻小伙,县城没房,媳妇娶不进来。王长根没娶上媳妇,与他在县里买不起房有关。王福来拿到补偿金,就到县城买了房。他买房,倒不是想娶媳妇,塆子早先那两间旧屋,他实在回不去。他买的房子是那种装修好的,即买即住那种。

王福来住进新房的当天,王长根就跟了过去。王长根喊王福来"伯"。王福来愣了一下。王长根平时可是跟王福来叫叔的。王福来说,怎么管我叫伯?王长根说,你是我亲爹,我不管你叫伯,管谁叫伯?

王长根住着不走。王福来赶他,王长根说,我这条命是你给的。两条路任你选,一是把我还给你,我是你的儿子,从今天起,你我以父子相称,同吃同住,再也不分离,将来我给你养老,你也算有了后,有一个还算完整的家庭。如果你不要我,那么,我就说第二条路。我本不想来这个世界,是你让我来的。你看我过的是什么样的人生,没有前途,没有希望,没有未来。我早就想死。我过得这么惨,连个媳妇都找不到,我死在你屋里,你收回这条命。

王福来说,你这是以死相逼呀。这么多年,你东游西荡,也没瞧得起我，现在来认老子了？谁告诉你我是你亲爹？王长根说，全村人都知道。你自个儿照照镜子，你的两颗大板牙遗传给了我，我们都不用亲子鉴定。

王福来年龄也大了，五十多岁，奔六十的人，有了这个儿子，也好歹有个家。他同意了，提出的条件是，王长根不能管他叫伯，土，他要王长根像城里人那样，管他叫爸，洋气，也好在县城混。王长根当即就叫他爸。王长根叫得甜，王福来老来有了儿，亲生的，他乐得屁颠屁颠。不久，他花二十万给王长根买了一辆车。两人也不需要回农村种地了，就在县城逛荡，有时驱车去汉口。开车的时候，王长根像王福来的司机；下了车，王长根像老板，王福来像替王长根跑腿儿的管家。

王福来与王长根的故事，在石桥河一带流传。有人说王长根是"认贼作父"，有人说他是"认祖归宗"。他们成天黏在一起，可苦了太平舅，这不只是王长根不再管他，这涉及一个面子问题。太平舅是说书的，古往今来的故事听得多，知道人活一张脸，树活一层皮。他一气之下，就病了，倒了床。

作为村支书，我的二哥去做王福来的工作，叫他不要认王长根这个儿。二哥说，王长根是图你的钱呢，他这人，靠不住。二哥有他的想法，王福来若不认王长根，王长根就还有义务养他伯太平，谁知王福来油盐不进，就认了这个儿子。王福来说，人，不就是活个面子嘛。我有儿子，很好的事呢。二哥于公于私，都不好再说什么。

王长根这是作死呢，他早晚没得好报呢！母亲听说这个消息后，喊冤般地在我家门前说。母亲的喊叫，如沉重的钟声敲打在我心上。我决定去看看太平舅，安慰一下他。

里屋太暗，终年见不到太阳，二哥已带上村委会的几个人，把太平舅的床挪到了外屋。我去时，他躺在床上，也没下床，就那么躺着。天闷热，他穿不住衣服，浑身赤裸，只在胯裆处遮了一条毛巾。

太平舅眼里的泪水，像两条溪流奔涌而出，在那木然的脸上流淌。我真不敢相信，他干瘪的眼里，竟然还有那么多泪。那泪水，包含了多少悲痛；那脸上的表情，映照出他内心是何等绝望。

他虽然赤裸着全身，但看不到他腹部在起伏，看不到一丝生气。他太老了，比我父亲还显老。忧伤比岁月更无情地将他催老了。

因为眼盲，太平舅的眼睛一直没有光亮，他没法传递眼神，只能看清他的脸笼罩着一层阴影。他的整张脸在这阴影里，像一盏行将熄灭的灯。他的双唇剧烈颤动，拼命想要说话。他终于开始说话，有气无力的声音，暴露着他的疲惫，他的病痛。他说，桥。他说，太平桥。我明白他的意思，他死后，一定要过太平桥，要埋在油茶岭。我点头，我说行，我来做这件事。但我说得没有底气，乡村已不同于以往的乡村，为了青山长绿、碧水长流，乡村开始像城里那样建公墓，不能再像以前，山山都有坟墓。我们石桥村也在建公墓，地点在王家秀后山，那是一片荒山，土质不太好，风景也不如油茶岭。如果政策不太紧，太平舅离世后，将太平舅抬过太平桥，埋在油茶岭，应该不会太难。我安慰太平舅：你别考虑那么多，你好好养身体。太平舅看我答应得不干脆，又说了句：太平桥。我点头，大声说，你放心！

太平舅说，他还想求我一件事。他说他好久没洗澡了，我能不能给他洗个澡。他说的洗澡,其实就是抹汗,用毛巾将他全身擦一遍。我就去找他的毛巾,找来脸盆,我还得去烧热水。他家的灶屋黑漆漆的,我进去的时候,仿佛看见太平舅的娘在朝我笑,那个哑巴女正痴呆地望着我。这两个故去的人让我毛骨悚然。我退出灶屋。太平舅说,凉水就行。我说,凉水抹不干净。他说,总比不抹强。

我站到太平舅床前,一股气味扑向我,还有他那野人一样的头发和胡须,他像一个死去的野人,他让我想起在展览馆里见过的干尸。他让我恐惧,我没有勇气去触摸这样的身体。我掏出手机,我说,太平舅,来电话了,我有急事,我该走了,明天我再来。

第二天,我并没有去太平舅家。第二天晚上,王家田塆的人捎来口信,说太平舅让我去给他洗个澡。我对那个人说,我明天就要回部队,没时间呢。

我其实没有回部队。我去找王长根,没找到,我找来他的电话,打过去。我说,你别成天不落屋,你回去给你伯洗个澡。他说,他不是我伯。我伯是王福来。我说,你是他养大的。王长根说,我不是他养大的,我是我奶养大的。我说,你奶是他娘。养你的钱是你伯说书挣来的,他说一句唱一句,句句如血。

王长根沉默了两三秒钟,说,我家的事,不用四表哥操心。然后,他挂断了电话。

13

晚上,二哥家请我吃饭,我把太平舅想死后入油茶岭的事跟他说了,二哥说,悬。我说,他是残疾人,是我们的叔伯舅,你是村支书，通融一下。二哥说，正因为我是村支书，才要公事公办。

我说，太平舅太可怜了。二哥说，可不是，翠花抑郁之后，清醒一阵，糊涂一阵。清醒时来看他。太平舅的那个女婿要挣钱养一家人，又要照顾有病的翠花，离这儿又远，就顾不上他了。那个王长根就不是个东西，我真想抽他几个耳光。我说，叔伯表哥，抽也抽得。二哥说，抽不得的，老虎的屁股，谁敢摸？现在的人，可不像先前那么认亲。

第二天，二哥去看太平舅，于公，他是村支书；于私，他是太平舅的叔伯外甥。二哥给他买了一些饼干、面包、火腿肠，放在枕头边他伸手就够得着的地方。他说他想吃方便面，二哥上邻居家找了点开水，给他泡上了。二哥回来说，真是可怜，连方便面都吃不上。我问他，他跟你说洗澡的事了吗？二哥说，没有。我问，他想死后葬在油茶岭，从太平桥过，说了吗？二哥说，这个他说了，我没敢答应。

那天夜里，太平舅家就着火了。整个王家田塆年轻力壮的没几个人在家，好在发现得早。邻居被烟味呛醒，爬起来看，知道是太平舅家，大喊救火，众人听到喊声都赶来，在水塘里担水灭火。算好的，人没伤着，那火苗也没蹿上屋顶，只是把太平舅的被子和垫絮烧着了。太平舅可能被烧痛了，滚到地上，浑身赤裸。

邻居一直发着牢骚："么样不过细？跟你做邻居，我成天提心吊胆的。"邻居给我二哥打电话，说他儿王长根不管，你们村上怕是要管一下哩。他把自家烧了不要紧，我怕他把我家的屋给连带着烧了。

二哥没有惊动我，从自家拿了一套被褥，连夜去了太平舅家。第二天早上，二哥告诉我，太平舅倒是没烧着，打火的人，也没先把他救出来，只那么一味地泼水，他浑身淋了个透，总算是洗了个澡。

我说，他哪儿来的火？二哥皱着眉想了想，说，坏了，我昨天去看他时，坐在他床边的椅子上，他身上的味太大，我就点了一根烟，那火机，顺手放在他的床头柜上了，走时忘了拿。

母亲正在院子里扫地，听说是二哥把火机忘记在太平舅身边，叮嘱二哥，莫瞎说，说不得呢。别看王长根平时不管，真出了事，他不得这么算了的。

我已经让人捎口信，说我回了部队，就不方便再去看太平舅。我在家待了两天，就回了东北军营。

那场火，我猜测是太平舅故意点燃的。他不抽烟，眼盲，也不需要点火照明。

太平舅到底死了，他死在这年的腊月。母亲告诉我这个消息时，离过年不到十天时间。那时候，我们红安天气特别冷，下了一场雨，接着降温，满地都是光亮亮的冰凌。母亲说，你太平舅可怜，是冻死的。邻居好几天没听见他的咳声，过去一看，身体都硬了。他那个屋，墙窟窿都能塞进一个鸡蛋。

我说，就没人给他准备个电热毯？母亲说，怕他着火。农村的房子，一家挨一家，自己烧着了事小，怕把别人家点着了。

我其时正在冬季野营拉练途中，任务特殊，不能回去参加太平舅的葬礼。我急忙给我二哥打电话，告诉他，出棺时，一定要让太平舅过太平桥，将他埋在油茶岭。我说，他父母都在油茶岭，他眼睛看不见，他是多么依赖他的娘，他怕在那边找不到娘。他虽然为人夫、为人父，但在他娘眼里，他还是个孩子，几十岁了，还要他娘牵着他。

二哥解释说，油茶现在是王家田最大的经济收入，不仅王家田塆，整个石桥河村，都要搞油茶种植。油茶岭是石桥镇的油茶种植示范基地，不但不能占用一寸土地，还要把岭上的杂树、荆棘、灌木清除，扩大油茶种植面积，让油茶岭变成真正的金山银山。那些最早的古老的没有后人祭奠的坟茔，慢慢地，会随着时间的流逝，沉入黄土之下，掩埋于青草灌木丛中，数年后，那上面也会种上油茶树。扩大油茶种植，油茶赚钱了，才能留住那些不爱种田的人，尤其是年轻人，让他们回来发展经济。留住他们，就是留住乡愁。下一步，乡村亡人可能要实行火化。按乡俗，太平舅好歹能入土为安。

我说，那我有个请求，让太平舅的棺材从太平桥走。二哥说，太平桥与墓地方向相反，塆子找不出更多抬棺的年轻人，硬凑的几个，没有替手，绕太远的路，他们吃不消。我说，塆子里找不到年轻人，就到县城找，找那些刮大白的、砸墙的，无非就是多给点钱，这钱我来出。

太平舅的棺材，最终被那些与他毫无关联的陌生人抬着，从太平桥上走，算是了却他的遗愿。

我问二哥，王长根去送太平舅了吗？二哥说，去了，但没戴孝，也没有下跪。我说，他不是个东西。二哥说，也可能是王福来叫他这么做的吧。王福来告诉他，他只能有一个伯。

王长根也孝顺过太平舅一段时间，那是二哥用的计。二哥说，太平舅早年在老君山里头说书，书中教人行善的大道理，教育一个坏人学好了，那人因此放弃一场打斗，躲过了一场劫难，保住了性命，发了财，走了桃花运。那人感恩太平舅，给过他不少大洋。二哥假装与他们塆子里的人聊天，把这个消息透露出去。那几天，王长根在太平舅身边，鞍前马后，伺候得可好呢。但坚持一段时间后，见太平舅不说大洋的事，便再次弃他而去。太平舅死后，他竟然拿双筷子去掏墙缝，怀疑里面藏了"袁大头"。

按扶贫政策，太平舅活着的时候，二哥申请给太平舅盖新房，但会议投票没通过。群众说，他儿子王长根有钱，如果这样的人政府都给盖房，只会增长乡村不孝之风，往后，谁都不管老人，都交给政府。

二哥说，王长根有钱，找了个对象，准备春节后结婚。算了，不说他了。我们这几个叔伯外甥，都给太平舅戴了孝。活着苦，死了倒很热闹。太平舅，走得也算是排场的了。

第二年春，风裹着热浪，清明节到来，我回去给太平舅上坟。看见墓碑，才想起，太平舅有一个很好听的名字：王汉卿。太平舅的爹能给他起这样的名字，应该也是个文化人。只是碑文后的落款不是王长根，是石桥河村委会。

给太平舅上过坟后，我走向王家田门前的那口水塘。我踏上塘埂，走到油茶岭下的溪沟边，凝望着太平桥。阳光洒在桥面，太平桥闪着青幽幽的光。桥那边的油茶岭上，茶花怒放，春风送来清香。我看见太平舅走过来，他手握着竹竿，在塘埂上敲敲打打。他脖子直直的，脸向左微倾，他在靠竹竿和耳朵探路。我迎过去，抓起他的竹竿，拉着他慢慢地走着。这时，一个声音传来，四表哥，你抓着空气搞么事？是王长根的声音，我回过头去，问他干啥。他说，政策变了，下一步，农村的房屋也将有房产证。他打算把他家的旧屋拆了，盖楼房。我问，哪个旧屋？他说，你太平舅留下的呀！

王长根朝着我笑，他的两只大板牙闪着白亮的光。太平舅消失了，像是隐入了水塘。水面空寂无人，春风过处，水在太阳光里泛着碎银般的浪花。水浪拍打着塘埂边上的那些暗穴，发出细微的声响，像一个男人在幽咽。